爱尽无缘

郝伍宽　著

山西出版集团
山西人民出版社

佛说，唯有我们无法了解自己真实心意的时候我们才会真正的烦乱，才会在得与失之间犹疑不定，才会茫然不知何往……

1

丛波是在北京一家著名的心脑血管专科医院的病房里，接到的林忆欣从天津给他打来的电话。在电话里，林忆欣告诉丛波，说前天晚上他开车拉她去开发区泰达酒店见的那小子一会儿就要过来找她，她问丛波她现在该怎么办？到底是接待还是不接待？

林忆欣是丛波的同事，应该说是那种关系非同一般的女同事。怎么说呢，用红颜知己或琴瑟知音来形容他们俩的这种关系似乎并不十分准确，说暧昧吧，两人又什么事都没有发生过，反正他们的关系很特殊，这种特殊的关系还体现在林忆欣对丛波的信赖程度上，丛波一向认为，林忆欣许多不愿意让别人知道的事儿向来不瞒着自己——比如现在。

林忆欣说的那小子叫尹北光，是她不久前从网上认识的一个在深圳读博的辽宁籍网友，跟她同年同月同日生。这次随他的导师和两个师姐打南边儿过来，据说是来新港进行一项有关深水码头再造工程的课题研究。来之前，二位早就通过网络视频把对方的底细打探得差不多了，一个是至今尚未婚配的孤男，一个是结婚没几天儿就离了的寡女。互联网上俩人聊得很投机，摄像头前彼此看着也都挺顺眼，正可谓你情我意，郎才女貌。男的说，虽然自己在南边儿学习工作，可到底是北方人，他不喜欢南方女孩儿的那种忸怩做作，缠绵细腻，总觉得还是北方女人的那种直爽热情泼辣野性有味道，至于情感上的事儿，他说谁还没有遇到过挫折？言下之意，他对林忆欣曾经有过的婚史并不在意。林忆欣也觉得这是一种缘分，离婚几年了，虽说后来也谈过几个男友，可始终没有找着感觉，每次约会既不曾来电也不曾心跳，喝茶吃饭，唱歌跳舞，不过玩玩而已。如今，心无归属飘忽不定的日子已令她日益感到厌倦，因而这一次她真的有些动心。那天，她之所以和丛波从市内驱车百里去开发区见他，原因就在于此。路上，她跟丛波说，这回她可是认真的，自己不想再错过这次机会了。而眼下，到了关键时刻，她又开始犹豫了。

从波举着手机从病房出来，站在走廊里对电话那头说："当然得接待了，人家大老远从塘沽那边跑来看你，岂有不接待的道理？"

电话那头儿沉吟了片刻，说："是在家里接待呢还是直接把他带去宾馆？"

从波说："那就是你的事了，怎么安排还不是得由着你自己的心气儿？"

"烦人！"林忆欣在电话里撒娇道："怎么说话呢你，人家这不是和你商量吗？你这人怎么这样儿。"

从波说："我哪样儿，本来嘛，你什么时候真正听过我的话？"

"少来，我什么时候又没有听过你的话——哎，对了，我差点儿忘了问，姥姥的病好点儿吗？"林忆欣又开了话头儿。

从波说："还那样儿，心脑血管这种病到哪里都是一样的治法儿，我看北京比天津也强不了哪去，只不过人家女儿非要转来北京，咱这做姑爷的总不能拦着你说是不是？"

林忆欣叹了口气，说："是啊，那你就好好陪陪她老人家吧，你看，我也不懂这方面的事理，在家的时候也没有想着过去看看老太太，嫂子不会责怪我吧？"

"好啦，别瞎想了，"从波说，"说说，你到底打算怎么应付那小子？"他把话头儿又绕了回来，显然，他还是有些不放心。

林忆欣沉默了一会儿，说："我也没想好，等一会儿他到了再说吧。"

现在是下午。

从波看看表，差一刻五点，说："这样吧，一会儿他到了，你先带他找个地方儿吃点儿东西，我呢，把这边的事安排一下争取回去，走高速，快，北京到天津也就一个来小时。"

林忆欣说："你现在能脱身吗？算了吧，别急着回来了，还是老老实实守着丈母娘吧。"

从波说："没事儿，这儿有你嫂子呢，我在这儿其实也没多大

用。”

林忆欣说：“那路上你可得小心点儿，别太着急。”

从波说：“知道。”

林忆欣问：“那我们等你一起吃晚饭？”

从波说：“不用，路上难以预料呢，说不准会遇到什么事儿，弄不好就得晚点。”

“不能太晚了你，”林忆欣说，“不然，我们俩——一个孤男，一个寡女，万一一不留神……嘿嘿……”听筒里林忆欣一阵坏笑。

从波说：“那你就留点儿神呗，别一见了小白脸儿就起坏心。”

“这就用不着你老人家操心了，”林忆欣调侃，“本人虽说是个小寡妇，可到底怎么样你心里应该有数儿，甭担心，我扛得住。”

“你是扛得住，”从波说，“就怕那小子扛不住。”

“去，四十岁的人了，怎么一沾了这个还那么没正形。”林忆欣假装生气，说：“你就坏吧你！”

从波说：“是你自己把人家勾引来的，怎么倒是我坏了？”

“滚！”林忆欣佯怒，骂：“狗嘴里吐不出象牙来，不想听你贫了，净浪费我电话费，就这样吧，晚上见！”

挂了电话，从波回到病房。

“谁来的电话？还值当得躲到走廊去接？神神秘秘的。”从波正寻思着怎么跟爱人隋云雁开口，不想隋云雁先开了口问他。

“单位里的破事儿，叫我抽空回去处理一下。”从波说。

从波没敢提是林忆欣来的电话，他心里清楚，这种事情跟老婆是不能实话实说的，说了就有麻烦，尤其这种时候。

“什么时候走？”隋云雁问。

“我想现在就走，”从波说，“一会儿英子送饭过来，让她跟你在这儿就伴儿，明天一早我再回来接你。”

英子是隋云雁二姐家的女孩儿，大学刚毕业，一时尚未找到合适的工作，这些日子，她成了姥姥的专职“保姆”。隋云雁的二姐隋云飞十年前随丈夫进京，就住在附近，所以英子每天从家里做好可口的饭菜，然后送来。

“干吗这么急？不能明天早上一起走？什么事情非得现在就走，就差了这一个晚上？”隋云雁说。

“不是，公司现在正忙乎 ISO9000 国际质量认证贯标的事，有些资料锁在我柜子里，明天总部内审员要过来，领导让提前准备一下。”丛波说的不完全是瞎话，的确，中午的时候总经理助理齐连义曾来电话催问过这事儿。

“那你明天就别着急回来了。”隋云雁是一个通情达理的女人，听丛波这么一说便不再计较，说：“这样吧，你忙你的，干脆我再多盯几天，我这就给二姐打电话商量一下，跟她倒一个班儿，反正她们家离这儿近，来回方便，你听我电话再来接我，省得老是来回跑，哎——别忘了喂猫。”

丛波心中窃喜，暗暗松了口气，忙说：“遵命，老婆。”

丛波是晚上九点多才赶回天津的。让他没想到的是，林忆欣真就把那小子带回了她自己的家里，居然还留他过了夜。丛波是无意间发现的，这实在有些出乎他的意料，虽说这是林忆欣自己的私事，但丛波心里很不舒服，不知为什么，他竟然生出一种怅然若失的感觉，这种感觉让他十分沮丧。

事情是这样的，丛波从北京出来，刚上京津塘高速不久，前面就遇上了车祸，一辆长车超车时跟一辆集装箱货车撞在了一起，把个公路堵得严严实实。丛波开始还想等等，后来一看情况不妙就又想掉头往回返，于是，他在车里打电话给林忆欣，告诉林忆欣别等他了，说高速上出了车祸，现在塞车塞得厉害，他准备返回北京。谁知挂了电话一看，眨眼工夫，车队就排起了长龙，一眼望去，足有好几百米，此时的他再想动也动弹不了了，就这样，他堵在公路上一待就是好几个小时，最后又不得不顺着车流回了天津。

丛波是直接把车开到林忆欣家的楼下的，他看见林忆欣家的客

厅亮着灯，知道她在，于是他下了车。他本想给林忆欣一个意外惊喜，想看看他突然出现在她面前，林忆欣会是什么样的表情。锁好车，正要上楼，转念一想，他觉得这样做似乎有些欠妥。毕竟，时间有些晚了，一个男人夜里去敲一个单身女人的房门，即便不被认为是图谋不轨也难免叫人感觉没安好心。再者，看样子人家客人还在，自己贸然打扰说不定事后会给她和那小子的关系带来负面影响。于是，他停下脚步，想了想，掏出手机给林忆欣发了一个短信：有朋自远方来，不宜热乎……干柴烈火，大意不得，注意——保持距离，哈哈……

从波将《论语》里的名句用在这儿，两字之差，就把孔老夫子的道德思想升华了，升华到一个全新的意境，加上后面的两句，既意味深长又不乏戏谑幽默。这你得承认，从波是有才气，不然的话，人到中年的他怎么还会受到那么多年轻女孩儿的推崇，让自己身边总是美女如云呢？为此，林忆欣不止一次跟从波犯酸，问他怎么那么有女人缘儿。从波一笑，反问，你不是也挺有男人缘儿吗？林忆欣就很得意，说，我有魅力呗。从波说，还魔力呢，我看以后就叫你魔力宝贝得了。林忆欣说，你想把我当网络游戏玩儿啊。从波说，你看行吗？林忆欣说，去你的。

发完短信，从波重又钻进车里，静静地等着林忆欣的回音儿，他知道林忆欣收到他的短信后会很快给他回复的。

其实，从波给林忆欣发这么一条短信，开始并没有什么特别的意义，他没想着去提醒或者试探林忆欣什么，只是想逗逗她。他们俩平时随便惯了，相互之间经常开一些不三不四的玩笑，他相信林忆欣看了这个短信不但不会生气反而会很开心。事实上，林忆欣确实是十分欣赏从波那股充满才气的坏劲儿的，可以说她很纵容、很配合甚至很默契。林忆欣曾经半开玩笑半认真地跟从波说过，男人就得坏，男人不坏女人不爱，从生理学的角度讲，男性对女性的吸引脱离不了“坏”的成分，不承认这一点就是虚伪，也不科学。她眯缝着眼看着从波，诡谲一笑，意味深长地又说，女人有时也很坏呢，只是女人的“坏”与男人的“坏”不同，区别就在于女人坏得不那么直白，不那么赤裸裸，用文学一点的词儿说，女人的坏只能意会不能言传。从波当然能听懂林忆欣的意思，这样的暗示再傻的人也能听懂，但从波却装孙子，故意不理这茬儿，反而顺着林忆欣的话音儿说，是，我觉得，透着“嘎坏”的女人感觉起来比淑女更可爱，做女人，虽不悦目，赏心也好，就像你。林忆欣擂他一拳，笑骂，讨厌！

果然，不一会儿，手机的提示音响了，从波打开手机，首先看到的一个字是：呸！再往下看，他笑了，下面是：人非草木，孰能无情？只是此刻俺身在天津，心却在北京，放心——不会出事啦，呵呵……

这个小少妇，真是可人儿。从波想，林忆欣显然还以为他此时正在北京的医院里守护着老岳母，不晓得自己已经在她楼下了。好一个小狐狸精，一边跟那小子示爱一边不忘与自己煽情，两头都顾着，行啊。于是，从波又发一条短信过去：夜色朦胧，柔情蜜意，你的心情，现在好吗？当心——远离床笫。

很快，林忆欣回复：心情不错，多谢关照，海河岸边，花好月圆。别担心——没在家里。

从波看着林忆欣发过来的短信一直在笑，看着看着，脸上慢慢失去了笑容，没在家里？从波注意到了林忆欣这个短信的最后几个字，蓦地，一片阴霾笼上心头……她什么意思？从波从车窗望去，林忆欣家的客厅依然亮着灯，他明明看见刚才还有一对儿人影晃动，她怎么告诉自己她没在家呢？这分明是在欺骗他嘛，从波心里忽然有一种说不出来的滋味。

从波不相信林忆欣会欺骗他，林忆欣那么信赖他怎么会欺骗他呢？林忆欣能把自己埋藏在心底的秘密——她的身世、她的婚姻、甚至她的烦恼——好多好多心事都跟他说，她现在为什么要欺骗他呢？从波想。或许她真的没在家里，如她所说，她此时正跟南边儿

来的那小子在海河边儿欣赏花好月圆的美景！那她家里的人又是谁呢？她的父亲？她的母亲？可她的父母现在并没有居住在这座城市，即便他们偶然来了，也不可能同时出现在她的家里啊。丛波知道，那是一对早已离异了的老冤家。二十多年了，爱恨情仇，恩恩怨怨，难道真就应验了那句老话——不是冤家不聚头吗？不可能！绝对不可能！可那又会是谁呢？她的朋友？这似乎更不可能，林忆欣倒是有一个非常要好的姐们儿，据丛波所知，那个叫柳季红的女孩儿早在几年之前就出国了，去了澳大利亚，除此之外好像再没有能叫这个女人宁可出让自己的小窝儿来成人之美的至爱亲朋了。丛波决定等下去，他想，不管林忆欣家里的人到底是谁，他们总是要离去，即使林忆欣真的没在家里，她迟早也要回来的，他一定要弄个水落石出，看看林忆欣到底有没有对他撒谎。

丛波坐在车里，眼睛紧盯着三楼林忆欣家客厅里发出的灯光，他一支接一支地抽着烟，烟头在黑暗中一明一灭，像鬼火一闪一闪，丛波自己都不明白他为什么要这样做，他问自己，这件事对自己真的有这么重要吗？假如林忆欣真的对自己撒谎，她又是出于什么样的目的？难不成他们之间早就存在着信任危机，抑或人家压根儿就没有把他当回事？丛波想着，虽然不置可否，但他却一直这么守望着，一直等到客厅里的灯熄灭卧室的灯亮起，卧室的灯熄灭卫生间的灯又亮起……

夜深人静，丛波听着从卫生间敞着的窗口传来的“哗哗”水声，猜想着那百叶窗后面淋浴的人——是一个还是两个？他想象着那里可能会发生的种种事情，心里一阵烦躁，继而又一阵酸溜溜的惆怅……他很耐心，依旧这么等着，一直等到卫生间的灯熄了，卧室的灯又亮起……不知又等了多久，卧室的灯也熄了。丛波低头看看表，已是凌晨两点，他看着那黑洞洞的窗口，到底忍不住还是用手机拨打了林忆欣家里的电话。铃声响了四五下，听筒里才传来林忆欣明显装出的从睡梦中被惊醒的慵懒的声音：“喂，丛哥吗？什么事啊，这么晚了，你怎么还没睡？”

从波低声说："睡不着啊。"

林忆欣说："吓我一跳，深更半夜的，我还以为出什么事了呢？你睡不着就骚扰我呀？安的什么心啊你？"

从波索性装作无聊，真话假说："我不是不放心你吗？怕你引狼入室，所以查查岗，没事儿吧你？"

林忆欣夸张地打了一个哈欠，说："神经病，能出什么事？我又不是情窦初开的少女，没事儿。"

从波说："别不知好歹，我这不是关心你吗？"

林忆欣似是不耐烦了，拉着长声说："知——道——啦。"

从波强压着心中的火气，说："知道就好。"

从波挂了电话，百感交集，他突然有些懊恼，想喊，想哭，想发泄，他不清楚自己为什么会这样，心里一阵阵抽搐，一股无名的愤恨堵在胸口让他有些喘不过气来……猛地，从波用手使劲在自己的脸上抽了一巴掌，心说，从波你他妈的都干了些什么啊？你这是何苦呢？为一个离了婚的小女人竟然荒唐到如此地步，作为一个有家的人你又有什么资格阻止人家与别的男人交往呢？

从波发动着汽车，心里一片茫然……

2

从波第一次见到林忆欣是在八年前。那是一个阳光明媚的午后，他从电梯间里出来与正要上楼的林忆欣刚好打了一个照面儿，他没太留意面前的这个女孩儿，擦肩而过只匆匆搭了那么一眼。

时隔不久，从波被借调到公司下属的一个新建单位，协助那儿的设备安装和调测工作，这一去就是多半年，回来后由机房直接调到科室做了部门主管。

做了部门主管的从波总是从早忙到晚，平日里加班加点不说还得经常出差，所以，在差不多一年的时间里，他与这个新来的叫林忆欣的女孩儿几乎再未谋面，直到有一天，维护中心的孟维扬来送请柬，说起他和林忆欣五一节结婚的事，从波想了半天，这才记起

一年多以前曾经在电梯间里遇见过的那个女孩儿……

五一长假，丛波没有外出。难得这么几天放松的日子，丛波心情不错，于是，孟维扬和林忆欣结婚那天他便去凑了热闹。婚礼的场面十分排场，参加的人也很多。丛波特意留心了一下新娘子林忆欣，感觉这个女孩儿虽然说不上漂亮，但看上去挺舒服。那个时候，林忆欣给丛波留下的印象仅此而已。

接下来的日子一如既往，生活依旧是那么忙忙碌碌，依旧是那么平平淡淡……

一天，丛波从外地出差回来，偶然听到传闻，说是林忆欣和孟维扬正在闹离婚。起初，他并没有理会，说白了，这事儿跟他一点儿关系都没有，他犯不着为人家的事情劳神分心。后来，又过了些日子，传闻得到了证实，林忆欣和孟维扬到底结束了他们不到两年的短暂婚姻。为此，丛波还为他们的分手有点儿惋惜。想当初，他们的婚礼是那么隆重，两人曾经当着那么多人的面发誓彼此相伴，白头到老。丛波不明白，他们怎么会在这么短的时间里说离就离了呢，看来，有时誓言是不可靠的，丛波想。

关于林忆欣和孟维扬的离异，风传有好几种“版本”，有说天性浪漫的林忆欣跟性情沉稳的孟维扬在性格上反差太大，从而导致了他们的分手；也有说注重家庭生活的孟维扬与不善理家的林忆欣越来越突出的家庭矛盾最终使他们的婚姻出现了裂痕；更有甚者说是孟维扬在夫妻生活上满足不了性欲旺盛的林忆欣的要求，结果造成感情危机，其中根据之一是孟维扬和林忆欣婚后林忆欣一直没有怀孕；总之，个中缘由谁也弄不清楚，但大多数的说法认为离婚是林忆欣提出来的，这基本成为大家的共识，至于她以何种理由来为他们的这段姻缘划上的句号，孟维扬和林忆欣从未与人说起过，他们俩好像对这件事儿也都守口如瓶，讳莫如深。

就在那年夏天，公司组织大家伙儿去了趟海南，没成想，偏偏赶上天公不作美，五天的游程里有四天都在下雨，气得同伴们直骂老天爷可恶。面对这始料不及的鬼天气，整个行程中差不多每个人多多少少都有过一些抱怨，唯独林忆欣表现得十分平静，平静的让人觉得这一切似乎与她毫不相关，就像她是一个局外人。

也就是这次海南之行，丛波惊异地发现林忆欣身上有着许多与众不同之处。虽说他与她同事已经几年了，但彼此之间却鲜有联系，这不单单是因为他们两人工作不在一个部门儿，平时难得一见，更直接的原因是丛波比林忆欣整整大了一轮还拐了弯儿，从某种意义上说，他们俩隶属于两代人，无论从思想观念还是生活方式上他们都有着很大差异，因此，这些年来丛波和林忆欣几乎没有过什么来往。这次旅游无意间给了他们俩一次近距离接触的机会，面对着这个行为有些怪异的离了婚的年轻女人，丛波心里竟隐约有一种怦然心动的感觉。老实说，对于像丛波这样成熟理性的男人而言，女人的魅力不仅仅在于她是否年轻漂亮，也不在于她是否才华出众，关键取决于这个女人有没有味道。女人的味道是一种很难用语言形容出来的东西，这种东西在不同的男人眼里又有着不同的内容。卓尔不群的林忆欣之所以叫丛波眼前一亮，是因为她身上的那种独特而诡秘的气息让他感到新鲜。丛波忽然发现，这个离了婚的有些另类的女人无论在意态还是情态上都透着一种气质风韵的美，这种美与之纯情少女的青涩相比似乎更能展现出女人特有的风情，事实上，女人的这种熟透了的感觉对于任何男人来说无疑都是一种很具伤害的诱惑，只是平时没被在意而已。

在此之前，丛波从未关注过林忆欣，如果不是这次出行坐在他身边的崔大姐跟他闲聊时无意间提起这个女人，或许丛波和林忆欣之间这一辈子也不会产生任何的瓜葛。

那是在去三亚的大巴上，坐在丛波身边的崔大姐跟他闲聊，说着说着，不知怎么就把话题扯到了林忆欣身上。崔大姐小声告诉丛波，说她觉着林忆欣有心事儿，昨晚她们俩住一个房间，半夜里她好像听见林忆欣偷偷哭来着，早上起来她注意到林忆欣的眼睛红红的。她说她没敢问她，一来不知究竟是什么原因让她如此伤心，再

者她怕林忆欣有什么难言之隐，自己贸然询问说不准会弄出些许尴尬或不愉快。崔大姐说她一路上也没见林忆欣开心过，还说在人们说笑的时候她甚至发现平时挺乐天儿的林忆欣有好几次流露出一丝不易察觉的失落。

崔大姐是公司财会部的老会计，也许与她的职业有关，是一个非常细心的女人，平日里为人很好，又善良又热心。听她这么一说，联想起偶尔道听途说过的有关这个女人的那些飞短流长，从波的好奇心一下子膨胀起来，他突然想知道林忆欣究竟是怎样的一个女人，她是不是像人们私下里议论的那样诡秘与放浪，为什么工作才刚刚一年就急急火火地把自己嫁了出去，而后又在这么短的时间里莫名其妙地离了，她的心里到底埋藏着多少不为人知的秘密？有了这种念头，从波便不动声色地留意起林忆欣的一举一动。通过观察，直觉告诉从波，这是一个有故事的女人。

在三亚，当游人们都争着在刻有“天涯”和“海角”的两块大石头下拍照的时候，从波看见林忆欣一个人远远地坐在海边的礁石上望着大海出神，他不知道此时林忆欣在想些什么，但他感觉到了她的孤独。

回来的路上，从波特意走近林忆欣问她为什么不在“天涯海角”留个影，林忆欣说她觉得没意思，她告诉从波，说在她的想象中“天涯海角”是天的尽头那种苍凉的景象，应该给人一种天荒地老的感觉，可眼前的喧嚣跟她的想象差得太远，让她很失望。经她这么一说，从波一下子也有了同样的感受。为什么自己刚才没有感受到呢？从波想，看来还是心理上的差异，他和她，毕竟心境不一样。

最后一天，当游客们都聚集在机场的大厅里准备返程时，林忆欣却一个人独自站在外面的毛毛细雨里，任由雨丝在她的脸上和身上飘洒。

从波走过去，为她撑起一把雨伞，林忆欣冲他笑笑，眼里流露出一丝感激。“谢谢你，”她说，“我喜欢雨中的感觉，这种感觉真

的很好，很舒服。”

“当心，别着凉，淋出病来感觉可就不舒服了。”从波说。

“不会的，我身体素质好。”林忆欣说。

“还是注意点儿好，真要是感冒了你一个人多受罪，不像我——家里有‘白衣天使’呢。”从波跟林忆欣开了句玩笑，公司的人都知道他老婆隋云雁开着一家很有名气的宠物医院，平日里单位的那些坏小子拿他们两口子找乐，都这么称呼他老婆。

“呵呵……”林忆欣笑了，显然她也知道这个称呼的来历，说：“还是你从大哥命好啊，身边有这么一位能干的嫂子，上得了厅堂下得了厨房，捎带着连人带狗全都照顾了，真让人羡慕。”

从波和林忆欣这是头一回开玩笑，没想到上来自己就被她温柔地幽默了一把，于是，从波说：“看不出来啊林忆欣，你骂人还挺文明的。”

“是吗？”林忆欣笑着说，“真没听出来？我那是嫉妒你呢，哪儿像我啊，没人疼没人爱的……唉，可怜啊！”

“那你干吗非要跟人家小孟离婚？”从波说，“人们都认为孟维扬对你挺好的，真不明白你到底是怎么想的。”

“我是怎么想的？”林忆欣很敏感，瞪大了眼睛盯着从波，问：“你怎么想？是不是认为我有毛病？”

“别误会，我不是那个意思……”从波意识到自己说漏了嘴，赶忙解释。

“那你什么意思？”林忆欣脸上没了笑容。自打她和孟维扬离婚以来还没有人这么直愣愣地责问过她。

“这不是话赶话嘛，你看……怎么说呢……”从波有些支支吾吾。

“不用说了，我明白……”林忆欣打断从波的话，把脸扭向一边，那一瞬，从波看见一大颗泪珠从她的眼眶里溢出，伴着雨滴顺着她的面颊流了下来。

从波没想到会是这样的情况，一时没了主张。

“对不起小林，我不是故意的。”丛波说。

林忆欣望着别处，不说话。

丛波看得出，林忆欣在努力克制着自己。然而，一串串伤心的泪水依旧像断了线的珠子无声地滚出她的眼眶……丛波忽然间失去了所有的语言。他看着她，仿佛任何语言此时此刻都无法表达他心灵的震撼，就这样，他和林忆欣默默地伫立在海口机场外的霏霏细雨里……

许久，林忆欣终于控制住自己的情绪，她忍住了泪水，用手使劲儿抹了一把脸，勉强挤出一个笑容，说：“好了，过去了……”她有些不好意思地看了丛波一眼：“别笑话我，女人的眼泪就这么不值钱……没事儿了。”

“真没事儿了？”丛波问。

“真没事儿了，刚才我就是忽然觉得……心里头……委屈……”说着林忆欣的眼圈儿又红了。

丛波说：“生活就是这样，有快乐也有忧伤。总之，都会过去的，时间是治愈伤口的最好的良药。”

“谢谢你，丛大哥……”林忆欣深情地注视着丛波，轻轻说。

丛波看到，那一刻林忆欣眼里噙满了泪水。

“好了，没事儿就好，”丛波舒了口气，说：“走吧，别让人家等我们。”

林忆欣很快恢复了平静，跟着丛波进了候机大厅。

丛波很自然地使用了“人家”和“我们”两个名词儿。也许说者无意，但听者有心。后来，有一次林忆欣跟丛波回忆起当时的心情，她说她听了那话心里一阵温暖。

从海南回来，表面上看丛波和林忆欣还像过去一样，两人依旧是同事间那种不远不近不冷不热的关系，偶尔碰面，除了不再跟过去那样只是简单点点头而能微笑着招呼一声外，似乎一切都没有改变。然而，海南之行——尤其最后一天在机场外的雨地里发生的

——他和她生命轨迹中的那次意外碰撞，无疑在他们两人内心深处都产生了一种不可言传的震颤，这种震颤对于林忆欣来说就像是一股暖流融入了她的心田，让她感受到了一种久违了的亲人般的关爱，而对丛波来说，这种震颤则更像是一条忽然跃出水面的鱼儿，在他那平静的心灵湖畔荡漾起一道微妙的涟漪，这道微妙的涟漪即刻化为了一道奇特的波纹，这道奇特的波纹就此悄悄向四周扩散，渐渐地，形成了一个越来越大的圆圈，而这个越来越大的圆圈最终将他和这个女人慢慢地推向了情感的岸边……

两个月后，丛波利用双休日开车带着老婆儿子去了一趟北戴河游玩儿，完事儿顺便去了趟唐山，看望了住在那里的大伯大娘。回来的路上，在途经一个不知名的小镇子的时候，丛波无意间看见路边一个等车的女人很眼熟，像是林忆欣。于是，他把车又倒了回来。实际上，丛波已经把车子从那个女人身边开过去了——一闪而过。坐在后座上的隋云雁问他怎么了，干吗又倒回来？丛波说，他看见了他的一个同事。隋云雁说，开什么玩笑，这人生地不熟的小地方怎么会遇上你的同事？一定是看走眼了，别犯神经，快赶你的路。

丛波没有理会隋云雁，还是执意把车退到了那个女人的面前。

丛波没有看走眼，那女人真的就是林忆欣。

隋云雁觉得不可思议，丛波也觉得不可思议，林忆欣惊讶地看着从车上下来的丛波更是不可思议："丛工?"人们还习惯于对丛波过去的称呼，林忆欣也一直这么叫，"怎么会是你?"她喜出望外，使劲儿眨了眨眼睛，有点儿不相信眼前的事是真的。

"你怎么跑这儿来了?"丛波问。

"你怎么跑这儿来了?"林忆欣眨巴着大眼睛反问。

"哦，我们一家三口从北戴河回来，顺便到唐山看亲戚，打这儿路过。看着像你，还真是，你说巧不巧。"

"是啊，真巧。"林忆欣说。

“来，我给你介绍一下，”丛波指着坐在车里的隋云雁对林忆欣说，“这是你嫂子。”

林忆欣隔着车窗朝隋云雁笑笑，乖巧地叫了一声嫂子。

隋云雁打开车门，热情地招呼林忆欣：“快上来，累了吧？”她推推还睡着的儿子丛众，说：“去，坐前面去，让阿姨上来。”

睡眼蒙眬的丛众扭动着大胖身子迷迷糊糊地下了车，坐前面的副驾驶的位子上去了。

“小林，大老远的，你怎么一个人跑这儿来了？”车子重新上路，丛波一边开车一边用后视镜瞄着林忆欣，问。

“我来给我老姥姥扫墓，今天是她的祭日。”坐在隋云雁身边的林忆欣回答。

“你老家是这儿的？”隋云雁亲切地问林忆欣，“可听不出你有一点儿唐山口音呢。”

林忆欣笑了，说：“这里是我姥爷的老家，我没在这儿待过。我老姥姥活着的时候也不住这儿，在城里，她去世后把骨灰拉回来葬在这里了。”她看看隋云雁，见她好像没听明白，就又解释：“我老姥姥就是我妈的奶奶，听明白了吗？我从小跟着我老姥姥，直到上中学才回我妈妈那儿。”

“瞧瞧，你爸妈多省心，没费什么劲儿女儿就大了，多好啊。”隋云雁感叹道，很温情，语气里透着羡慕。

林忆欣没言声，嘴角泛起一丝不易察觉的苦笑。

一路平安。

傍晚时分，丛波顺利地把车停靠在了林忆欣住处的路边。不想，林忆欣却不下车，她提议要跟丛波一家一起吃晚饭：“丛哥，嫂子，可不可以请你们共进晚餐？”

“小林，都挺累的，我看还是改天吧，来日方长。”隋云雁理解林忆欣的心情，婉言谢绝。

“嫂子，我知道您累了，”林忆欣不好意思地朝隋云雁笑笑，

“别笑话我，反正我是一个人，一个人吃饭没意思，好不容易凑在一起，就算我求你们了，陪陪我好吗?”她说得很诚恳。

隋云雁便有些为难，她望一眼丛波：“你看呢?”

“没有理由拒绝美女的邀请，”丛波大大咧咧，说，“好吧，那就一起吃晚饭，小林，你点地方。”

林忆欣笑了，兴奋地说：“前面不远有一家‘至臻餐厅’环境挺好，菜的味道也不错，咱就去那儿吧。”

“好。”丛波说，“你头前带路。”

至臻餐厅——一个亲切而且透着些许文化的名号。正如它的名字一样，环境挺温馨。进得店堂，装修也很有特色，大到整体布局，小到桌椅餐具无不昭示着其独特内涵，给人一种很有品位的感觉。迎面一幅字画，在迎客松的映衬下，上书四个刚柔并济的大字——宾至如归。几人落座，服务员热情地端上一壶茶水，然后双手捧着菜单礼貌地征询：“请问，哪位点菜?”

林忆欣指指隋云雁，说：“嫂子，你来点。”

隋云雁连忙摆手：“别客气，小林，还是你点吧。”

丛众早就饿了，他坐在丛波旁边，看着妈妈和林忆欣相互谦让有些心急，伸手接过菜单递给丛波：“老爸，还是你点吧，你点的菜好吃。”

丛波接过菜单又还给服务员，嘴里训斥丛众：“你这孩子怎么这么没礼貌，看，让林阿姨笑话了吧。”

林忆欣赶忙说：“没有没有，丛众说得对，您点菜一定好吃，不然儿子怎么会长得这么壮，”她瞅一眼丛众，“今儿咱就听丛众的，丛工，你来点。”

林忆欣的话既已说到这份儿上了，丛波便没再推辞，接过菜单。他一边翻看菜单一边问服务员：“你们这里以什么菜系为主?”

服务员说：“我们老板说众口难调，本店会尽量满足客人的要求，所以无所谓什么菜系。”

“你们老板够牛啊，”从波合上菜单，说，“那好，你给我来一个南煎丸子，一个面筋炒豆芽，一个烹虾段儿，一个软炸里脊，一个干烧平鱼。”他看看林忆欣，用征询的口吻问：“都是大众菜，行吗？”见林忆欣点头，接着问：“再添个汤菜，肚丝烩滥蒜怎么样？”

“别要肚丝滥蒜，人家小林肯定忌口，一个女孩子怎么可以弄一嘴大蒜味儿，不成，换一个。”隋云雁插嘴道。

“不用，嫂子，我爱吃，真的。无所谓。”林忆欣笑着说，“谢谢你嫂子，想得那么周到。”

从波说：“那就这样儿，六个菜，不够吃再要好吗？”

林忆欣说：“好。”

服务员写好菜单，朝从波莞尔一笑，恭维道：“先生一看就是内行人，六个菜，煎、炒、烹、炸、烧、烩，齐了，美食家啊，请问，需不需要酒水？”

从波看一眼林忆欣：“我开车，要不……你和你嫂子来两瓶啤酒？”

林忆欣说：“好，来两瓶啤酒。”

常言说得好，人多吃饭香。林忆欣这顿饭吃得很多、很好，也很可口，用她自己的话说，不但吃出了味道，还吃出了情调。她说平时自己来这里，一小碗米饭一碟菜，要不就是几两水饺对付对付肚子，吃着特没劲，感觉什么味儿也没尝出来。从波笑说，别不上算，人家老板还不情愿呢，开饭馆儿的就怕你这主儿，花不了几个子儿要半斤饺子都不够人家工夫钱，赶上那毛病多的还会张口冲人家服务员喊，哎，小姐，受累给来壶“忌讳”（老天津卫的人管咱们吃的醋叫“忌讳”）外带两头大蒜，呵呵……林忆欣笑着反击，说，那是你，你才这样呢……

席间，从波谈笑风生，不知他哪里来的那么多诙谐幽默的段子，口若悬河，妙语连珠，逗得林忆欣和隋云雁不时开怀大笑。林

忆欣身心放松，无拘无束，偶尔接茬打趣儿，口是心非，倒也其乐融融。隋云雁则三句话不离本行，先是建议林忆欣养只宠物猫，后又介绍各种宠物的趣闻，丛波接过话头儿，说我觉得还是养只小狗好，狗是人类的朋友，是世界上最出色的动物，它不但通人性还最重感情，在忠诚方面狗要比人类强无数倍，人类不行，净是骗子，这一点连狼都知道。林忆欣接茬儿，不怀好意地问，你怎么会有狼的思维？丛波一本正经，说，狼有过教训。接着他学着说书人的语气清清嗓音，开口道：话说有一只饿狼在雪地里觅食，闻听一所茅屋传出小孩儿的哭声，饿狼正为食不果腹犯愁，忽听茅屋里有大人说话了——再哭，再哭我就把你扔雪地里去喂狼。饿狼一阵惊喜，心说这回有希望了。饿狼饥肠辘辘地等啊等啊，等了一宿，小孩子的哭声一直持续到天亮狼也没等到那家大人将小孩子扔出来，饿狼这才发现自己上当了，嘟囔着说，人类都是骗子，说话从来不算数。哈哈……几个人都笑了，隋云雁边笑边捶打丛波，说你这缺德鬼，净拿人类找乐儿，真是狼心狗肺，跟着话锋一转，认真地对林忆欣说，真的，小林，你一个人，有时难免会感到孤独寂寞，听我的话，养一只小猫儿吧，它会给你带来许多意想不到的乐趣。隋云雁告诉林忆欣，说人与动物之间不仅仅是一种简单的喂养关系，有时是一种相互依存，这种相互依存无论对宠物还是人类本身，时间长了你就会发现，这之间其实传承着的是一种爱，是修复人类爱心缺失的一个途径。林忆欣戏言，说眼下自己连自己都照管不好，常常吃了上顿没下顿的哪里还敢再添一个活物，瞧瞧自己的小身板儿，骨瘦如柴，如果养只小猫恐怕也是得跟着自己一起遭罪，如此说来，本人还是慈悲为怀，罢了，阿弥陀佛，善哉、善哉……她双手合十，做出一副十分虔诚模样儿，可爱得让隋云雁忍不住轻轻“拧”了一下她的脸蛋儿……当下营造出的气氛相当愉快。

吃完饭，林忆欣前去买单，不想丛波借口去洗手间的空当叫服务员提前把账结了，为此林忆欣有些过意不去，执意要把钱退给丛波。

“丛工，说好了的我请，你看这多不合适。”林忆欣嗔怪道。

丛波嘻嘻哈哈，说：“下次吧，下次让你多出点儿血，也省得叫人家说我们一家子占你小便宜，既然打算占你便宜就得值——等着。”

林忆欣无奈，笑笑，说：“得，只好叫人家说我占你们一家子的小便宜了。”

丛波淡淡一笑：“当心，贪小便宜要吃大亏呢。”

林忆欣接茬儿：“只要跟你，吃亏我也愿意。”

丛波赶忙回头望了一眼身后的隋云雁，见她正在和儿子丛众说话，于是，故意压低了声音冲林忆欣说道：“别瞎说，小心你嫂子听见，以为我怎么过你似的。”

林忆欣说：“瞧你吓的，听见怎么了，我就说。”她嘿嘿笑着，成心大声说：“吃亏是福。我愿意。”

吃亏是福？丛波听林忆欣这么说，心里“忽悠”动了一下，他知道与“吃亏是福”对仗的上句是“难得糊涂”，而此时，这话打林忆欣的嘴里说出来，让丛波一下子感觉到了另外一种涵义，尤其林忆欣还假装糊涂，又重复了一遍“我愿意”这仨字儿。丛波觉得林忆欣这话说得有些耐人寻味，因而，后来闲暇时他便反复咀嚼这其中的内容，渐渐地，自作多情的丛波似乎悟出了这其中暗含着的某种意思。再后来，他特意书写了“吃亏是福”这四个字，然后找人装裱好，挂在了自己的办公室里。

如果说丛波和林忆欣两个月前在海南岛上的那次接触，不经意间为他们两人后来的交往铺垫了一条引路，那么这次他乡的意外邂逅，无疑将他们的这种交往步入了一个新的里程。

林忆欣就是在这个时候悄然闯入丛波的视野的。

3

丛波一宿都没有睡好。

从林忆欣那儿回到自己的家已过了凌晨三点，丛波躺在床上，

却怎么也睡不着。想着林忆欣此时正与另外一个陌生的男人睡在一起，他浑身燥热，脑海里总是不断闪现出一对男女赤条条搂抱在一起的各种动作，他越是想赶走那些画面，那些画面反而越是清晰闪现，驱之不去。

从波辗转反侧，翻来覆去，始终难以入睡……

黎明时分，从波总算迷迷糊糊睡着了，好不容易进入梦乡，却又被一个奇异的怪梦惊醒。梦境中，他和林忆欣来到了一个无人的海边，在寂寥的沙滩上面，海浪轻轻拍打着海岸……林忆欣跟他说，从哥，我们下海游泳吧，从波看看她，说我们没带游泳衣呀，林忆欣说，那咱们就裸泳，说着她脱光了衣服下到了海里，从波正犹豫着，就听见林忆欣在海水里喊——救我，救我……从波一头扎进海里，奋力向林忆欣游去……当他一把抓住喊救命的那个人，却发现这个人不是林忆欣而是另外一个女人，从波丢下这个女人再去寻找林忆欣，可平静的海面上什么都没有了，他大声呼喊林忆欣的名字，一遍又一遍，却听不到任何声音，他突然感到浑身发冷，自己的身子也慢慢往海水里面沉了下去……就在这时，他一激灵，醒来了。

从波定了定神，用手按住“怦怦”直跳的胸口……当他慢慢平静下来，想再迷瞪一会儿，却已睡意全无。

从波望望窗外，发现天已放亮，他起了床，刷了牙，又洗了脸，然后坐在沙发上呆呆地抽了两根儿烟，看看天色已经差不多了，便拿了包儿匆匆忙忙出了家门。

这些天来，从波的心绪可以说很郁闷，烦心的事儿一件接着一件，搞得他焦头烂额。先是躺在医院病床上的老岳母，情况非但不见好转，反而一天不如一天。爱人隋云雁因此整日心情沉重，已经好些日子没有回来了，家里面乱作一团。再就是他那上初三的宝贝儿子从众，眼瞅着就要中考了，却不知为什么突然提出休学，说不上课就不去上课了。其实，最让从波闹心的还是林忆欣的这“一不

留神”。从波一直以为林忆欣是一个守身如玉很单纯的女人，忽略了她是一个有过短暂婚史的独身小少妇儿。是啊，年纪轻轻，又独居一处，她怎能耐得住这份寂寞？从波虽是这样想，但出了这档子事，他心里还是挺别扭。实际上，在此之前，林忆欣在从波眼里已然成为自己私有的一道靓丽风景，这道靓丽风景让他对周边别的女人几乎视而不见，这种情形甚至危及到了他和他爱人隋云雁之间的夫妻生活，很长一段时间，从波对睡在自己身边的隋云雁很是漠然，隋云雁那又白又嫩的身子似乎再也唤起不了他的激情，从而让他都懒得去复习夫妻晚间时常要做的那门“功课”。直到现在，对林忆欣的这份情愫，从波才突然如梦初醒。

从波就是想不明白，林忆欣和这个叫尹北光的小子不过才见了一面，她怎么就跟他上床了呢？在从波的心目中林忆欣不应该是这个样子，不应该是这种随随便便的人，虽然他也曾听到过一些关于这个女人的风言风语，但他始终不相信那些传闻会是真的。从波之所以对林忆欣如此信任，或者说他对她如今的举动难以释怀——事出有因，那件事儿至今仍令他心有余悸，记忆犹新。

两年多了……

那是夏日的一个周末，公司部分员工在一起聚餐，饭后，几个同事意犹未尽，便拉了他去练歌房唱卡拉 ok，这其中也有林忆欣。

那时，从波和林忆欣之间的往来已经很频繁，两人除了不时互发一些有趣的短信，还经常在网上聊天儿。坐而论道，彼此身心都很愉悦，打趣调侃，俩人情绪都很放松，尤其是那种忽远忽近若即若离的感觉，非常美妙。为此，从波和林忆欣在网上还约定了一个时间，林忆欣给这个时段起了一个名儿，叫——真情在线，相约十点。后来从波说林忆欣起的这个名字太直白、太俗，就改成了——心播意愿，有缘在线。他巧妙地把他们俩人名字的最后一个字的谐音排在开头，又暧昧地表明了俩人期盼的未来以及目前的现状。由此可见，他们两人之间的关系与常人相比，在那个时候就已经超出了一般。

来到歌厅，他们又要了许多酒水，大家边喝边唱。本来聚餐的时候这帮家伙就都已经喝得差不多了，但显然没能尽兴，这会儿大家完全放开了，个个手里举着酒瓶你来我往，喝着，跳着，闹着……直到一首英文歌曲响起，大家伙儿这才一下子从狂欢中安定下来。人们寻声望去，只见林忆欣手里拿着无线麦克风躲在一个角落里，歌声从她的喉咙里发出，有如天籁之音……这首莎拉·布莱曼的《月光女神》平和而动听，那声音像是发自心底的倾诉，带给人一种无限的遐想与渴望……大家静静地听着林忆欣那平和的声音，那平和的声音仿佛让人又感受到了一份无尽的牵挂以及无奈的伤感……朦胧的灯光下，一袭素雅的林忆欣纯净、柔美，恍若月光下的女神……

从波不知怎么的就有了些冲动，此时，一直以来凝结在他心底的对这个女人的情怀让他好像置身在了一个无人的境地……迷蒙中，他手持花束走上前去，突然一把将林忆欣搂在了怀里，不料，林忆欣却一下子将他推开，嗔怒道："干嘛呀你……"说着挣脱了他的手臂，拂袖而去。

望着林忆欣迅速离去的背影，从波突然清醒过来，清醒过来的从波尴尬极了，悻悻地站在原地，一时竟不知怎样才好……

还好，醉眼蒙眬的同事们并没有太在意，大家起哄、鼓掌、吹口哨，把这一幕只是当作了一个小小的插曲。

事后，林忆欣意识到了自己的做法有些欠妥，感觉到自己的举动伤害了从波，于是，她便主动找了从波跟他道歉。她解释说，当时自己也喝多了，意识不是十分清醒，再说他真的把她弄疼了，所以才……她叫从波别介意，别生气，随后便一再声称，说自己对于异性的触摸一向是严肃的，有原则的。从波听了，非但没有责怪林忆欣，反而自己倒觉得很不好意思。相比之下，林忆欣的自尊自爱让从波感到自己的行为的确有些下流、猥琐，很龌龊，因而钦佩之情不禁油然而生，直到现在，即便他们两人经常单独在一起吃饭喝酒，从波自己都尽量保持住清醒，对林忆欣最深切的表达形式无非

是用手轻轻拍一拍她的肩膀，出格的事，丛波再没敢越“雷池”半步……而如今，这个女人怎么了？

其实，随着丛波和林忆欣接触的日益密切，时常，一种异样的感觉在丛波心里老是出现，只是鉴于林忆欣这一次的表白，丛波就一直没有往那方面去想，不然的话，他应该早就洞察了林忆欣那看似平静如水的表象下面深藏着的波澜……

丛波不愿相信林忆欣是这样一个有问题的女人，他宁愿她是一个没有亲人、没有朋友、没有人疼爱、没有人关怀的一个孤独的女人、一个不幸的女人。然而，已经发生在他眼皮底下的事情不能不叫他重新梳理自己的思绪。尽管以前有些事儿曾经让他匪夷所思过，但过后他还是没有怀疑林忆欣对他的信任与依赖，而此刻，丛波想起过去那些曾经被他忽略了的许多往事，他的心绪突然有些迷乱，种种千丝万缕的联系让他恍然犹如梦中……

丛波记起了一件小事儿……

有天晚上，他去机房核对一份资料，见廖小燕独自一人坐在电脑前忙着，于是他跟她打招呼，问：“怎么就你一个人呢？”丛波知道，按规定，机房晚上值班是要两个人的，所以他才这样问。

廖小燕抬头望一眼丛波，说：“林忆欣身体不舒服，我让她歇着去了。”

丛波问：“她怎么了？”

廖小燕说：“发烧，我让她去医院看看，她说没事儿，吃点儿药就行了，我看够戗，小脸儿烧得通红。”

丛波问：“她人呢？”

廖小燕说：“在休息室呢。”

丛波说：“我去看看。”

廖小燕说：“您去看看吧，最好弄她去医院检查检查。”

丛波进到休息室，见林忆欣头上蒙着一件大衣蜷缩在沙发里。他走过去轻轻叫了一声小林。林忆欣没动，也没吭声。丛波提高嗓门又叫了一声小林，林忆欣还是没吭声。丛波拿手碰了一下林忆欣

的脚，林忆欣的脚本能地往后缩了一下，这说明林忆欣还有知觉，多半是因为难受懒得出声，从波想着，便伸手摸了摸她的额头。这一摸不要紧，他不由得吃了一惊，林忆欣的额头热得烫手。从波马上意识到林忆欣病得不轻。他赶忙朝机房里喊廖小燕："燕子，你把手头上的活儿先放一放，过来一下。"

廖小燕放下手里的活儿跑过来，说："怎么样从工？烧得够厉害吧。"

从波"嗯"了一声。

廖小燕问："怎么办？"

从波说："什么怎么办？赶紧弄她上医院。"

廖小燕说："怎么弄啊？再说机房里不能没人呀。"

从波说："你帮我把她叫起来，扶她下楼，注意，捂严实点儿，我去开车。"说完转身下楼去了。

从波把林忆欣从医院送回到她住的地方已经是转天清晨了。林忆欣在医院里打了一宿点滴，从波陪着她一直待到天亮。

打了一宿点滴的林忆欣病情明显得到了缓解，她看着从波有些疲倦的面容似有千言万语想跟他说，然而，从波那亲切平静的样子反而叫她一句感谢的话语也说不出口。她不知道应该用什么样的语言来表达她内心的感激，半晌，只轻轻说了一句："上去待一会儿好吗？"

从波看着林忆欣那依然显得苍白的脸有些心疼，但他不想表现出来，于是开玩笑说："你不怕引狼入室吗？"

林忆欣突然就哭了，扑在从波的身上，说："有你这么善良的狼吗？你干嘛对我这么好？"

"你看你看，哭什么呀？难道我不该这么做吗？"从波用手轻轻搬开林忆欣的身体，对着林忆欣的耳朵小声说："哎——你知道你哭的样子吗？告诉你，特难看。"

林忆欣哽咽着，说："难看就难看，怎么了……"

“怎么也没怎么，”丛波哄孩子似的帮林忆欣擦着眼泪，说：“难看还有理了，呵呵……好了，我的林妹妹，别哭了，上楼吧。”

“去。”林忆欣破涕为笑，挽起丛波的一只胳膊一起上了楼。

和孟维扬离婚后，林忆欣就搬了出来，开始在离她单位不远的一个小区租了一个独单，后来不知为什么，过了一段时间她便把那间房子退掉了，反而搬到了离单位很远的一个新建小区。再后来，她利用自己的公积金贷款买了一套商品房——也就是她现在居住的这个两室一厅的三楼。

林忆欣打开房门的时候略微犹豫了一下，她看一眼丛波，有些不好意思地说：“别介意啊，我屋子太乱，没想到过会有人来，不然，说什么我也得收拾一下。”她随手打开门厅的灯，说：“莫笑话我，我是一个不善理家的人。”丛波一笑，说：“那我就省事了，还用换鞋吗？”

“鞋还是要换的，我昨天接班前才新擦的地板，来，给你，穿这一双。”林忆欣从鞋柜里拿出一双男式拖鞋递给丛波。

“想不到你这里还有男人的东西啊。”丛波和林忆欣开了句玩笑，同时他也是有点儿纳闷。

林忆欣脸一红，说：“鞋子总还是得预备几双嘛，你是不是认为我一个女光棍儿没这个必要啊。”

“你太敏感了，”丛波说，“开句玩笑嘛，何必认真。”

“对不起，也许是我多心了，快换上吧。”

“我的脚可臭呢，”丛波嬉笑着说，“不过也好，我这鞋一脱，你这屋子里的苍蝇、蚊子——全完。”

林忆欣乐了：“看你说的，有那么严重吗？”

丛波换好拖鞋，一边慢慢往里走一边开始打量林忆欣的房间。

林忆欣的屋里的确很凌乱。客厅——沙发上堆满衣服和书籍，茶几上杯盘狼藉，果皮、零食、方便面盒子……卧室——窗帘拉着，一道晨曦从缝隙间透进来，像一束聚光灯照在一张宽大的双人床上，被子没有叠，随意地摊在一边，一只毛茸茸的玩具“沙皮狗”横卧在床的中央……

“乱吧?”

“乱而不脏，要说也是一种时尚呢。”丛波说。

“你真会说话，”林忆欣说，“本来是一件很难为情的事，从你嘴里说出来，听着就舒服。”

“这不奇怪，每个人的生活方式不一样，欣赏的角度也不一样嘛。”

“呵呵……”林忆欣笑笑，说：“像我这么懒的女人是不会有人欣赏的。”

“未必，女人的优雅不完全是饱读诗书，五艺精专，有时，慵懒、闲散乃至无聊也可以造就一种优雅，甚至极致。”

“这是谁说的?”

“网上，”丛波说，“从网上趸来的，开始我并不留意这方面的东西，有一次，我邻居家女孩儿婷婷头发乱蓬蓬地从我眼前晃过去，我就叫住了她，冲她说，婷婷，你看你这么漂亮的女孩儿怎么不梳头就上街去呢，成何体统?你猜人家孩子怎么说——别老土了丛叔叔，懂不懂时尚啊你，然后她一字一顿地冲我说，这叫、乱、妆，不明白别瞎咋呼，怕不成招人笑话……哈哈……瞧，敢情我老土了。”

“呵呵……现在的女孩儿时髦着呢，丛哥，你先坐会儿，我去弄点吃的。”林忆欣说着就要去厨房。

“等等。”丛波说，“我早上从来不吃东西的，你先去洗脸漱口吧，女人呀，没有天生丽质的容颜已经是一种不幸，如果再破罐破摔可就是悲哀了，哈哈……得懂得悉心呵护自己才是。”

“呵呵……刚才还夸你呢，你这人……”林忆欣笑了，“我知道我的脸一定很憔悴，可你也不能这么赤裸裸地打击我呀，天啊，真痛苦……”

“呵呵……痛苦也许是因为心比脸更憔悴呢。”丛波说得像是漫

不经心，跟着煞有介事地说："我来为你疗伤，这样吧，我帮你煮碗面——有西红柿鸡蛋吗?"

"有，在冰箱里。"林忆欣答应得很爽快，夸张地说："上帝啊，终于有人为我煮面了，真幸福。"

"你的幸福指数很容易满足嘛，不过我不是上帝，拯救不了你的灵魂，但我不会叫你的胃口失望，我的厨艺是一流的，一定会把你的幸福装满一大碗。"丛波说。

"多谢了。"林忆欣俏皮地冲丛波做了个鬼脸儿，然后兴高采烈地忙乎自己去了。

丛波手脚麻利，只用了十来分钟，西红柿鸡蛋面就煮好了，他在煮好的面锅里放了盐和香油，随手又拿起一袋味精："有剪刀吗?"丛波问。

"要剪刀干嘛?"林忆欣正在洗漱间刷牙，探出头来，含着满嘴泡沫儿反问。

"味精还没开包呢，我手湿，撕不开。"

"有，在卧室的床头柜儿里。"

丛波来到卧室，他打开床头柜儿翻找剪刀。不经意间，他的目光被抽屉里一个很精致的小纸盒儿吸引了，丛波心里"咯噔"了一下，他看见，那是一盒儿外国进口的避孕套。

盒子是打开的。丛波迅速向厅里张望了一眼，鬼使神差地数了数，六只，丛波知道，这种包装的避孕套一般都是十只装的，显然这盒儿里的东西有人动过，也就是说，在此之前已经有人使用过四只。

是林忆欣动过的吗？那么使用它的又是谁呢？在她的家里，在她的床头柜里存放着这种东西，显然是为一个男人预备的，那么这个男人又是谁呢？林忆欣有男人？这可能吗？会不会是她过去和孟维扬离婚后遗留下来的而一直忘记处理的呢？丛波的脑海里一下子被一连串疑问困扰，就在这时，林忆欣在洗漱间里问："找着了没有?"

“哦，找到了。”丛波赶忙拿了剪刀从卧室里出来，他虽然感到有些纳闷和疑惑，但这种事情是不好随便开口问人家的，何况林忆欣是一个离了婚的年轻女人。

丛波把做好的西红柿鸡蛋面盛在一只大汤碗里，他调整了一下情绪镇定住自己，平静地朝刚好走出洗漱间的林忆欣说：“我的任务完成了，趁热吃吧。”

“哇，这么多啊，香，真香。”

“那你就多吃点儿，”丛波拿起茶几上的车钥匙，“你慢慢吃吧，我该走了。”

“急什么呀，一起吃吧，吃点儿再走嘛。”林忆欣一边用毛巾擦着手一边瞅着那一大碗西红柿鸡蛋面挽留道：“这么多，我一个人也吃不了啊。”

“不了，我还得回家一趟呢。这样吧，一会儿到公司我帮你请假，你在家好好休息吧，再见！”

“那——谢谢你了，丛哥。”林忆欣有些依依不舍，送丛波出了门口……

这件事儿就这样过去了，以后丛波也没再去琢磨过，只是有一回夜里，妻子隋云雁与他缠绵，丛波偶尔想起了林忆欣床头柜里的那盒东西。不过，他非但没有像那天一样纳闷和疑惑，心里反而有点儿遗憾。他有些后悔当时没有“顺”入自己口袋，要知道，那可是非常精美高档的美国货呢——超薄带刺儿的那种，瞧着就刺激！丛波忽发奇想，当时自己顺手牵羊也就顺了，横是她林忆欣也不好意思张口跟他提这事儿，难不成她还真敢伸手朝他往回要？给她来个哑巴吃黄连有嘴说不出多好，反正她留着也没用。丛波越寻思越觉得自己当时有些弱智，怪自己身手不够果断，现在琢磨过味儿来了，得，一切都晚了，再想怎么着，可惜，没那样的机会了。不过，这件事儿到底还是给丛波的脑海中留下了一些浮想联翩的空间，让他对这个女人的私生活进一步充满好奇，因而，林忆欣在他心目中固有的那种神秘感愈加变得扑朔迷离……

从波现在想起这件事儿，不寒而栗。难道说林忆欣神秘的面纱后面，果真像过去人们议论的是这么一个轻佻的女人吗？那自己为什么却从来没有发现呢？从波突然又记起，还有一回，郑雅芬曾经提醒过自己，说这个女人不够检点……那是去年冬天的事儿，有一天，从波接到郑雅芬打过来的电话，说是刚从国外回来的一个老朋友想要见他，问他有没有空。郑雅芬是从波小学到高中的老同学，现供职于市内一所著名的妇幼保健医院，在那里当大夫。虽说是老同学，但平日里郑雅芬不怎么跟他来往，彼此一直也很少联系。眼下她打过来电话找他，想必一定是受人之托。虽然郑雅芬在电话里卖关子，没有提从国外回来的这位老朋友是谁，但从波心里已然有数儿，不用猜，他就知道郑雅芬说的这个老朋友是高放。

高放也是从波的同学，说是同学似乎有些牵强，其实他们俩在学校里只待过一个学期。高放是从波小学五年级时由外地转学过来的一个插班生，尽管他们俩当时并不在一个班级，可少年从波对这个戴着一副近视眼镜的小姑娘却是一见倾心，初次看到她就心怀了好感。那还是在高放转学到他们学校不久，从波就注意到了隔壁班的这个漂漂亮亮的小女生，清纯、洋气，总是那么干干净净。但时间不长，暑假以后，这个清纯、洋气、干干净净的小姑娘便随同她军人的父母又去了另外一个城市，这样，高放就像是从波生命历程中划过的一道彩虹，绚丽而短暂，只片刻，便消失在了遥远的天际……多年后，从波当兵去了。在部队，他回忆起自己这段朦胧的初恋，多愁善感，于是，写下一首小诗，不成想，这首小诗被班里一个战友寄给了在杂志社当编辑的姐姐，战友的姐姐很喜欢这首小诗，很快就刊发在了当年的一期文学杂志上——

蓝天给了我一个梦想
于是，追寻成为我的翅膀

我把心儿放飞给蓝天
你便是我的希望……

在你的怀抱
我想筑一个巢
当我疲倦的时候
能够投入巢中
歇一歇脚

你的倩影
是一只无形的风筝
始终牵伴着我
生命的旅程
无论你飞得多高、多远
我都愿与你
风雨同行……

没想到，这首题名就叫《高放》的小诗发表不久，从波意外地收到了编辑部转来的一封信，让从波更加没有想到的是，这封信竟是高放写来的，在信里，高放简单地表达了自己看到这首小诗后的心情以及对过去时光的留恋，并在信的结尾附上了她写的一首题为《悟》的小诗——

无限的眷恋
是那飘零的岁月
无尽的期待
是那无悔的季节
虽然爱的雨露
在心里早已凝聚成雪
但春的意境

到底不同了
秋的那种感觉……

哦，往事如烟……

虽然后来丛波和高放因为种种原因没有能够重续前缘，但彼此给对方的心灵还是留下了许多难以忘怀的东西。多少年过去了，曾经少男少女的身影早已模糊在光阴的底片上，高放的容颜也随着岁月的流逝尘封在了丛波记忆的深处，然而这首题名为《悟》的小诗却一直珍藏在丛波的脑海里……十几年了，他们天各一方，彼此再没有过接触，而在这十几年里，他们在不同的城市里各自拥有了自己的家庭和事业，生活得都很美满、幸福，如果不是在不久前的一次同学聚会上郑雅芬告诉丛波，说高放几年前就去了美国，丛波还不知道高放现已定居在旧金山，也由此，丛波才知道高放和郑雅芬一直保持着联系。

丛波放了电话就赶来了医院。不想，在经过门诊大厅的时候碰巧遇上排队等着挂号的林忆欣。

丛波主动上前，关切地询问林忆欣怎么了，哪里不舒服？林忆欣脸一红，马上推说没什么要紧，只是顺路过来看看医生拿点儿药。丛波说，你跟我来吧，正好我的一个老同学刚从北京进修回来，不妨让她好好给你检查一下。林忆欣轻轻一笑，婉言谢绝，说不用，谢谢你丛哥，小毛病，不值得叫你搭这份人情。丛波说别客气，走吧，都是自己人，再说了，你在这儿挨个排队，还不知道要等到什么时候，别犹豫了。林忆欣还想找什么借口，丛波不由分说，把她从人群里拉了出来。林忆欣有些难为情，犹犹豫豫，磨磨蹭蹭。丛波看出了她的心理，知道她是不好意思，于是说，别担心，我这个老同学是女的，而且很有医德。

就这样，郑雅芬认识了林忆欣。

那天，郑雅芬为林忆欣做完检查，把诊断情况跟林忆欣简单交代了一下，然后为她开了药方。

送走林忆欣以后，郑雅芬回到医生办公室，一进门，她朝正跟高放聊天的丛波看一眼，像是很随意地问了一句："这大妞儿结婚了吗？"丛波实话实说："结了，又离了，怎么？莫非你想保媒拉线儿？"郑雅芬诡秘一笑，没有接茬丛波的话，反问："她跟你什么关系？"丛波依旧实话实说："同事啊，怎么啦？"郑雅芬做了一个鬼脸儿，然后说："没什么，随便问问。"丛波猛然意识到郑雅芬话里有话，于是跟她解释，将自己路过门诊大厅时碰巧遇上林忆欣的经过说了一遍。郑雅芬撇撇嘴，表示怀疑，说："这么巧？谁信？"丛波说："信不信由你。"这时，坐在旁边的高放笑了，说："雅芬，别难为丛大主任了，男人嘛，谁还没有一点儿风流韵事？"丛波一听，立马"急"了，冲着两个女人嚷道："你们什么意思啊？心眼儿都长歪了吧？想哪去了！"郑雅芬看着丛波激动的样子，平静地说："你嚷什么呀，告诉你丛波，跟她没关系最好，这个女人有问题，如果你说她是一个离了婚的独身女人，现在我告诉你，至少我认为她生活作风不够检点。"

"不可能。"丛波不相信郑雅芬的话，信誓旦旦地说："我了解她，她不是那样儿的人。"

"你了解她？那你说她是哪样儿的人？"郑雅芬嗤之以鼻，"还了解？你懂什么？"

"反正她没有男人，这一点我可以保证。"

"你可以保证？你拿什么保证？"郑雅芬定定地看着丛波，好一会儿才开口说道："好，咱不管她到底有没有男人，但有一点我必须告诉你，她有着正常的性生活，她的身体瞒不过一个妇科医生的眼睛！"

………

"她的身体瞒不过一个妇科医生的眼睛！"此刻，丛波想起郑雅芬这句话，忽然有一种被人玩弄了的感觉。长期以来，林忆欣可以说就生活在他的眼皮子底下，他对她那么关注、投入，在他的视线里，他看到的原来只是这个有着双重人格的女人阳光下的一面，而

隐藏在夜幕中的那个林忆欣却被他忽略了，尽管他曾经感觉到了林忆欣偶尔流露出了一丝幽怨、失落、渴盼。

从波没有想到，这个偶尔会流露出一丝幽怨、失落、渴盼的女人，在他的视线之外，居然有着这样见不得阳光的黯淡。从波突然感觉到，这个看似率真纯情的女人平日里呈现给自己的灿烂笑容并不真实，她的背后，原来生活得很灰暗。从波暗自思忖，看来，是自己高估了林忆欣的品行，在道德的层面上完全把她理想化了，忽略了她是一个生理正常的女人，从而也忽略了她曾经露出过的诸多蛛丝马迹……自己为什么从来没有站在人性的角度去看待这个女人了解这个女人呢？从波反思自己的行为，考问自己的心理感受，难道只是因这个女人随心所欲的生活方式偏离了自己的坐标就去责怪她吗？她不是神，也是人呢，肉眼凡胎，每个人都有权利追求自己的渴望，追求自己的渴望是她的过错吗？

也许正如有些心理学书上说的，女人无所谓清白，无所谓清白是因为她缺少真正的爱，缺少真正的爱的女人做出的事情往往会超乎人们的想象。但从波还是有一种若有所失的感觉，这种若有所失的感觉很大程度上是因为他对这个女人感到了疑惑不解，而疑惑不解常常会叫人产生狂躁和烦乱。

从波努力调整着自己的心绪，但心里依然有种酸溜溜的惆怅，现在的问题是，他不知道，这个他心目中的“女神”背着他到底有过多少男人？

他妈的，郁闷！

儿子从众又无故逃课了。自从他妈妈去了北京陪伴姥姥治病，他就吃住在奶奶家。这段日子，从众的学习成绩直线下滑，班主任李老师已经给隋云雁打过电话，说了这个情况。过去，由于从波工作忙，都是隋云雁照管儿子，督促他看书写作业。十几岁的男孩儿自制力很差，本来学习上就不太用功，贪玩儿，一下子没人管了，接下来的事情可想而知。

这不，从波前脚刚到单位，屁股还没坐稳，紧跟着后脚就接到儿子的班主任李老师打来的电话。在电话里，班主任李老师说，从众中午下课后跟她打了声招呼，说是家里有事儿，然后骑车跑了，她一把没抓住，就再也没追上，叫他，跟没听见一样，头也不回。这孩子近来上课时老是魂不守舍，心不在焉，到底是何缘由，老师也是一头雾水，知道他妈妈在北京陪护姥姥，所以，无奈之下这才把电话打到他的办公室，让他这个做家长的无论如何抽出点儿时间到学校来一趟，商量商量，看看下一步怎么办。

从波没有马上去学校，也没有回家。知子莫如父，从波知道儿子最近迷上了网络游戏，他敢肯定，从众百分之百去了网吧。

果然，在一家叫蓝星网吧的门口，从波发现了儿子从众那辆台湾产的运动跑车，这辆车是他去年应邀参加一次自行车车展后厂家送他的展品，他非常熟悉。

从波走进网吧，一眼就看见了正全神贯注坐在电脑前跟魔力宝贝叫劲的儿子从众。从众聚精会神，两手敲击着键盘，口里念念有词，全然没有发觉站在身边的父亲。从波用手轻轻拍了一下儿子的肩膀，从众这才扭头看他一眼，这一眼不要紧，儿子从众吓了一大跳，他万没想到昨天才去了北京陪护姥姥的老爸竟然会出现在自己身边，刹那间，他从椅子上“腾”地站了起来，紧张地盯着从波。从波本来并没有太大的火气，可看着儿子从众那副惊恐无能的怂样儿这才气不打一处来，二话没说，上去就是一个耳光。

从众没料到老爸会当着这么多人的面儿揍他，他愣了。在他的记忆里，老爸从来没有动过自己一个手指头，平日里虽说不是特别关心他的学习，但生活上对他却是十分溺爱，每次对他提出的各种要求总能给予满足。而此刻他怎么也没有想到老爸会抬手给自己来一耳光，而且在这样一个场合。

从众愣了几秒，突然猛地用力推开从波，夺路而逃——跑了。

从波回了公司。

从波没有去追儿子从众，不是他不担心儿子，只是现在他实在没有工夫，公司里还有一大堆的事情等着他，他准备晚上去父母家再跟儿子好好说道说道，谁知一忙乎，竟把这事儿给忘了，直到转天清晨在宾馆的客房里接到隋云雁打来的电话，告诉他儿子一宿没有回家时他这才感到问题的严重。

从波是看着儿子从众跑出网吧的，当时他心里只顾生气，没想儿子会夜不归宿，他知道儿子天性胆儿小，以为不会出什么事儿，至多会到爷爷奶奶那儿告自己的状，他没当回事儿。公司总部来的那几个“内审员”还等着他，他这个过去的部门主管现已是统管公司业务技术的主任，许多的事情还得由他出面。

这次“贯标”本应该由办公室牵头，从波他们部门配合，让从波憋气的是，就在两天前，办公室主任一甩手跟着公司“大毛儿”出国玩儿去了——名曰考察，实则带薪休假，这下他从波反成了主角，这个整天忙得焦头烂额本来最应该好好放松一下的人，美差面前非但挨不上份儿，而且，到头来还得低三下四地去应付那些上边儿下来的人，可想而知，从波心里要多窝囊有多窝囊。

且说总部来的这几个“内审员”，其实就是从各个分公司临时抽调上来的一群乌合之众，好歹培训了几天就他妈跟事儿似的满处招摇撞骗，一个个拿着鸡毛当令箭，神灵活现，牛逼的不知自己个儿吃几碗干饭。从波明明知道他们的底细，却不能不把他们当回事，因为这次内审的结果在全公司是要排名的，而且跟经济效益挂钩，显而易见，各个分公司都不敢怠慢，道理很简单，谁都不愿意垫底，不为经济利益上的打算，至少得顾及脸面。为此，从波陪吃、陪喝、陪笑脸不说，还得处处小心侍候着。晚上送他们去宾馆，谁知到了那儿，这哥儿几个说什么也不放他走，非得要他陪着搓几圈。“盛情”难却，从波只好硬着头皮上阵。要说从波平时也算得上是“麻坛”高手，无奈眼下一是没那份儿闲心，二来林忆欣的电话一遍接一遍，从波越是不想理她，她越是没完没了地添烦，结果可想而知，即便后来从波索性把手机关了，就他那状态，折腾了多半宿，到了，还是败了个一塌糊涂。

让从波没想到的是，他关机的直接后果导致了他的家人与他失去联系，儿子从众一宿没有回家让爷爷奶奶提心吊胆了一夜，无奈之下，两位老人把这情况打电话告诉了身在北京医院里的隋云雁，当隋云雁转天清早打通了从波的电话，听从波跟她讲完昨天事情的经过，这个颇具涵养的女人急了，竟动了粗，说：“从波，你他妈听着，儿子如果要是有个三长两短我他妈跟你没完。”说完就挂了电话。

从波懵了，他来不及穿戴整齐就跑出了宾馆，此刻，他什么都不顾了，他要去找儿子，现在对从波来说，儿子从众是最要紧的，他必须尽快见到儿子。当他打开车门，一眼看见车座上还放着的那条名贵的进口女士香烟，从波猛然想起了林忆欣。这条烟是他特意从北京一家高档酒店专门为她买的……忽地，从波意识到，这一切的倒霉事都与这个女人有着难推干系的牵连——路遇堵车，点儿背输钱，儿子离家，老婆翻脸……想想，这样的后果，从波不琢磨不闹心，越琢磨越窝火，心里不禁骂道，他妈的，全是这个可恶的女人惹的祸……

4

又有电话打了进来，从波看一眼来电显示，没接。

这已经是林忆欣 n 次把电话打到从波的办公室里来了，从波很清楚，知道这个女人想要和自己说些什么，但他不想听，因为现在他心里面很乱……

过去，从波对林忆欣的认知只限于同事间偶然的谈论以及他所能看到的她的表面。林忆欣的家不在这个城市，身边没有亲人。从波不了解她的家庭情况，也不清楚她平时经常与谁交往。在从波的印象里，林忆欣过去一直是一个很单纯的女孩儿，开朗、活泼、聪明伶俐。然而，海南之行却让他不经意间发现了她的另外一面，这

一发现让他对这个印象里开朗、活泼、聪明伶俐的女孩儿忽然间有了一种全新感受，这种感受也许只有他才能够体会得到，因此，他对身边这个一度陷入情感沼泽的女人才开始加以关注。

有些事情往往就是这样，当你不曾留意某个人或者某件事物的时候，在你的视线里，也许相对的总是平平淡淡，若有若无。然而，这种不被人熟知的生活一旦引发了你的好奇心，你便会发现这其中隐含着的另外一份完全不同的情形。丛波的关注，对林忆欣这不为人所熟知的生活是一种无声的爱怜，这份爱怜在接下来的日子里让他觉察到了林忆欣许多不同寻常的迹象，只是这些迹象始终按照了他丛波自己事前拟好的主观意向思维，从而导致与实际情形发生了偏颇，因此让他忽视了这个女人的方方面面。

丛波是一个性情中人，少有城府，对许多纷杂的事物总是嫌麻烦而不愿过多纠缠。他这个人，比较崇尚简单，认为简单就是快乐。比如像眼下这样的夏天，我们单以人类生存最基本的两个条件——吃穿为例，他通常是——一杯啤酒，两样小菜，甚至有时一个礼拜肚皮完全靠盒饭或方便面打理。至于说穿——一件背心，一条裤衩，一双拖鞋，恐怕没有比这个再简单的了——当然，这是在通常情况下。正因为这样，丛波才感情用事，只看到了林忆欣表面上的几个模糊点……还是比如——比如林忆欣时常表露出来的情绪低迷以及对待身边事物异乎寻常的漠然；比如她有时刻意离群索居行为怪异老是喜欢一个人独来独往；比如以前洋溢在她脸上的那种无忧无虑天真灿烂的笑容总会被一抹阴郁所笼罩。为此，丛波一直在留意林忆欣，也很为这个女人揪心。

男人们总是怜香惜玉，丛波也不例外。他开始小心翼翼地寻找机会去接近林忆欣，他想知道她是怎样生活的，没有男人的世界，没有朋友的日子，她寂寞吗？就在丛波为林忆欣暗自忧心忡忡的时候，一个偶然的机会，林忆欣无意中把自己真实的另一面展示给了丛波，而丛波也就此走进了这个女人的生活。

有道是：万事莫测意，有意无意间。世间的事总是充满着变幻，人与人之间或许就有着前世的情缘。丛波和林忆欣谁都没有想到，在一个寒星闪烁的夜晚，他们两人竟然有机会待在了一起，而且，那一天恰好是情人节……

那天，丛波下了班，一个人开车走在回家的路上，当时正值车流高峰，车辆行驶得都十分缓慢。由于交通拥挤，汽车一辆紧挨着一辆，丛波跟在一辆桑塔纳车的后面耐心地缓缓前行。这时，装在他衣兜里的手机响了。

丛波开着车，没有马上接听。手机没完没了地响过一个时限停了几秒，跟着就又叫了起来。

丛波有些心烦，心说这是谁呢，跟催命似的，真他妈讨厌。想着，他的右脚轻轻点了一下制动，然后伸手去掏衣兜里的手机，不料，就这么个工夫，一辆崭新的红色跑车“嘎”的一声从转弯车道斜插进他和前面的车刚刚脱离出来的一点儿空当儿，别在了他和桑塔纳车的中间，丛波吓了一跳，还没看清开跑车的人长什么模样儿，那车就顶了上去，气得他按了一下喇叭，嘴里骂，奶奶的，就他妈的你有急事呀。刚好，前面是一个十字路口——红灯，丛波追上了红跑车，紧紧排在了它的后面。

手机还在一个劲儿地叫……

丛波踩下离合器，掏出手机。说来就那么气人，他把手机也贴在耳朵上了，那头儿也撂了。丛波赶紧低头去翻看来电显示，还没来得及看清那上面的号码，忽听后面的车鸣了一下喇叭，他以为变了绿灯，下意识地抬了下离合器，只觉着“咚”地一下，他的车头就顶到了前面那辆红色跑车的后尾厢上，丛波心说坏了，这下有麻烦了。

好在力量不大，没什么要紧。

红色跑车的车门开了，下来一个看上去二十五六岁的女人，穿戴、打扮都很讲究。她先看了看自己的车，然后冲丛波招手，示意他下来。丛波坐在车里没动，那女人急了：“喂，叫你呢，怎么还

坐着不动?”

“怎么了?”丛波装傻，问。

一般来说，这种情形男人对付女人最有效的手段之一就是装孙子要无赖，任凭女人们无论怎么折腾，到头来结果都将是一样——横竖不吃亏。

“你说怎么了?”女人瞪他一眼，不耐烦地挥着手，说:“别废话，赶紧下来瞧瞧。”

“瞧什么呀?”丛波依旧是一副无辜的样子，不情愿地下了车。

“少来这套!装什么王八蛋?”乖乖，敢情这主儿不是一个善茬儿，很讲究的女人嘴里却不讲究，张口就骂人。她一手叉腰一手指着自己的车对丛波说:“你自己看!”

丛波猫腰看了看，确实，红色跑车的后尾厢上有一道不太明显的印痕。“不碍事儿，”丛波轻描淡写，用手摸了摸，“不仔细瞧看不出来。”

“怎么看不出来?”女人火了，冲丛波叫了起来:“我靠，有没有搞错啊你?不碍事儿是你说的吗?要说那也得我说啊，嘿，走这么多地方还真没见过你这种鸟，哎——我说你这人有毛病吧?”

“好好好，你说，让你说。”丛波看着女人急赤白脸的样儿一脸坏笑，心说这小娘们儿还真够冲，青天白日大庭广众之下竟如此出言不逊，我得好好逗逗她，于是，他慢条斯理地说:“让您说‘不碍事儿’行了吧?大姐，您千万别跟我上赁，我这不是有毛病吗?”

女人一下子被丛波这副无赖嘴脸气乐了:“什么人啊你，真没治。”女人皱着眉头看了看手腕上的坤表:“得，算我倒霉，”她摆摆手，冲丛波说:“滚吧你!”

绿灯早就亮了，后面的车等得不耐烦一个劲儿地鸣笛催促，女人大概也急着赶路，这么着，就轻易放了丛波。

丛波没想到事情这么简单就了结了，他猛醒过来，像是得了特赦令，忙不迭地连声道谢，女人剜他一眼，说:“少来，我记住你了，等着，回头再找你算账!”

红色跑车一溜烟儿跑了，一刹那，从波一眼看到那辆车的牌照号——0826，他觉得这几个数字那么熟悉，好像在哪里见过，想了想，忽地记了起来，那几个数字恰好是他的生日——八月二十六日。就这样，从波记住了那辆红色跑车，同时也记住了开这辆跑车的这个挺有个性的年轻女人。

事儿虽说不大，也过去了，可从波心里还是挺别扭。过了十字路口，他把车停靠在路边一个不碍事儿的地方，重新拿起手机翻看来电显示，他要看看到底是谁这么讨厌，害得他差一点儿遭了难。

从波翻开电话，看到的是一个陌生的手机号码，他不知道这个打电话的是何许人，一赌气按下回拨键要了过去。电话很快通了，对方"喂"了一声，紧接着问："是从工吗?"一个女声，从波听着耳熟，但一时想不起是谁。

"我是从波，你是谁?"从波心里不痛快，没好气儿地问。

"呦，这么冲，吃枪药啦?"电话那头说。

"少废话，你谁呀?"从波还在气头上，话说得直直愣愣。

"怎么了你？从大哥。"对方听出从波的口气不对劲儿，开始小心翼翼地回答："是我，林忆欣。"

"哦，小林啊，"一听是林忆欣，从波的口气缓和了下来，"你找我，有事吗?"自打海南回来，从波对林忆欣就有了一种特殊的感觉，尤其最近一段时期通过几次接触，这种感觉更加明显，从波说不出来这种感觉是同情还是怜悯，抑或还掺杂着别的什么因素，总之，他自己也不是十分清楚。

"机房前天新上的那套设备出故障了，我们都查不出毛病在哪儿？刚才跟钟总汇报，他让打电话找您……您看您能不能来一下?"林忆欣在电话那头轻轻说。

"国庆他们不是都在吗？还有靳清涧靳工……"从波说。

"是，他们是都在，可……弄不了……"林忆欣嘴里有些吞吞吐吐。

"怎么会弄不了呢？真……笨。"从波想说真他妈一帮废物，话

到嘴边儿觉着不合适，真字儿在嘴里绕了好几个圈儿，最后落在了一个“笨”字上。

“要是弄得了不就不麻烦您了吗?”林忆欣很乖巧，小嘴儿立马变得甜润，娇滴滴的，不由丛波再多说什么。

“好吧，”丛波说，“你们等一会儿，我这就过去。”

放了电话，丛波掉转车头回了公司。

那天他们工作到很晚。

大概夜里十点多钟，设备总算恢复了正常。丛波和林忆欣同时走出公司的大门。

“我送送你吧，这么晚了，你一个人，不安全。”丛波说。

林忆欣没有拒绝，她感激地朝丛波点点头，说：“那麻烦您了。”

“别客气，应该的。”丛波本是一个性情中人，设备恢复了正常就忘了下班时发生的不快，此刻他心情不错，竟然有心思跟林忆欣开起了玩笑：“再说有你这么一个美眉做伴儿，我正巴不得呢，只要你不怕我这只‘狼’!”

“怕你？嘿嘿……”林忆欣笑了，说，“我一个穷光蛋还怕你打劫不成?”

“不劫财还不劫色嘛?”丛波接着打趣儿，说，“你还是防着点儿好，我这人可什么事儿都干得出来。”

“咱俩——”林忆欣用手指指自己，又指指丛波，然后说道：“还指不定谁劫谁呢……咯咯……”

“那好，上车吧。”丛波打开车门，做了一个请的动作。

林忆欣钻进车里，坐在副驾驶的位子上，样子显得很是兴奋，亲昵地说：“丛大哥，人们都说你孩儿气，不像你的实际年纪，真的是耶，您心态蛮年轻的。”

“怎么说话呢你，”丛波故意做出一副不爱听的样子，逗弄林忆欣，“我多大年纪？有那么老吗?”他装着生气，绷着脸儿说。

“得，小的该死，说错了，掌嘴。”林忆欣做了一个鬼脸儿，非常可爱地用小手在自己脸蛋儿上拍了一下。

丛波忍俊不禁，“扑哧”笑了，他一边开车一边说：“这丫头。”

林忆欣说：“我可不是小丫头儿，我是小女人，确切地说是一个小少妇儿呢。”

丛波说：“在我眼里，你就是一个小丫头儿。”

“在我眼里，”林忆欣咯咯笑着说，“你就是一个可爱的小老头儿。”

丛波朝林忆欣挥了挥拳头，说：“我看你是想找揍。”

林忆欣假装害怕，缩着脖子，说：“大哥，饶命。”

看着俏皮可爱的林忆欣，丛波忽然来了兴致：“小林，我带你去兜兜风好吗？”

林忆欣没有料到丛波会突然冒出这样的想法，听了他的话，心里怦怦直跳，她知道一个男人在这样一个夜晚发出这种邀请意味着什么，对此她非常敏感，也很惊讶，本能地问：“真的？”

“当然，如果你不介意的话。”

“上哪？”

“海边儿。”

“海边儿？那么远？”林忆欣知道市区离海边有几十公里的路，她显得有些踌躇，也有些顾虑。

“怎么？害怕了？”

“怕什么呀？我是为你担心呢。”林忆欣看一眼丛波，把手放在自己的胸口上，停了一下，突然，她像是下了决心，语气不容置疑，说：“走，就去海边！”

夜色朦胧，星光璀璨。

汽车驶上海河大桥的时候已近凌晨。深夜，高高的桥面车辆稀少，这座亚洲最大的单臂斜拉式大桥上难得这么清净，丛波俯首望

去，新港码头的全貌尽收眼底，点点渔火和岸上的灯光交相辉映浑然天成，滔滔河水在船舶的行进中波涛粼粼流光溢彩……远处，开发区保税区高大的建筑上霓虹闪烁，灯火通明。近年来，国家加大了滨海新区的开发建设，昔日的盐碱荒滩正在发生着翻天覆地的变化，这种变化是可以用日新月异来形容的，与此同时，滨海——这个东方曼哈顿的夜景也更加绚丽迷人。

“这么晚了，回家不怕嫂子叫你跪搓板儿?”林忆欣好像没有心思欣赏这美丽的夜景，她望着丛波，心事重重，终于忍不住说出了她的顾虑。

林忆欣这一点也和别的女人不同，即便是她在为丛波担心，说出的话也是以开玩笑的口吻。公司里过去一直风传丛波惧内，所以林忆欣才这样发问。丛波惧内，这事儿姑且不论是真是假，但丛波的爱人隋云雁能够义无反顾地从政府部门果断辞职下海经商，由国家公务员摇身一变成为一个毫无社会保障能力的个体经营户，仅就这一点，其勇气，说实在的通常人便无法与她相比，更令人惊奇的是，几年来，通过不懈努力，这个不寻常的女人以辉煌的业绩证实了自身的价值，打拼出自己的一方领地，将宠物市场把玩于自己的手掌之中，不但拥有一家一流的宠物医院，而且又经营起一个规模很大的宠物饲养场，可见，称其是位女强人，无疑为大家所公认。

“怕啊，”丛波顺坡下驴，装出一副受气包儿的模样儿，说，“这不是没办法嘛，我总不能扔下你不管吧?谁让我心太软呢，顾不了那么多了……哎，小林，咱可说好了，我今晚冒这么大的风险，改天你一定得请我。”

“改天干嘛，干脆就今天吧，”林忆欣听丛波这么说立马来了精神，接茬儿道，“就那点儿破盒饭——我都没吃几口——早饿了，再说了，我不是还欠您一顿饭呢吗?占你们家那么大‘便宜’我心里一直不落忍，走，从大哥，找个地方儿，我请您吃夜宵去!”

“还是免了吧。”丛波知道林忆欣提的是上次她和他们一家吃的那顿晚饭，没想到现在她还记着，于是故意逗她说：“叫你一个小

女子破费多不好意思。”

“不给我面子？看不起我？”林忆欣小脸儿一绷，假装生气，说：“停车，你这人可真没劲，停，停，停，不坐你车了，赶紧回家吧你，省得给你添麻烦，我下车。”

“你下车？这深更半夜黑灯瞎火的？”

“不用你管，”林忆欣撅着小嘴儿，“我爱怎么着怎么着。”

从波忽然发现，林忆欣居然有着一张十分生动的脸，这张撅着小嘴儿的脸是那么招人喜爱。

也许林忆欣天生就有着这么一张生动的脸，只是平时被内心深处滋生出来的一丝忧郁干扰着，因而从来没有像现在这样动人过。

与林忆欣不熟悉的时候，从波以为她只是一个乐观、开朗、偶尔也有点儿心事的小妇人，此时，身边这个俏皮娇态的小女子真真就是一个尤物呢，这种诱惑不由得你对她不亲近，而且从波知道这样的女人一旦你给她一个机会她就会给你一个惊喜，只要你用心去温暖她，她一定会是给点儿阳光就灿烂的……多么可爱的一个小娘们儿，从波看着林忆欣，发现眼前的这个小少妇如此纯真美丽，跟一年多以前自己在海南岛上见到的那个凄凉哀婉的怨妇相比，简直判若两人。

有道是女人因可爱而美丽，从波眼前忽地一亮，觉得有一种力量让他身不由己，也就是在这一刻，他一下子喜欢上了这个因可爱而美丽的女人。

“得，恭敬不如从命，好，听你的。”从波说。

“这不结了，”林忆欣乐了，“牵着不走，打着倒退，这种人……”

接下来，从波和林忆欣就近在开发区繁华的街市上选了一家门口霓虹闪烁的西式餐厅。

午夜时分，这家餐厅的生意还挺红火，出来进去，人流不断。

从波一般很少深夜出门，在此之前他对城市里的夜生活是很陌

生的，他不知道现如今城市里的夜生活竟然这么丰富多彩，这多少让他有些感叹："没想到这大半夜里吃饭的人还这么多，真不明白现在的人们都怎么了？你说，这大冷的天……"从波自言自语道。

"知道今天是什么日子吗?"林忆欣坐在从波的对面，问。

"什么日子?"从波想都没想。

"今天是二月十四号。"林忆欣说。

"二月十四号?"

"对，二月十四号，"林忆欣接着提醒，"在西方，今天是一个节日。不知你发现没有，你看看来这里的人，喏，成双成对，而且大多看上去行为……很暧昧……"

"情人节。"经林忆欣这么一提醒，从波这才想起这个外来的节日，他惊讶地看着林忆欣，"这么说你我今晚是在一起过洋人的节日啦。"

从波骨子里是一个很传统的人，对西方人的什么圣诞节感恩节愚人节等等从来不感兴趣，尤其这情人节。他觉得东西方之间无论在意识形态、思想观念还是历史文化背景等诸多方面都有着很大的不同，人们的风俗习惯与生活方式也存在着相当大的差异，情人在人家那里也许司空见惯，就像是家常便饭，而在我们这个古老国度还是很忌讳的，虽说改革开放以来，随着东西方文化的不断交流，人们头脑中对那些有悖传统的东西已经表现得十分宽容，但婚姻以外的情人现象毕竟还不是那么阳光的。

西餐厅与中餐馆儿的区别不仅仅是口味的差异，更突出的是内涵的不同。中餐馆儿讲究的是热闹火爆的场面，而西餐厅注重的则是宁静幽雅的环境。从波打量一眼四周，发现各个包厢几乎无一例外都是一男一女，柔和的灯光下，他们似乎并非在专心用餐，更像是卿卿我我，低声呢喃……从波看见，对面一个四十多岁的男人与一个看上去顶多不超过三十岁的女人眉来眼去，频频推杯换盏，而旁边的那对儿小情人更是出格儿，居然挤靠在一面座位上旁若无人地公开起腻，嘴对嘴"人工呼吸"，整出的动静让人心慌……

“从先生……嘿嘿……”林忆欣看着丛波突然笑了，笑得很诡秘。

“你笑什么？”丛波莫名其妙，问。

“嘻嘻……”林忆欣一副天真模样，嬉皮笑脸地说：“我说了你别揍我……”

“瞧你说的，我有那么暴力吗？”

“那我真说了？”

“别瞎耽误工夫，说。”

“我钱包忘带了……”

“什么？”丛波瞪大了眼睛，以为自己的耳朵听错了，“你说什么？”

“嘿嘿……不好意思，借我点儿钱行吗？”林忆欣有点儿难为情，伸出纤细小手，手心朝上。

“喂，有你这样的吗？借钱请客？亏你干得出来，”丛波哭笑不得，“刚才还腆着脸跟我耍穷横呢！”

“嘿嘿……那怎么办呢？人家忘带了嘛，又不是故意的……”

“我怎么能证明你不是故意的呢？”

“哎呀，你这人怎么这么小气，回去我双倍还你还不行吗？”林忆欣装出不耐烦的样子。

“得，算你厉害，借钱还这么牛。”丛波叹口气，“算了，还是我请你吧。”

“咯咯……”林忆欣憋着坏，“有没有一种上当的感觉？”

“够可恨的你，”丛波装作无奈，说，“还笑……”

林忆欣不怀好意地冲丛波抛一媚眼儿，说：“我笑你上了一条贼船呢，你看，情人节之夜你一个有家的男人跟一个没家的女光棍儿在这么一个偏远、暧昧的地方厮混……嘿嘿……回家以后这顿‘打’肯定是跑不了了。”

“放屁！”丛波被林忆欣亲昵的举动感染了，蓦然间，他发觉自己和林忆欣的心距竟是这么亲近，亲近得叫他可以毫不顾忌地使用

任何不雅的字眼儿。

“先生，绅士点儿好不好？这儿可是西餐厅，讲话别这么不文明。”林忆欣一副玩世不恭的神态还带了点儿顽皮的娇嗔，“虽说在你面前的是一个小寡妇儿，那也得放尊重点儿你说是不是？”

“乖，是你自己不尊重自己的，”丛波说，“你干嘛把话说得那么难听？”

“难听吗？”林忆欣眯着眼挑逗着丛波，孩子般顽皮地说，“本来就是！”

“作女。”丛波从牙缝儿里挤出这两个字，语气里透着的却分明是亲昵。

“我就作了，怎么着吧？”林忆欣肆无忌惮地摇晃着脑瓜儿，一副死猪不怕开水烫的无赖模样儿。

“小心，会付出代价的。”丛波咬牙切齿地说。

“代价？什么代价？”林忆欣看着丛波，一脸的满不在乎，“哼，我是流氓我怕谁。”说完嘻嘻笑了起来……

这时，他们要的牛排和水果沙拉上来了，服务生把一瓶红酒打开为他俩各自斟了半杯。

“倒满倒满，全都倒满，”林忆欣冲服务生说，“不用那么讲究——费事儿，劳驾，你把酒瓶搁这儿，我们自己来。”服务生冲她笑笑，顺从地把两只酒杯斟满，然后把酒瓶放在桌上说了句“二位请慢用”转身走了。

林忆欣端起酒杯向丛波示意：“来，丛先生，节日快乐！”她满面笑容，说得一本正经。

“还是……为了友情吧……”

丛波端起面前的那只酒杯，没有喝，他看着杯子里那如同血液般殷红的酒液心潮起伏……眼前这个成熟而性感的女人，不仅外表妩媚，仿佛更有内在的力量，此刻，情愫与诱惑让他无法正视自己，他犹豫了……

“咯咯……”林忆欣笑出了声，“你真可爱，好，为了友情，

干！”

从波用嘴唇轻轻抿了一小口，把酒杯放在桌上，他不说话，静静地看着林忆欣。

“你盯着我干嘛？”林忆欣见从波看着自己迟迟没动，问，“想什么呢？”

“我在想，与其说命运无常不如说奇迹无处不在。”从波说。

“此话怎讲？”林忆欣问。

“你看，我们两个在同一个公司里共事，这么多年来谁都没有多看过谁一眼，想不到今天这么一个特殊的日子竟然坐在了一起，你不觉得有些不可思议吗？”从波说。

“呵呵……也许是天意呢。”林忆欣笑了，说，“当初我来公司报到，在电梯间里我们曾经打过一个照面，不知你还记不记得。”

“有这么一回事吗？”从波当然记得的，可他却装着想不起来了，说，“忘了。”

“我可没忘，”林忆欣说，“你是我进公司见到的头一个人，这么多年了，你一点儿都没变，还那样儿。”

“还哪样儿？”从波想起林忆欣曾经开玩笑把自己跟狗联系在一块儿，说，“是人模狗样儿还是狗模人样儿？”

“我可没那么说。”林忆欣赶紧表白，“我是说你给人的第一印象肯定都很深刻，因为你有一张明星脸，长得特像一个人，知道演喜剧小品的那个小二子吗？简直跟他一模一样，尤其那鼻子……咯咯……”

“是，人们都说他长得随我。”从波笑着说。

“你可一点儿亏都不吃！”林忆欣叫起来，“说你长得像人家，你赶紧说人家是随你，什么人啊你？”

“嘘……”从波把食指竖在嘴上轻声说，“小声点儿……人家都看你了……”

林忆欣满不在乎：“看就看呗，还‘养眼’呢，谁叫咱是美女。”

“哈哈……”丛波笑了，风趣地用四川话问，“晓不晓得重庆哈儿人们管看美女叫啥子?”

“不晓得。”林忆欣学着丛波的口音说。

“打望。”

“打望?”

“对头，”丛波说，“在重庆解放碑商业街，一眼望去，到处是年轻时尚的女孩子，像你说的，非常养眼，当地人有句顺口溜——打望，打望，三天不打望视力下降。可见，漂亮女孩子对公众的视力健康影响有多么大啊。”

“呵呵……美丽是人类共同的财富。”

“来，为美女‘养眼’干杯!”

“干杯!”林忆欣表现得十分豪爽，一口将杯子里的酒喝干了。

林忆欣拿起酒瓶把自己的杯子斟满，然后朝丛波笑笑，有些不好意思地说：“丛大哥，我抽根儿烟行吗?”

“你抽烟?”丛波有些吃惊。

“嗯，”林忆欣点点头，“不过烟瘾不大。”说着她从挎包里摸出一个十分精致的黑色牛皮烟盒。

“什么时候学会的?”丛波问。

“呵呵……老烟鬼了……”林忆欣自嘲地笑笑，熟练地点燃一支烟，轻轻吐出一缕烟雾，很是惬意。

丛波望着林忆欣抽着烟一副很享受的样子，忽然想起曾经在网上看到过的一段议论：酒吧里最迷人的风景是只抽半支烟的女人……抽几十或几百元一包的女人是优雅的，抽几角或几元钱一包的女人是低俗的……他想看看林忆欣抽的是什么牌子的香烟，可那烟是装在那个黑色牛皮烟盒里的，他无法判断那烟的档次。

“抽烟的女人总是给人一种超然的感觉，没想到你也这么洒脱，真不知是应该欣赏你还是责备你。”丛波说。

“呵呵……我听出来了，你是在责备我。”林忆欣尴尬地笑笑，随意吐出一串烟圈儿，说：“女人抽烟是需要理由的，难道你没有

听说过这么一句话吗？叫快乐的女人不抽烟，爱着的女人不抽烟……”

“看你现在这没心没肺的样子不是很快乐吗？”从波说。

“一言难尽啊。”林忆欣把只抽了几口的烟用力按在烟灰缸里，长长吐出烟雾，说：“我那是刻意做给人看的，人都有两面性，你只看到了我的一面……其实我骨子里是一个很自卑的人，对自己……不自信……”

“即便你有难言的苦衷……这烟……我觉得你还是戒掉好。”从波说。

“无所谓，反正也没人在乎……”

“如果我说我在乎呢？”从波有些激动，看着林忆欣十分动情地说：“小林，你别那么想。自打海南旅游回来，我就对你有了一种特殊的感觉，只是苦于没有机会跟你沟通，你的事儿，能跟我说说吗？”

“真的想听吗？”林忆欣很平静，问。

“想。”从波轻轻点点头。

林忆欣把目光转向窗外，凝望着夜幕下的城市……窗外，寒夜星空，深邃浩瀚，街道两旁，霓虹闪烁，万紫千红……

过了很长时间，林忆欣像是被自己的思绪轻轻托起又轻轻飘落，终于，她把目光收回来，鼓足了勇气，深情地看着从波轻声说：“从哥，这些事我埋在心底从来没有对人说起过，包括孟维扬。我不想别人知道我的身世，因为我怕人们同情我……今天我把我的这些不为人知的故事说给你听，因为我觉得你是一个好人，就冲你刚才说的你在乎我这一句，我相信你，相信你是一个值得信赖的大哥哥……好吧，我讲给你听……”

林忆欣重新点燃一支香烟，开始跟从波讲述她的故事……

5

林忆欣的故事是从她和孟维扬离婚的缘由讲起的……

我是一个单亲家庭里长大的女孩儿，可以说从小就没有得到过家庭的温暖，我的父母养育了我，却没能给予我快乐的童年以及幸福的生活。长期以来，我一直都是生活在这种痛苦的阴影下的，表面上，人们看到的是一个阳光快乐的女孩，实际上我的内心里面很自卑很压抑，这也是我跟孟维扬离婚的主要原因。

我十九岁中专毕业进的公司，二十岁就急急忙忙地把自己嫁出去，跟比自己大了六岁的孟维扬结了婚，因为那时我太想有一个家了，太渴望有一个幸福温暖的家啊……然而，无情的现实把我的美梦击碎了……的确，正像人们看到的那样，孟维扬对我很好，他非常爱我，没有对不起我的地方，我也很爱他，我们两人之间没有任何芥蒂，问题是出在他父母那里。

坦白地说，开始他父母对我不错，办事儿、说话都很亲切，只是……后来，也许他们知道了我是单亲家庭里出来的孩子，就显得不是那么亲了，具体是什么原因让他的父母对单亲家庭报有如此明显的成见我不得而知，但这种伤害对我来说是难以忍受的。我是一个生性特别敏感的人，感觉到了他父母的变化，为此，我曾经和孟维扬多次说起过我的疑虑，而孟维扬却总是说我多心。那时我也想，反正我是和孟维扬过一辈子，只要他爱我，我也爱他，我们两个好好过日子就行了，别的爱怎么着就怎么着吧，不去管它。但我万万没想到的是，他的父母后来压根儿就不拿我当回事儿，尤其结婚前会亲家时对我父亲所表现出来的不尊重更叫我寒心，那时我就跟孟维扬提出来分手，可看着孟维扬悲痛欲绝的样子我又心软了，再说当时我已经怀孕……呵呵……别笑话我，真的，我们婚前就已经那个了……我想这也是孟维扬的父母对我持有偏见的一个方面，在他们那样一个非常传统的家庭里，一个女孩子未婚先孕无论如何也开脱不了轻浮、缺少家教的干系，尽管孟维扬的父母很内敛，嘴上不曾说过什么，但我还是从他们的表情里觉察到了他们对我的轻视……虽说后来我和孟维扬如期举行了婚礼，但婚后我一直生活在他父母的阴影里，感觉不到我渴望已久的家庭的温暖与幸福，面对他父母越来越掩饰不住的冷淡，我觉得自己受到了莫大的羞辱，这就是我后来决意要结束这场婚姻的真正原因。

林忆欣说到这里苦笑了一下，有些愧疚地说："那个孩子在我们结婚后就被我坚决地做掉了，也许我那时就对我们的婚姻已经失去了信心，不然的话，那孩子现在都能上街打醋了……呵呵……"她自嘲地笑了笑。

"这个世界很大，不是所有的东西都很完美，爱情的魅力就在于我们可以从中体味到不同的滋味——酸甜苦辣，我们就生活在这么一个世俗的社会，人活着就脱离不了世俗，也许有一天我们会迷失，但我们一定要要求自己无论到什么时候都不要绝望。"从波说。

"是啊，世俗这个东西真是太可怕了……孟维扬的父母都是政府官员，而我的父亲却是一个老实巴交的农民，他们之间的距离实在相差太大了，现在想起来我也不怎么恨他的父母了……"

林忆欣将烟头儿丢在烟灰缸里，用茶水浇灭，继续说下去……

刚才我跟你说了我父亲是个农民，的确是，他和我的爷爷奶奶至今还生活在农村，我从小没怎么在农村呆过，因为我母亲是城里人，她是知青，至于我的爸爸妈妈他们两个人怎么结合在了一起，这可就说来话长了，那还得从我姥爷那儿说起……

我姥爷很小的时候就没了爸爸，我姥爷的爸爸到底是怎么死的我也不知道，这些都是很久以前的事，反正那时就我姥爷跟我老姥姥孤儿寡母在乡下过日子。我姥爷家当时还算富裕，祖上留下不少房子和地，解放后划成分的时候我姥爷家定的是地主，当然这是后话。我老姥姥就靠着这房子和地把我姥爷拉扯大，后来，又送他去了城里念书。我姥爷在城里念书的时候认识了他们学校附近的一个女孩儿，俩人偷偷摸摸地好上了。在此之前，我老姥姥已经在乡下为我姥爷定下过一门亲事，后来，我老姥姥听说了这事，死活不同意我姥爷跟那个城里的女孩儿相好，硬逼着我姥爷回来和乡下的这个女人结了婚，这个女人比我姥爷大五岁，她就是后来的我姥姥。

说到这儿，林忆欣乐了，问从波："你是不是听着有点儿乱啊？

跟绕口令似的。”

“没有，”丛波说，“我听着挺明白的，你接着说。”

“好，我接着说。”林忆欣喝了口茶水接着说……

我妈妈是建国前头几个月出生的，出生后就一直跟着我姥姥还有我老姥姥生活在乡下。我姥爷念完书就留在了城里，而且跟那个城里的女人一直没断来往。解放后，我姥爷以封建包办婚姻为由向人民政府提出跟我姥姥离婚。刚解放那会儿，政府提倡婚姻自由，反对封建包办，所以我姥爷一提出来，很快就得到了批准。我姥爷跟我姥姥离婚后紧跟着就和他那个城里的女人结了婚。俗话说‘儿大不由爷’，更何况我老姥姥她一个孤老太婆呢。据说，当时我老姥姥大病了一场——气的，最后，没办法也只好由了我姥爷。最可怜的是我姥姥，这个乡下女人一气之下，抛下我年幼的妈妈自己去了他乡，从此再没了音信……我妈跟着我老姥姥——也就是她奶奶相依为命，直到六十年代该上中学了才从老家来到城里找我姥爷，此时，我姥爷跟我这个后姥姥已经有了一大帮子女。

我妈的到来没有给这个家庭带来多少欢乐，相反，倒增添了不少的麻烦。

由于我妈一直是在乡下长大的，她跟城里的这帮同父异母的弟妹们关系就显得不是那么亲近，有时简直可以说格格不入水火不容。我妈妈从小有洁癖，不让别人沾她的东西，为此，平日里她和她的这些弟妹们经常发生矛盾，甚至大打出手，这叫我姥爷非常头疼……

日子就这么在不断的吵吵闹闹中度过了好几个年头儿，终于，我妈妈熬到了高中毕业。我妈他们“文化大革命”初期的那几届毕业生后来俗称“老三届”，据说文化基础都相当好，本来，我妈妈的学习成绩也很优秀，按说是完全可以考上大学的，不幸的是，生不逢时，赶上了“文化大革命”。那时，社会上所有的秩序都被打乱了，知识青年上山下乡接受贫下中农再教育是当时最时髦的口号，毛主席号召知识青年上山下乡，说广阔天地大有作为，因而，

我妈妈那一届毕业的同学统统被下放到了内蒙古建设兵团。

其实，我妈妈在这个家里早就待腻了，恨不得快点儿离开这个所谓的家呢，这个家对她来说没有什么可留恋的，同样，这个家的人对她也没有什么好感，所以，我妈没犹豫，高高兴兴地跟着同学们就去了内蒙，那年她十八岁。

林忆欣说到这儿缓了口气儿，看看丛波，问："丛哥，你是不是觉得我把话扯远了？别急，来，喝口酒，喝了马上就说正题儿。"

林忆欣端起酒杯，再次将酒杯里的酒干了，她轻轻放下酒杯接着说……

我妈妈有一个毛病，天生不吃牛羊肉，想想，在内蒙古不吃这些东西差不多就等于自己扎自己的脖子啊，本来我妈妈就有胃病，加上每天又没有像样的伙食，这么一来，没多久，我妈妈的胃病更严重了，吃不下东西，人瘦得只剩下皮包骨头了……终于，卧床不起，而且病得不轻。要说我妈他们那个连的连长真不错，看我妈妈病得那样，怕出什么意外，于是，就派了一个同学把我妈护送了回来。

我妈妈在家养病期间，恰好老家的一个远房亲戚来城里办事儿，顺便上我姥爷家看望我老姥姥，这个远房亲戚的年龄比我姥爷大几岁，是我姥爷的一个表哥，我姥爷让我妈他们跟他叫表大爷。

我妈的这个表大爷据说在当地很有本事，是他们那个村儿的革委会主任。他自诩说，在当地，甭说村里，就是镇上公社他也是说说道道的。他听说了我妈妈的情况后，表现得十分同情，当下和我姥爷商量，问我姥爷愿不愿意让闺女回老家去插队，他说不管怎么说，老家毕竟要比人生地不熟的内蒙古强得多，说只要你点头同意，下面的事就别管了，一切由他来办。

我姥爷正为我妈发愁呢，听他表哥这么一说真是喜出望外，忙不迭地说愿意、愿意，表哥你就多费心吧。

我妈妈也是喜出望外，她都有点儿不相信自己的耳朵了，以为听错了。那时，老家虽说比不得城里，但确实像我妈这位表大爷说

的，相比之下，不管怎么说，总是要比人生地不熟的内蒙古荒原强了许多，何况我妈从小就是在那里长大的。

我妈的这位表大爷果真没有吹牛，回去后就立马着手操持这事儿。过了一个来月，他就又来了一趟我姥爷家，这回还带来了好多老家的土特产品，临走，要去了我妈的户口页儿。

半个月后，村里来人把我妈妈接走了。

我妈妈万没想到，老家等着她的是一场热闹的婚礼。

原来，我妈的这位表大爷上次来我姥爷家的时候，开始并没有任何目的，就是想过来看看我老姥姥，他是在听完我老姥姥说了我妈当时的处境以后，这才打起了我妈的主意的。这里有一个由头，我妈的这个表大爷有一个儿子，在外面当了几年兵，回来后心气儿挺高，看不上农村的姑娘，一心想搞一个城里的对象，如今老大不小的了还不死心。我妈的这个表大爷听了眼前忽然一亮，一眼就盯上了我妈，心想，这不是现成的儿媳妇吗？我妈自小长得漂亮，随我姥爷，白净，瓜子脸，还有一双水汪汪的大眼睛，我长得不好看，大柿子脸，又黑，我不随我妈，人都说女儿随爸爸，真是这样，我就随我爸，嗨——你看我又跑题儿了，把话头儿扯远了，咱还是接着说我妈的事儿，那天，我妈的这个表大爷主意一定，跟着他就盘算着怎么将我妈妈弄到手。第二次来，他背着我妈把这事跟我老姥姥和我姥爷说了，开始我姥爷还有点儿犹豫，可经不住他这位表哥的花言巧语，再说后来我老姥姥也有了这个意思，她说都是老表亲，你表哥不是外人，我娘家的远房侄子，我孙女儿嫁过去还能有气受？再说了，小女儿早晚是要嫁的，与其嫁给外姓人倒不如给了自家人，亲上加亲。就这样，我姥爷也没再坚持，只说这事儿先别告诉闺女，慢慢来，到时再说。

说到这儿，林忆欣脸上流露出一种复杂的表情，眼里有一丝惋惜，说，你想，我妈她能干吗？一点儿心理准备都没有，搁谁谁也不干啊。我妈她哭她闹她寻死觅活，但没用，折腾了两天，最后还是经不住婶子大娘们反复好言相劝，到底稀里糊涂地跟那个在外面

当了几年兵就瞧不上农村姑娘的新郎入了洞房。

林忆欣看看丛波，笑了，接着说，那个如愿以偿的新郎就是我爸爸，我妈的那个表大爷就是我爷爷……

至于我爸爸和我妈妈婚后的生活怎么样，我不说你也应该想象得出，但至今让我纳闷的是，在他们这样打打闹闹的日子里，一年后居然有了我哥哥，再一年又有了我。说到这儿，林忆欣一副无奈的表情。

我妈妈算是回乡青年，我爷爷托人把她安排在了镇上的粮站上班。我爸爸也不种地，在村里的副业厂里跑业务，要说我们家那时的生活是很不错的，和别人家比起来很让人羡慕，可自打我记事儿起就没见我妈妈和我爸爸好好过过一天日子，他们总是在恶语相伤，甚至拳脚相加，没有消停过……

我是在两岁的时候被我妈送到城里的。就跟着我老姥姥生活在一起。那时我老姥姥的身子骨还很硬实，我姥爷在望海寺那边另外有一间小屋儿，我和我老姥姥就住那儿。我老姥姥不愿意跟我姥爷他们住一起，嫌我后姥姥事儿多。她靠我姥爷每月给她的一些钱加上她自己拣破烂儿卖的钱生活，虽不宽余但还能养活我，有时，我妈妈也给她一点儿零用钱。我跟着我老姥姥一直到小学毕业。

中学我是在老家的小镇上上的。小学毕业后，我妈就把我接了回来，那时她跟我爸爸的婚姻实际上早已名存实亡，我回来之前他们已经分居了很长时间，我妈自己搬到了小镇粮站的宿舍，我回来后就跟她住在一起。

有一天我正上课，我妈妈风风火火地来学校找我，不由分说拉了我就走，我问她有什么事她也不说，直到把我带到了镇上的民事法庭。在那里我看见了我爸爸和我哥哥。待了一会儿，有一个法庭的工作人员就问我，说你是希望跟着爸爸一起生活还是愿意和妈妈在一起？我一听就明白了，我咬着牙什么话也不说，不管那个人怎么问我，我就是不言声，最后，法庭把我判给了我妈妈，我哥哥跟了我爸爸……丛哥，你能想象出那个场面吗？一个十来岁的小女孩

儿在那样一个地方……林忆欣说到这里哽咽了，眼里闪着泪花……

从波默默地看着林忆欣，不知说些什么。

许久，林忆欣恢复了平静，继续说下去……

接下来的那几年是我最不愿回忆的记忆，真是不堪回首啊，可它就像是一场噩梦时常出现在我的脑海，直到今天依然挥之不去……常言说，寡妇门前是非多，我妈妈——一个离了婚的年轻女人，才三十出头，又长得那么漂亮，无疑成了那个小镇上不怀好意的男人们觊觎和骚扰的目标。如果说以前鉴于我爷爷在当地的威望，那些男人不得不收敛的话，那么自此之后他们便显得毫无顾忌了。偏偏我妈自这场荒唐的婚姻后就变成一个无所顾忌的“疯”女人，怎么说呢，我真的找不出一个合适的词儿来形容她，毕竟她是我的亲妈妈，我不想用水性扬花或招蜂惹蝶来败坏她，可她其实就是那样儿，那些日子，一到晚上经常会有人来敲门，有时早上起来门上挂着一只破鞋……得，不说了……

林忆欣重新点燃一支烟，她看看从波，然后接着说，我就是在这种环境下读完初中的，这期间还有许多让我难以启齿的故事，比如我妈自结婚后变得十分暴虐的脾气在离婚后可以说更是变本加厉，说其是性格扭曲或心理变态都不为过，她那时对我的暴力经常使我遍体鳞伤，至于漫骂与羞辱简直就是家常便饭……

初中毕业我原本是能够上高中的，但我还是毫不犹豫地报考了外地的两所中专，我唯一的志愿就是远远地离开这个让我恐惧、让我伤心、让我仇恨的地方，我就是想早一天离开她，离开这个所谓的家，早一天结束这地狱般的生活……

那天，从波和林忆欣待到很晚，后来，林忆欣醉了……

从波把林忆欣送回她的住处，把她扶上楼。

从波把林忆欣安顿好在床上，用热毛巾给她擦了脸，临走又在林忆欣的床头放了一个脸盆。从波在做这一切的时候心中不曾有过丝毫杂念，完全是在一种自然的过程下进行的。

林忆欣是一个有心的女人，那天晚上她跟丛波说了她对他的好感，尤其提到了海南岛那个多雨的夏天，她说她永远不会忘记海口机场的那场小雨……提起当时的心境，林忆欣说她那时和孟维扬离婚不久，有一天，当她一个人独自待在租住的房子里重新审视自己生活的时候，她忽然发现自己又回到了起点，于是就很失落。她说她想起孟维扬曾经对她的好对她的爱，心里充满歉意，她曾试着给孟维扬打过几次电话，希望通过交流能够与他沟通，让他别记恨自己。也许是因为她的一意孤行把孟维扬的心伤得太重，每次，孟维扬都表现得很冷淡……“知道我为什么特别喜欢张艾嘉的那首歌吗？我想这就是爱的代价吧。”林忆欣说。

接下来，林忆欣回忆起那时的情境，说由于心情不好，她突然对周围的环境变得有些神经质，总是觉得人们在用异样的目光打量她而且对她有意疏远，她感到了孤单。每当夜晚来临，寂寞就使她的神经格外紧张，她整宿整宿睡不好觉，时常从噩梦中惊醒。她的身心陷入极大的恐惧之中。她开始变得越来越自闭，很少与人交往，本来她就没有什么朋友，后来竟找不到一个可以和自己说说话的人。她的生活已经变得毫无意义，精神几乎到了崩溃的边缘。就是在那些日子，她学会了抽烟、喝酒，而且常常在深夜里买醉，她说不是她不小心，是她不得不用酒精去麻痹自己。

“我憋屈啊，”最后，林忆欣说，“那时候我多么想有个人来抱抱自己……”

就在那天夜里，林忆欣无意间展示出的女性特有的脆弱和惹人怜爱的一面深深地打动了丛波。林忆欣能把那么多的苦涩吞咽在自己肚子里，而明天一觉醒来她依然要把满面笑容呈现给别人，个中的滋味也只有她自己最清楚。从那一刻起，丛波暗暗告诉自己，一定要让这个女人快乐起来，要让她感受到亲人般的温暖。他在心里发誓，从今往后，他对她的关怀不光只是出于一种友情，他要让这种关怀比友情更加亲近，就像兄长——是的，就像兄长一样去呵护

她内心的渴望……

6

一连几天，丛波心烦意乱，虽然他刻意掩饰着自己内心的落寞和惆怅，努力让自己不再去想林忆欣，但在心灵深处，他对这个女人那种魂牵梦绕挥之不去的情愫，还是叫他从早到晚心神不定面色黯然，偏偏这个时候，又有一个非常敏感的有关这个女人的信息反馈到他这里。中午，丛波陪同总部来的那几位“大爷”去饭店用餐，上车的时候正好看见总经理助理齐连义出了公司大门，他刚要招呼他跟自己一块儿走，猛然间发现林忆欣在大门口的外头。

看着走在齐连义前面的林忆欣，丛波心中顿时涌上一丝酸涩，张开的嘴到底没喊出声。

要说这种饭局没什么讲究，说白了，很随意，多个人少个人都无所谓，反正也不掏个人腰包，人多还显得热闹，更何况齐连义还是公司高层一级的人物，叫上他陪陪客人吃顿便饭不仅不犯忌讳，相反多少还能给他丛波撑些门面。再者说，这种档次，就算是让这个总经理助理帮自己上下沟通沟通联络联络感情也是合情合理。只是这家伙跟在林忆欣屁股后面距离太近，丛波不能喊，他一喊，林忆欣必然会听见。丛波不想让林忆欣听见他的声音看到他，所以就让司机将车开慢点儿，想等他俩人拉开一定的距离瞅冷子上前捎上这个齐助理。谁知这个齐助理越走越快，眼看就要追上林忆欣了。林忆欣好像知道有人在后面追她，脚下也加快了步子。她自顾往前走，也不回头，直到穿过大街，拐进前面的一条小胡同里。丛波坐在车里眼巴巴瞅着他们俩一前一后拐进那条小胡同，心里多少有些遗憾。

丛波知道那个小胡同里有好多家小吃店，各种特色的风味小吃很是齐全。平时，他们吃腻了外买给送来的盒饭也总是去那里换换口味解解馋什么的，想必林忆欣跟这个齐助理同样是吃够了盒饭不约而同去那里打牙祭。想打牙祭走那么快干嘛，现成的酒席宴等着你不去，这个齐连义齐助理。丛波想。

下午上班后，丛波正好在走廊里碰上齐连义。提起中午的事儿，丛波说，你小子干嘛走那么快，跟赶飞机似的，想叫你一块儿去吃饭都来不及。齐连义听了也有些遗憾，说哪会想到有这等好事情，得，该着自己没有口福，下次吧，下次你提前打个招呼，也省得你老兄得了便宜还卖乖。丛波心说，不是你齐连义没口福，要怪就怪林忆欣，谁叫你跟她跟得那么紧。可嘴上却说，你小子别不识好歹，谁得了便宜还卖乖？下次，下次还没人理你了呢。齐连义哈哈一笑，抬手给了丛波一拳，说，行，你老兄有话就照着这么说，小心到时候报销饭费我不拿去老总那儿让他给你签字。

嘻嘻……

哈哈……

两个人一路走，开着玩笑各自进了自己的办公室。

“呵呵……俩人说得还挺热闹。”资料员小樊拿着一份资料跟在丛波后面闪进屋，“主任，这是您要的资料。”

“哦，放桌上吧。”丛波挂好外套，转过身朝小樊笑笑，“你刚才说什么来着？是讲我和齐助儿？”

“是啊，”小樊说，“看你和齐助儿都挺高兴的。”

“高兴不好吗？难道你爱看我们生气？”丛波喜欢逗弄这个才调资料室不久的小丫头。

“不是，”小樊压低声音，说，“您不知道，我中午去吃麻辣烫，见齐助儿跟林姐发脾气，可凶呢。”

“哎……等等，”丛波以为自己耳朵听错了，忙问，“你再说一遍，跟谁……齐助儿跟谁发脾气？”

“林姐啊，林忆欣。”

“林忆欣？齐助儿为什么跟她发脾气？”

“谁知道呢，反正两人吵得很凶，林姐也不示弱，我还是头一回见林姐这么不冷静，冲齐助儿吼，说，别理我，我恨你。”

“真的？”丛波问。

“这还能瞎说吗，我亲眼所见呢。”小樊说得很肯定。

“还有人看见吗?”

“没有。”小樊说，“他们俩是在公厕拐角的地方吵起来的，那地儿特偏僻，我也是上厕所打那路过，碰巧才看到的。”这个涉世不深的小姑娘，可能觉得这事挺稀奇，所以一股脑跟丛波全吐噜了。

丛波突然感到有些头晕。

打发走小樊，丛波一个人坐在沙发里，越琢磨这件事越觉得有些蹊跷。如果像小樊所说的真有这么回事，那这里面一定有问题。一般来说，一个女人敢毫无顾忌地跟一个男人发脾气，尤其说“我恨你”，这说明他们之间存在着某种超越了常人之间所能比拟的那种关系，那种关系即便不被认为他们两人曾经有过床第之欢，至少可以判定他们之间已经有了肌肤之亲，不然她不能够这么放肆，难道说……丛波不敢再往下想了，他开始怀疑小樊这个涉世不深的小妮子嘴里到底有没有根底，会不会是她听错了或者添油加醋瞎说八道?可瞧小樊那样儿又不像是在胡诌，再者说，这丫头平白无故编造这种故事干嘛?她还不至于无聊到如此地步。

丛波突然想打个电话给林忆欣，问问她这到底是怎么回事，是不是因为自己这些日子有意不答理她让她心理产生了压力，有怨气没地儿出，所以拿了齐连义撒气。

公司很多人都知道，林忆欣和齐连义关系一直不错，那是因为他们俩以前曾经在同一个机房里共过事。丛波有些纳闷，他不明白今天这两个人到底为什么翻脸，难不成他们之间真有什么猫腻?

不可能啊，丛波想，虽说林忆欣和齐连义看上去关系走得比较近乎，甚至有时显得很“亲密”，可那也仅仅限于两人在机房时所建立起来的那种哥们儿似的关系，丛波认为，就算是他们俩的这种哥们儿似的关系超出了一般同事之间的友谊，属于相处得挺不错的异性朋友，也不至于背地里大吵大闹嘛。而如今这两个人怎么了?居然整出这种超出正常关系范围之外的东西，这背后的隐情，丛波不得不静下心来加以仔细考虑。

从波的大脑开始高速旋转，跟电影回放似的检索着林忆欣与齐连义相关的那些画面与信息，然后他将这些画面与信息联系起来一一加以分析，结果，他不由暗自吃了一惊。从波猛地拍了一下自己的脑门儿，像是恍然大悟，嘴里轻轻“哦”了一声。

从波的头晕得更加厉害，他从沙发里起来，锁好文件柜的柜门儿和抽屉，然后拿起挂在衣架上的外套，没有和任何人打招呼，独自开车回家了，半路上，他关了手机。

傍晚，隋云雁从北京回来了，一进家门她就察觉到了丈夫的反常，于是，她问：“怎么了你？”

从波躺在沙发上看着报纸头也没抬，说：“怎么也没怎么。”

隋云雁走过来坐在他身边，关切地用手摸了摸他的额头：“我怎么觉着你有点儿不对劲儿啊？不舒服？”

从波依旧躺在沙发上没动，说：“没事儿，就是有点儿累。”

“儿子呢？还没回来？”隋云雁站起身，一边脱外衣一边又问。

“爷爷奶奶不让走，他自己也不愿回来。”从波懒洋洋地说。

“就由了他了？”隋云雁说，“我是说休学的事。”

“唉……”从波叹口气，“又有什么办法？这个小穷孩子，真是不让人省心……”

“那还不都怪你，”隋云雁便来了气，说，“养不教，父之过。不是我说你从波，平时你对他不管不问，说什么树大自然直，结果怎么样？看见了吧？”

“行了，你该干嘛干嘛好吗？就别烦我了。”从波皱着眉头说。

“一说这个你就不爱听，我说得不对吗？”

“你还有完没完？不是跟你说了吗，我正烦着呢，哎——”从波突然想起什么，问：“你怎么回来了？”

“怎么？你不想叫我回来？”

“不……不是，我是说你是怎么回来的？”

“搭大姐夫的车，”隋云雁说，“大姐夫和大姐中午去的，大姐执意要留那儿，让我回来歇歇，我打电话想跟你说一声，你关机了。”

从波“哦”了一声就闭嘴不言声了。

看着无精打采的从波，隋云雁以为丈夫还在为儿子从众休学的事情烦心，就没再去理会，进卧室换上浴衣，然后去了卫生间。

儿子从众铁了心想要休学。他说自己对今年的中考能否考好没有信心，他想借休学重读一年，努努力，来年争取一个好成绩，考上一个好点儿的高中，希望家长理解。这事儿让从波十分为难。儿子从小没有让他操过心，在他的印象中，儿子从众好像一晃儿就长大了，虽然有时也调皮捣蛋，但很懂事，从波认为男孩子哪有不调皮的，这很正常，但他从来没有想过儿子会变成这么一个荒废了学业的“不良少年”。疏于对儿子的教育和管束，这让从波多少有些自责。

从波原本是一个随性生活的人，主张一切顺其自然，当初他为儿子起名叫从众就是随大流的意思，他没有指望着儿子将来非得出人头地，光宗耀祖，可他怎么也没有想到儿子竟是这样不争气，眼下，居然连大流都随不上。假如儿子这回真的考不上高中，到头来无书可念或不得不被那些所谓的职专高职之类的“大幼儿园”收了编，瞎耽误工夫不说，孩子的青春也就算是糟践了，天老爷，这可如何是好？这么一想，从波不只是寒心，更多的是叫他担心，毕竟，孩子是他生命的延续，是他的希望……

那天，从众挨了从波一记耳光后跑出网吧，独自在外面流浪了一天一夜，最终这个“无能坏种”还是没能抵挡住家的诱惑，饥饿和困乏让这个从小衣来伸手饭来张口的少爷羔子难以忍受，没等从波费事儿，就在小区附近被邻居“意外发现”并带回家中，只是自此再没去学校上课。

在校生办理休学并不是一件容易的事，尤其像丛众这样儿眼看就要中考的毕业班的学生。据说，一所学校每年允许学生休学的比例最多不得超出三个名额，这是教育系统的一个硬指标，否则这个学校将被取消系统内本年度任何形式的评比，甚至取消业已授予的荣誉称号，因而校方一向十分重视，轻易不开这个口儿，除非学生本身身体确实患有短期内难以治愈的病症。

丛众身体没毛病，明眼人都能看得到。明摆着，眼睁睁一个活蹦乱跳的皮小子——因病休学？愣说他健康有问题——谁信？你说，怎么给他办理？为此，丛波煞费苦心。他先是托朋友找了校长，吃饭喝酒、请客送礼，千方百计取得了校方的默许，而后，又凭关系求医生伪造了儿子的一系列病历并出具了医院的证明，总之，在费尽了周折之后，这件事儿总算有了一些眉目。

倒霉，老丛家哪辈子忘了烧高香，坟头儿上怎么长出了这么一根儿蒿草？偏偏还就让自己给摊上了……丛波想起来就恨，在心里骂：这个小兔崽子，真是个要命的鬼！

“哎——等会儿给我搓搓背，听见了吗?”丛波正生着闷气，隋云雁赤裸着身体从卫生间探出头来，冲着发愣的丛波说：“一个星期没洗澡，浑身脏死了。”跟着就传过来淋浴“哗哗”的水声。

听着从卫生间传出的水声，丛波不由得又想到了林忆欣，想到了那个万籁俱寂的凌晨从这个女人家的卫生间里传出来的同样的水声……他妈的，这到底是一个什么样的女人呢？

烦躁不安的丛波就像一个受到了刺激的经神病人，思维有些混乱，转眼工夫，就又把自己对儿子的恨一下子转移到了林忆欣的身上……

丛波想着几年来自己为林忆欣所付出的体贴、关爱，心情十分复杂。在此之前，他看着林忆欣那恢复了往日的笑容，听着她那优美动人的歌声，很有一种成就感，觉得自己很伟大很了不起，他认

为是他的友情与爱怜将迷茫中的这个女人改变成现在的样子，让她成为了一个开朗、自信、亲切、很多时候幸福得就像是恋爱中的一个女人……

幸福是精神创造的。精神作用于人类是十分重要的，而健康的精神世界首先取决于我们每个人的心灵。

林忆欣和丛波在一起的时候无疑是快乐的，他们经常相约或吃饭喝茶或打球唱歌，丛波总是亲切地叫她丫头，这种称谓包含了长辈对晚辈的溺爱，让林忆欣感到无比的踏实与娇宠，有一段时间丛波对林忆欣甚至表现得极尽温情，只是这种温情被丛波伪装上了一种原始质地的激情和浪漫，刻意突显出一种随意，当然，还有一种姿态——朴实无华的内敛。

那些日子，丛波觉得一个人对另外一个人好就像是上一辈子欠的一样，有时你想不对他好都不行。或许，丛波对林忆欣的这种好并不见得非要得到林忆欣怎样的回报，但他一定要了解林忆欣对自己所付出这份情的实际感受，而这种感受对于林忆欣来说应该是温暖的信任的和感激的，这样丛波才会满足，才会觉得自己所付出的一切很有意义，从人性的角度说，这是丛波心理上的需求。

显然，丛波失望了，因为他没有能够从自己对林忆欣所付出的关爱中得到心灵的慰藉，他为她付出了那么多，而她却好像从来都没有感动过。相反，丛波此刻感受到的却是蓄意的蒙骗与玩弄，他发现自己在林忆欣心目中不过是一个可有可无的人，这让他很难过。丛波突然之间明白了一个事实，那就是他在这个女人心目中的分量根本比不上齐连义，甚至比不上南边儿来的这个与她不过才有过一面之交的毛头小伙儿。

丛波慢慢梳理着自己的思绪，渐渐地，一条清晰的纹路显现在他的脑海里，他猛然顿悟，原来长期以来，他一直渴望把林忆欣纳入他的生活是想要她成为自己生命中的一部分，实际上他并没有把林忆欣真的当成自己的亲人对待，而只将她看作了一个女人，确切地说，看作了一个离了婚的独身女人……现在，丛波不能不对自己

的行为做出客观的检讨——他与她的结识且与之关系暧昧并非是一个美丽神话的传说，也许，一个噩梦刚刚开始。

其实，从心理学的角度分析，丛波是被这种突然到来的不可言传的懊恼迷失了自己。

丛波开始怀疑自己的所作所为是不是误入了情感的泥沼，事到如今，他才深切感受到了什么叫自取其辱。

林忆欣不是一直在跟自己讲原则吗？可她为什么和别的男人就不讲原则了呢？丛波暗自思忖，也许在林忆欣心目中，他们两人之间的这种关系根本就是偶然通往同一个方向的两条平行线，而自己却自作多情地在这两条平行线上异想天开地设计出了一个交叉点……

“愚蠢，”丛波懊悔地捶打了一下大腿，骂自己，“简直他妈的愚蠢透了……”

“来，搓背。”卫生间的门开了，哗哗的水声戛然而止，隋云雁的喊叫打断了丛波的思绪，他定了定神，站起身，无精打采地走了过去……

7

事实上，丛波对林忆欣的隔膜以及由此而产生的爱和恨都没有什么道理，他自己都无法了解自己真实的心意，所以，他对这个女人的感觉也只不过是他自己的一相情愿而已。

寻觅中的女人在迷失自我和青春的同时，也认识到了男人的本性与残忍。在失望的过程中，女人必会将一些压抑的情绪释放出来以平衡自己失重的心理。一生何求？在林忆欣的成长经历中，就像一首歌中唱的，她所失的尽是她的所有。她想用情感去赢得男人，却总是受到伤害，没办法，在欲望与绝望的挣扎中，她如果想要自己不再委屈自己，那就只有放纵，而放纵自己，以爱的代价收获的又总是负累，所以最直接的方式就是利用自己的容貌和身体。

林忆欣显然也察觉到了丛波的变化，尤其是丛波对她所表现出来的从来没有过的冷淡。丛波已经有两个星期没有和她联系了，也没有在网上露面，更没有短信给她。

这些日子，林忆欣拨打丛波的手机，丛波的手机不是关机就是没人接听，她给他发短信也如同石沉大海，仿佛一夜之间这个大活人一下子于人世间蒸发了，再没了消息。林忆欣预感到丛波是在有意躲避自己，也知道他心里憋屈，尽管如此，已经习惯了身边时常出现丛波身影的日子，突然间失去了他的音容笑貌，她心里还是有些忐忑不安。

其实，林忆欣并不太在意丛波知道她和这个叫尹北光的网友之间的一夜情，她把这小子来找她的过程通报给丛波就表明了她有这方面的心理准备。她以为，只要丛波给她机会听她解释，丛波就一定能够理解她。在现代，女人和男人上床是一件很难把握的事情，当爱情迟迟不能确定下来，或者说迟迟寻找不到真爱，精神上老是处在一片空白之中，生活上的孤独就要靠另外的途径来填埋，这不单单只是生理上的需求。女人不怕男人上她的床，上过床之后，一般情况下男人们会很快消失，不再纠缠，这一点林忆欣心里有数，跟这样的男人在一起不过玩玩而已。一个长期缺少男人雨露滋润的年轻女人，偶尔的一次放纵并不是不可原谅的事，男欢女爱，人之常情，现如今的世界里又有哪个离了婚的女人能够真的做到了守身如玉？只是她拿不准丛波疏远她到底是不是因为这件事，说白了，她是怕丛波察觉了她和另外一个男人的隐情。

三年多了……这个让林忆欣难以启齿的秘密一直在她的心里隐隐作痛，事实上，早在两年多以前林忆欣就对丛波有过暗示。有一次，丛波出差昆明，打来电话给她，说自己正在七彩云南，想买件东西送她，问林忆欣想要什么样的礼物。林忆欣在电话里婉转拒绝，她告诉丛波，说自己不能负担他对她的深情，所以今后不可能靠他太近……丛波问她这话是什么意思？她说自己有压力……后来，林忆欣真就有意疏远了丛波，很长一段时间都没有上网，也不

再主动给他打电话、发信息，只是这个粗心的男人不但没有察觉出她的良苦用心，反而以为自己有什么地方没有做好。

有一天，百无聊赖的丛波打开电视，画面上正好播放一档访谈节目，被采访者是一个叫燕子的女人，这个美丽而多情的女人是一家报社的美术编辑，很有才华也很幽默，她说有一次她去医院找她当妇产科大夫的好友，一进病房看到那些痛并幸福着的产妇们忽然来了灵感，“刷刷刷”几笔就画得了一幅漫画，她给这幅漫画起了个名字叫“女人眼里的男人”，画面丛波没怎么看清，倒是燕子在漫画上题的一段话深深触动了他，燕子即兴在漫画上题的是：男人就像避孕套，没有它不安全，有了它挺麻烦。丛波觉得这话很精辟，同时也很深刻，转而想女人用这样的眼光看待男人，男人实在是可怜又可悲，于是他联想到林忆欣对自己的冷淡，突然觉得林忆欣说不准对自己也是这种心态。有了这样的想法，丛波决定给林忆欣发一个邮件过去，他打开电脑，往她的email里发了这样一段文字：

小林，说实话，你是不是很烦我？以为我在无聊地纠缠你，我有这种感觉，但我不能确定。网络有网络的好处，避免了直接面对的尴尬，我不想让你说是还是不是，你只要保持沉默就行了，我理解你不忍心伤害我。请相信，我还不至于是那种不识趣儿的人。

林忆欣看了丛波这封信，立刻往丛波的邮箱里也发了一封百感交集的回信：

丛哥，看到你说这样的话，我心里很难受，我不要你说这样的话。我想告诉你我对你真实的感受。对不起，也许我今天醉了，但我说的每句话都是我的真心话。事实并不像你想象的那样，我现在不知该怎样表达我的歉意，总

之我需要你这样一位兄长。这些日子，我没有上网，也没有跟你打招呼，我真的感到很抱歉，我能体会到你的感受，虽然有时候语言显得是那么苍白……一直以来，我感受着你对我的关注和呵护，我更明了你对我善意的关爱和友情，我真的真的很珍惜你这样一个大哥哥，我为有你这样一个大哥而庆幸，真的！

别怪我，丛哥。

也许我是个太自私的人，也许本来就不值得你对我这么好……

丛波寥寥几句话，包含了他心中的满腹狐疑与失落，而林忆欣情真意切的每个字，则暗含了她心中的千言万语。几天后，丛波出差回来，给林忆欣带回了一件刻有“心播意愿”四个小字的玉挂件，林忆欣看着这块精心雕琢的美玉心潮起伏，感慨万分，她不由得拥抱了丛波，第一次在这个男人面前袒露出了她的心声：“丛哥，你为什么总是对我这么好？你对我这么好，我心里不安宁。”

“没有什么不安宁的。”丛波说，“是你让我找寻到了一种特殊的东西，你说，人与人之间还有比被人信赖叫人觉得活着更有意义的事吗？”

丛波说出这样的话是发自真心的，尽管他不能确定林忆欣对自己是否动了感情，显然他对她动了感情。

《红楼梦》里有句话，叫做假亦真时真亦假，丛波忽然就想趁着林忆欣动情的当口，来验证一下长期以来自己一直想知道的在这个女人心目中的分量，于是他故意装作不经意地问林忆欣，说，你知道我心疼你吗？林忆欣听了，目光果真就含了深情，她注视着丛波，良久，才轻轻说出一句——我又不傻。丛波从林忆欣的眼神里读懂了自己期待已久的那份柔情，不禁接着问道，如果有一天我提出要求，你能跟我上床吗？丛波脱口而出，似是举重若轻，然而连他自己都感到有些惊讶，他怎么就这么轻易将自己心里的话说出来了呢？林忆欣似乎早已预料到了丛波迟早有一天会这么问她，她一点儿也不吃惊，十分从容地摇了摇头，回答说，不能。丛波问她为什么？林忆欣告诉丛波，说有一天你会明白的。丛波没有继续追问，只轻轻抚摸了她的手。

从那以后，林忆欣既珍惜又矛盾，在她与丛波重新恢复了往日密切交往的同时，内心又增添了几分难离难舍的亲近，只是林忆欣再次面对丛波对她的关爱和照顾的时候更加感到惴惴不安，因为在她的心里，有一个人的阴影始终笼罩着自己……

这个人就是齐连义。

齐连义早林忆欣几年进的公司，是大学毕业后直接分配来的。原先，他一直在机房上倒班。由于工作上的需要，他和林忆欣经常有机会单独在一起，或加班、或外出学习。这样，正如人们知道的，两人的关系一直相处得很好，也很随意。林忆欣从小缺乏必要的家教，行为有时不免显得比较粗俗，时常如同一个小野丫头，我行我素，没心没肺，待齐连义就像不错的哥们儿，漫不经心，自然本真，这事儿孟维扬在跟她搞对象的时候也非常清楚，所以从来没有为此和林忆欣计较过。在林忆欣没有离婚以前，他们两人之间并没有什么出格的地方，就是一般同事间的那种友情和工作上的往来，这种友情只是由于后来出现的原因才慢慢发生了转变。那是林忆欣离婚后不久，正是她心态最糟糕的时候——也就是他们去海南岛旅游时丛波看到并与之第一次接触的那一阵子，可以说，那时的她生命曲线降到了最低点……无独有偶，恰在此时，齐连义的家庭也出现了一点儿问题，远在老家哈尔滨的妻子施萧萌厌倦了长年两地分居的生活，心生怨气，给他们的婚姻亮出了黄牌儿，让本来就长期缺少温度的夫妻二人感情越来越疏远。齐连义没有能力把妻子施萧萌从东北哈尔滨调来天津团聚，千里之遥的距离让昔日大学同学的妻子与他逐渐淡化成了一个可有可无的人，往日的柔情与欢愉随着时间的推移已消逝得寻不见了踪影，随之而来的是他们夫妻二人越来越多的无奈、压抑、和愤懑……

同病相怜。一样的经历给了林忆欣和齐连义同样的感受，同样的感受又让他们俩开始有了同样的渴望，而同样的渴望就像是夏季里积聚在乌云中的狂风暴雨，随时都有可能造成凶猛的山洪，终于，在一个寒冷的冬夜，这场洪水被一声暖气管道的爆裂引发了……

那天深夜，林忆欣租住房屋里的暖气水管由于年久失修突然爆裂，睡梦中的林忆欣被哗哗的水声惊醒，惊醒后的她赶紧起身加以施救。但是，望着那喷涌而出的水流，她只能束手无策。深更半夜，她傻眼了……当她冷静下来，想起应该向小区供暖部门求助。然而，拿起电话她才发现自己根本就不知道那个地方的电话号码……正无助的时候，猛然间她想到了他们机房，她知道机房能够查到她所需要的这个电话号码，于是，她把电话打了过去。

那天，齐连义接听了电话，当晚刚好他和另外一个同事值班。

听完林忆欣的电话，齐连义立刻给有关部门相继打了电话，供暖、物业、110、119，他怕万一哪个部门作风拖拉或者玩忽职守不能迅速赶去现场，那样的话，林忆欣就还得继续遭殃，所以他想得很周到。他的细心让林忆欣都没想到。

接下来，让林忆欣更没想到的是，就在有关部门人员赶到不久，随后，齐连义也赶来了。

在供暖、物业等部门的帮助下，爆裂的水管很快就抢修好了。林忆欣送走这些人，望着一片狼藉、遍地是水的房间，眼泪不由得流了出来。齐连义什么话也没说，脱掉身上的外罩卷起了裤腿儿，然后默默地拿起地上的笤帚和脸盆……林忆欣擦干了眼泪，也什么话也没说，找来墩布和旧毛巾跟着齐连义一起打扫起来。

他们把被水浸泡过的东西归置在一起，将能洗的放入洗衣机里，不能洗的留下待到天明再去晾晒。他们两人一直忙碌了多半宿，天快亮的时候，终于收拾停当。齐连义把最后一块地砖擦干净，直起腰，朝林忆欣笑了笑，说：“好了，抓紧时间休息一会儿吧。”说着转身要走，这时，林忆欣突然上前，一把抱住了齐连义

那湿漉漉的身体，不由分说，就将自己的嘴紧紧贴在了齐连义的嘴上……

林忆欣的唇是那么柔润，舌尖儿是那么滑爽，齐连义经受不住林忆欣狂热的亲吻，不由得抱紧了这个动情的女人。未成曲调先有情，齐连义突然为情所困……他看着怀抱里温情脉脉的林忆欣心情很是迷乱，他犹豫是否放弃他一直有所顾虑的那道无形的道德底线。当他再次看到林忆欣眼睛里流露出的期盼，明显感觉到了她消瘦的肩头在瑟瑟地抖……

齐连义浑身战栗，他抚摸着林忆欣的头发，亲吻着她，手情不自禁地伸进了她的衣内……猛地，他抱起林忆欣那软绵绵的身体，朝着那张单人床走了过去……

那天，就在那个黎明前的黑夜里，林忆欣和齐连义都很投入，他们缱绻缠绵，几尽疯狂，两个干涸已久的身体终于迎来了一场又一场暴风骤雨般的酣畅淋漓……

随后没几天，也就是这个黎明前的黑夜过去不久，紧跟着，咱们中华民族的传统新年——春节到了。

那年的春节，齐连义破天荒地没有回老家过年，他以节日值班为由搪塞了父母，又以种种借口敷衍了妻子施萧萌……整个假日期间，他和林忆欣几乎一天都没有离开过，始终呆在了一起。对于林忆欣来说，能有这样一个男人陪在身边，她就像是在梦里一样。多少年啊，她从来没有过这么幸福的节日……

以往，平日里林忆欣还能够和同事们在一起说说笑笑，玩玩闹闹，可一到过年，别人都沉浸在自己家庭的温馨里，而且走亲串友、把自己的计划都排得满满的，只有她，像一个无家可归的孤儿，忍受寂寞的煎熬……这个春节，可以说是林忆欣有生以来度过的最快乐的一个新年。齐连义是一个非常出色的玩儿伴，那几天里，他俩一块儿吃饭、抽烟、喝酒，晚上偷偷去逛街、买服装、买零食，回来以后，俩人依偎在一起看电视、看光碟，然后就毫无厌倦、没完没了地做爱……

齐连义既是林忆欣的同事自然也是丛波的同事，丛波和齐连义不仅熟识，而且关系还相当不错，这一点林忆欣是知道的。三年前，公司改制，上边要求以人为本竞争上岗，从而对公司内部人员进行了大幅度调整，齐连义凭着大本学历和多年来工作上踏踏实实的表现不仅脱颖而出，而且一路攀升，这两年从科员到主任，顺风顺雨，几个月前又被公司提名，聘为总经理助理。

长期以来，林忆欣表面上十分信赖丛波，让丛波感觉到她就是自己的红颜知己，实际上她对丛波一直小心翼翼地隐藏着这个秘密。开始，她对丛波隐瞒并非存心故意，只是难以启齿，不光是对丛波，她不想叫任何人知晓她和这个男人的瓜葛，因为这种事情是不能暴露在阳光下的。齐连义是一个有家的男人，而且夫妻二人两地分居，常年不在一起，从某种意义上说，这更容易引起人们的注意，如果他们两人不小心，稍不留意，整出个什么风吹草动，后果将会很严重，也会很没意思，尤其齐连义其时正官运亨通春风得意，所以他和她都很谨慎。为了避人耳目，齐连义总是夜深人静的时候偷偷前去林忆欣那里，又总是赶在天亮之前悄悄溜走，来去匆匆。齐连义有林忆欣住处的房门钥匙，不必为深夜的敲门声惊动隔壁邻居而担心，即便这样，他们还是疑神疑鬼，老是觉得四周有无数双眼睛在盯着他们，这种偷情虽然刺激，但不安心，这也是林忆欣为什么搬离原本距她单位很近的小区而选择了偏僻住地的原因。

三年多了，断断续续，齐连义就像是附着在林忆欣身体上的幽灵，亦真亦幻，忽远忽近，让林忆欣想得到却又怕失去，怕失去却又得不到，这样，林忆欣的生活总是处在一个矛盾的心理，难分又难舍，难舍又难离……

过去，林忆欣和齐连义之间的这种男女私情让林忆欣既兴奋又不安，尽管她知道她和这个男人在一起她只能没名没分地生活在地下，但她相信她和他之间不单单是情人的那种感觉，这种感觉超越了有情天地，是前世之缘，这样的结果必然是一种天意，哪怕双方只是回眸深深一望，整个身心就都湿润了……那些日子，他们在一起时的那种激情与美妙真的让林忆欣好开心好快活。

情爱总是会叫人忘却自我，有情有爱的日子，幸福就像是在心中培育出的一朵含苞待放的雪莲，洁白而羞涩，有时也会在微风里快乐地颤动着，齐连义曾经对林忆欣的娇宠和纵容让林忆欣一次次地冲动，也时常让她回忆和沉浸在幸福之中……

也许，幸福仅仅是自己的一种感觉而已，就像春天里的雪，总是会有融化的时候。

二十七岁了，林忆欣知道，女人二十七岁是一个不确定的年龄，女人在这个年龄可以表现出花容月貌，也可以表现出风情万种，但时光对于一个二十七岁的女人来说，林忆欣十分清楚，自己做情人已没有多少优势可言，虽然她坚信她和齐连义的爱情之花正芬芳艳丽，但毕竟从此以后她将日渐凋零……三年多了，林忆欣在这三年多的漫长等待中，渐渐由激情洋溢变为了平淡乏味，由充满渴望变得忧心忡忡，那个曾经与她甜言蜜语，发誓永远爱她的人也让她越来越难以捉摸，他的影像，就像天边的云朵，飘忽不定……

人的一生当中也许不止只经历一次情感，人类的情感在不同的阶段总会发生不同的变换，不然，人生就不能用丰富多彩来形容。林忆欣和齐连义的情感也一样，遵循着这样一条曲线——当清风吹去了岁月的等候，云雾便迷漫了内心最深处的梦幻，激情犹如一壶香茶，在经历了一遍遍的冲泡之后已然由浓酽变得越来越淡，当这壶茶水淡得不再有任何滋味的时候，他们的心距产生了，而且渐行渐远……

这个时候，丛波的不离不弃，便成为了林忆欣心灵荒原上的又一眼清泉……

8

做贼心虚。丛波的反常现象必是有其原因的，林忆欣已经猜想到了其中缘由……

那天深夜，从波把电话打到林忆欣的家里，林忆欣就预感到了事情的不妙。开始，她有些惊慌，打开灯，从这个叫尹北光的男人的怀里爬起来，先是示意他别出声儿，接着她做了一个深呼吸镇定了一下自己，然后才拿起电话。

林忆欣故作睡梦中被惊醒的样子违心地敷衍从波，当她听出了从波那酸溜溜的声音里夹杂着的怀疑的语气，于是她感到有些愧疚。放了电话，她的眼泪就流了出来，不为别的，只为从波对她的牵挂与惦念。

林忆欣十分感激从波对她的关爱，尤其那种被人在乎的感觉让她很幸福很温暖，老实说，从她的内心深处，她是甘愿为从波奉献的，她并不是不愿意和从波上床，说白了，她是怕。

一般来说，女人在总结了爱的失败后会变得愈加小心，这种小心会自觉不自觉地将自己戴上一副面具。一副面具两种心理，难免顾此失彼，有时，甚至连她自己都难以识别真伪，其真实心理却是一种情迷。林忆欣觉得自己过去失去的太多了，从小没人疼爱，没人关怀，如今她自立了，就是要自己疼爱自己，再也不想让自己遭受任何委屈。现在，有人来疼爱自己关怀自己了，她反倒不敢轻易地与他靠得太近，怕伤害了对方，更怕再次伤害了自己，一句话，她是怕失去内心珍存的那份情意，尤其对自己没有信心的时候。

林忆欣就是出自这样一种心理，她越是知道从波对自己这份真心实意，她越是不能够预见后果，她担心他也会像前面她所经历过的男人们一样，新鲜劲儿一过，不再珍惜，那样，她便彻底失去了精神上的寄托……她害怕一旦那样的话，他们的这份情感自此不会长久，从而永远失去自己最心爱的人。这一点，林忆欣是受到了曹雪芹的启发与教诲，老先生在总结了男人对女人的心态后告诫女人，说男人的心思永远是妻不如妾，妾不如偷，偷不如偷不着……这句话，翻译成现代的时髦用语——林忆欣的理解就是——距离产生美，得不到的最好。不想失去，宁可不去拥有。所以，在林忆欣的心目中，她要珍藏这份情感，她要把自己跟从波之间的这种情缘纯洁成为柏拉图式的那种精神上的爱恋，这种爱恋不需要占有对方来实现，感觉淡淡的，仿佛精神上的需求，有如冬日里的阳光，温暖而不炎热，那才是人间的真情，无须直接表白，一切都在含蓄中懂得彼此心灵的默契。

由此，这个女人在跟与自己无关紧要的男人在一起鬼混的时候，反倒觉得随心所欲心安理得了………

此刻，林忆欣不知道这个世界上除了丛波对她的牵挂和惦念外，她的身边还有没有这样亲近的人。

尹北光看到林忆欣伤心的样子，不知道到底发生了什么事，关心地问她怎么了。林忆欣躺下用被子蒙住自己的脸说没事儿，于是这个大男孩儿掀开被子抱住她，双手抚摸着她的后背说，亲爱的，我不愿看你难过。接着就用舌尖儿去舔舐她的泪水……林忆欣闭上眼睛，任由尹北光趴在自己身上亲吻她的额头，她的面颊，她的嘴唇，直至那轻柔的气息缭绕过她的脖颈……林忆欣睁开了眼，她看了看屋顶，看了看屋顶上那盏柔和的橘黄色的吊灯，她看了看赤裸的自己，又看了看自己身上这个同样赤裸的大男孩儿，林忆欣的脑海里忽然一片空白，空洞洞的眼睛里便再没有了任何的内容，她甚至弄不清自己此刻身在何处。

看着身边的一切，林忆欣触景生情……

三年多了……想着自己和齐连义也有过的这样温存的日子，林忆欣的泪水不禁又模糊了眼睛。三年来，她和这个男人之间有时感觉是那样亲近，有时又觉得是那样遥远，那到底是一种什么样的感觉，林忆欣越来越弄不清楚，越来越感到一片茫然……

昨天傍晚的时候，当林忆欣和尹北光走进那家餐厅，她一眼便看到了齐连义。那一刻，她怔住了，胸口猛地疼了一下。真是天意啊，难道这单单是一种巧合吗？此刻想起来，林忆欣觉得这是一种宿命。过去她和这个心仪的男人经常出入这家餐厅，从没想过有一天他们两人会以这样的情形在此相逢——各自带着彼此陌生的异性。林忆欣知道，当时自己的眼里一定流露出了惊讶与哀伤……

林忆欣选择这里与尹北光共进晚餐多少带有怀旧的情愫，她不知道眼前的这个男人与另外一个女人来这里幽会是否也像她一样出于同样的心境？林忆欣犹豫片刻，还是在靠近门口的一个餐桌坐了下来，她知道自己的失态没能逃过尹北光的眼睛。

齐连义倒是很坦然，走过来和她打招呼："你好，怎么？就你们两位？如果不介意的话，坐一起吧？"他指指角落里他和那个女人的餐桌，表情里没有丝毫尴尬，就像是遇到任何一个熟人，从容、镇定。

林忆欣努力抑制着自己的心跳，平静地说："谢谢，还是两便吧。我们只是点两样菜，一会儿带回家里去吃。"林忆欣不知道自己当时为什么要这样说，但就是在那一刻，她毅然做出了一个决定，决定今晚要带尹北光回家过夜。此前，她本来打算好了的，叫这个远道而来的小帅哥儿一个人去住宾馆……现在她才明白过来，原来她是想以这种方式来报复、刺激面前的那个男人——为他的无动于衷。这也是几天后小樊无意间看到的他们两人大动干戈的原因。

林忆欣和这个男人曾经有过美好的回忆，她曾经为他们的私情兴奋、陶醉，也为此无奈、痛苦，此刻，她不知道这样白白消耗的日子还有多久，不知道什么时候才是期待的尽头。过去，当她一个人孤零零地躺在这张宽大的双人床上幻想着这个男人带给她身心抚慰的时候，她总是觉得自己真的就像是皇宫后院里的一个妃子，每天都在期盼着万岁爷的宠幸……是的，女人需要男人的娇宠和爱抚，但女人需要的是男人一如既往不弃不离地娇宠和爱抚，而自己呢？林忆欣心里突然有些愤懑。她想到了两句歌词：爱有几分能说清楚？情有几分是温存？妈的，这糊涂的爱为什么留给自己的却总是这么多的酸楚……我为谁守身如玉？忘掉过去的那一幕一幕吧，宁可生命中失去更多的东西，再也不要失去享受性爱的权利了。自艾自怨的林忆欣想着，手就情不自禁地抱紧了尹北光那赤裸的身体，此时，尹北光的脸紧紧贴在她的胸脯上，正在用心地吮吸着她的乳房……

又是一次激情的爆发，在尹北光身体的猛烈冲击下，林忆欣低吟浅唱，用咿呀的呻吟表达着快感的诗意，熊熊大火中，燃烧着的一对激情男女在生命的烈焰中再一次融合了，同时也融化了他们自己……

“刚才谁来的电话？这么晚了？”当一切平静下来，尹北光似是漫不经心地问。

“一个朋友。”林忆欣幽幽地说。

“男朋友？”

“对，男朋友。”林忆欣点点头。

“那吃饭时遇见的那个男人又是谁？”尹北光紧接着又问，神情突然变得古怪起来，“也是男朋友？”

“是，怎么啦？”林忆欣看着尹北光，心里有点儿异样的感觉，不舒服。

“什么样的男朋友？”

“和你一样。”

“和我一样？”

“对，和你一样。”林忆欣说，“宝贝儿，你到底想要知道些什么？”面对尹北光不停的追问，林忆欣预感到事情的不妙，不免有点儿恼怒。

“你……”尹北光有些愕然，从林忆欣身上爬起来，一双漂亮的大眼睛紧盯着林忆欣，问：“也都上过床？”

林忆欣看着尹北光那惊愕的目光突然间笑了，用一种轻蔑的眼神对视着这双看上去天真无邪的大眼睛，放荡地说：“这有什么大惊小怪的，一个女人总不能光靠着自慰来满足自己的生理需要吧？”

尹北光立刻感觉受到了侮辱：“你、你……你……”

林忆欣不以为然：“我怎么了？”

尹北光：“你、你到底有多少男人？”

林忆欣："对不起宝贝儿，我只能告诉你，你不是第一个也不会是最后一个。"

"你怎么可以这样？"尹北光愤怒了，"女人怎么可以这个样子？难道离了婚的女人都是这个样子吗？"

林忆欣白一眼尹北光，不屑一顾，冷冷地说道："你以为你什么样子？你以为你们男人什么样子？"林忆欣猛地坐起身，气急败坏地大声道，"现在想起来了？你他妈刚才怎么不问？啊？你竟然还教训我？我问你，你说，你千里迢迢从深圳跑来塘沽，又不远百里从塘沽跑到天津市内来找我，你不就是来想和我上床的吗？你们男人不都是这个德行吗？玩儿完了想起自尊来了？你他妈的少跟我这儿装正经，我现在问你，玩儿够了吗？没玩儿够咱俩接着玩儿，你要是玩儿够了，你他妈现在就给我滚蛋。"林忆欣抬起一只胳膊，手朝着门口一指，厉声道："滚！"

尹北光惊呆了，他不明白这是怎么了，刚才还柔情似水的美丽女人怎么转眼之间就变成了狂躁不安的母夜叉，他被眼前的一切吓晕了，一边穿着衣服嘴里一边叨念着太可怕了、真是太可怕了……只一分钟，尹北光就胡乱地穿上了衣服，他朝坐在床上的林忆欣斜了一眼，嚷道："不可思议，简直不可思议。"说着拎起自己的背包走出房间，跟着"砰"的一声狠狠地摔上了房门。

林忆欣望着尹北光出门去的背影一下子瘫倒在床上，嗓子眼儿里气若游丝般冒出三个字儿——对不起……

尹北光走了，这个天真可爱的大男孩儿在和林忆欣经历了疯狂的一夜激情之后愤然离去了，林忆欣知道尹北光这一去就再也不会回来了。她有些后悔，后悔自己不该这么冲动。尹北光是一个多么单纯的大男孩儿呀，在卫生间里，当她慢慢退下他的内裤时，林忆欣看到他竟然下意识地用手掌护住了自己的下身……林忆欣没有想到，现在世界上居然还有这么纯净的男孩儿……后来，林忆欣一路上牵引着这个腼腆的大男孩儿越过高山丘陵，奔腾于一马平川，最后，在经历了暴风骤雨般的洗礼后，这个男孩儿亲吻着林忆欣，竟然告诉她，说她是他的第一个女人。林忆欣从尹北光开始那紧张而僵硬的身体已经确认了他说的是真话，而后这个大男孩儿突然爆发的毫无经验的横冲直撞更让她断定出他没有撒谎。林忆欣后悔自己伤害了尹北光，伤害了这么一个童贞的男孩子，她知道，他刨根问底的追问说明他在乎自己，他为此而愤怒更表明了有爱在里边……

一个女人最大的满足莫过于深信自己被人所爱，即便过后她会为自己在享受着被爱的快乐时因忽略了爱她的人的感受而深深自责，她也会觉得很幸福。然而，这一切并不是林忆欣想要做的，她没有想到过会出现这样的情况。起初，林忆欣真的是想跟这个大老远跑来与自己幽会的男孩子好好相处来着，只是没有想到这个头一回经历女人的生瓜蛋子在享受到自己为他带来的美妙体验后，竟然以这样一种古怪的眼神和语气对她，她心里非常难过，尤其当他提到了傍晚时他们在餐厅里遇见过的那个男人，林忆欣一下子恼怒了，心底里埋藏已久的幽怨与失望就这样像火山一般喷发了，而这个无辜的博士生尹北光不幸成为了这场灾难的最大受害者。深更半夜，他能去哪里呢？林忆欣对自己的不冷静感到一阵阵不安，并开始为尹北光担心……蓦地，林忆欣不知怎么猛然就联想到了丛波，这个对自己关爱有加的男人不会也为此受到伤害吧？

林忆欣突然意识到了丛波是在有意回避自己，回避从某种意义上说就是疏远的开始，林忆欣想，丛波疏远自己总是要有理由的，难道他也发现了自己的秘密？

林忆欣知道丛波对自己是真心真意的关爱，平常，在一点一滴的小事情上她都能够体会得到，比如，有一次深夜，他们俩正在网上聊天，齐连义突然来了，不由分说，他一把将林忆欣从电脑桌前横抱起来直奔了卧室，跟着两人就滚到了床上……林忆欣惊喜之中，竟然激动地忘记了网络那边的丛波。

丛波在网上跟林忆欣聊得正起劲儿，忽然发现林忆欣那头儿半天没了动静，而且无论他怎样发出询问，林忆欣始终没有反应。丛

波弄不明白林忆欣怎么了，她为什么迟迟不理自己，为什么突然间在网上死机了，难道发生了什么意外？煤气中毒？触电？或者遭遇了别的什么不测？丛波哪里清楚林忆欣那里到底发生了什么事，于是，他急忙拨打她家里的电话，但电话始终要不通，一直忙音。丛波又拨打林忆欣的手机，林忆欣的手机提示：您拨打的电话已关机。

丛波不知道，齐连义每次到林忆欣这里来，为了尽情地享受两个人在一起的幸福时光，他们俩的通讯工具都要关闭掉，这已然成为了习惯，可怜这个被蒙在鼓里的男人，心里不免恐慌起来，还以为发生了什么意外。接下来，一连串急迫的动作证明了丛波对林忆欣深深的情义——他起身，拿车钥匙，披衣，穿鞋，出门，下楼……如果不是林忆欣猛然想起还在线儿上他，及时发现了他留在电脑屏幕上一连串“怎么了”的询问和问号，也许，再过一会儿，丛波就赫然出现在她的门口了……

好玄！林忆欣事后不禁有些后怕，幸亏她及时打通了丛波的电话，得知他已在来她家的路上。于是她撒谎骗他说自己刚刚出去买烟了，以为很快就能回来，不想附近的小卖店都打烊关门了，她不得已跑了挺远的路，所以让他久等了，实在是不好意思……还说为了这场虚惊，她明天一定请他去吃大餐。丛波长出一口气，丝毫没有怀疑林忆欣的连篇鬼话，居然心情轻松地跟她开起了玩笑，说，到时你可千万别又跟我说你忘带钱包了。林忆欣故作撒娇，笑道，嘿嘿……那码事儿还记着呢，小心眼儿，放心，不会的啦。放了电话，她做了一个深呼吸，这口气足足吐了一分多钟。

由此可见，在情感上，丛波比起林忆欣来要单纯的多……

长期以来，林忆欣之所以对丛波的关爱一直保持着一定距离，是因为她明白丛波的心思，这一点上，也可以说她明白所有男人们的心思。世界上从来没有无缘无故的爱也从来没有无缘无故的恨，其实每个人心目中都有自己最需要最美好的东西，这种最需要最美好的东西就是愿望。一切从愿望出发，无须加以崇高的名义，男人对女人，实际上所有的动机都源于生命的起源，那就是男人对女人身体的欲望，这很自然，也是十分正常的，如果一个男人对于女人没有这种欲望反倒不正常了。这种欲望与生俱来，原始而朴素，就女人而言，她有权利选择而无权利拒绝。林忆欣是一个经历过男人的女人，而且不止一个。对于男人，她有着非常敏锐的洞察力，许多次，林忆欣明显地感觉到了丛波对自己身体的渴望，但每一次，到了关键时刻，她还是一次次选择了规避。

事实上，开始，林忆欣对丛波还真就没有什么特别的感觉，只是在长期的接触与交往中，她才渐渐发现丛波是一个难得的非常真诚的人，是可以信赖的。但她又不愿做一个虚情假意的人，她也想让自己成为一个真诚的人，一个好人。其实，世界上的每个人都希望自己完美，都希望自己是一个好人，但并不是谁都能够做得到。

林忆欣和齐连义之间的那份情那份爱也都是真实的，都发自内心。公正地说，齐连义喜欢林忆欣，他对她的情，对她的爱也是真心的，他为此也给了她许多的快乐，只是后来，林忆欣不想与人分享这种爱，尽管她知道齐连义真心爱她，但在她看来这种爱却不完整。开始，林忆欣并没有意识到他们之间的这种情感会在日后叫她感到如此负累，因为起初她并没有期盼过什么，那时甚至不在乎齐连义是否离婚，对齐连义与他爱人施萧萌情感方面的起起落落从没有计较过。或许，人类的感情会随着时间的流逝而变得日益脆弱，以至于后来林忆欣受不了一个人太多的孤独……

林忆欣需要爱，她太需要爱了——真诚热烈、唯一的爱。

将心比心，林忆欣对丛波是非常感激的，她从内心深处也渴望得到和给予丛波更多，但她必须留点分寸，这是原则，这一原则无论对她自己还是对丛波都有好处。异性朋友更要保持一定尺度，不能够轻易逾越男女生理上最敏感的区域，否则都将容易受到伤害。如果说过去林忆欣对丛波有所保留很大程度上是缘于自己秘密生活

中有一个齐连义，害怕过分的亲密暴露了自己的隐情从而让丛波遭受到打击，那么现在她的顾虑则更多地来自于丛波的爱人隋云雁，这一点依旧是她害怕给丛波造成心理压力的所在。老实说，林忆欣可以什么都不在乎，反正她一个人，用她自己的话说，她就光棍一条，什么都可以不怕，即便人们把她看成一个放荡的坏女人她都无所谓，但有一点她不能，那就是她不能害丛波，因为丛波是有家的人，而且过得很幸福。

随着林忆欣和丛波关系的不断密切，自然她对丛波各个方面都加深了了解，包括他的社会关系、他的家庭、他的妻子。林忆欣知道丛波的妻子隋云雁是一个出类拔萃的女人，这样的女人本身对那些觊觎她的家庭位置的外来女人就是一种威慑，足以使她们望而却步。林忆欣当然不能不有所顾虑，说白了，从某种意义上说，林忆欣因崇拜而敬畏隋云雁，她知道自己远不如这个女人优秀，与之相比，林忆欣拿不准自己和丛波之间终归会有什么样的结果，所以，明智的选择，还是不去冒险打破这个家庭的和谐与平静，维持好她和丛波之间现有的这种心理上的亲近，尽量避免出格的事情发生，她觉得，只有这样他们之间的这种微妙的情形才会长久。

过去，林忆欣对她和丛波的这种关系很清醒，也很有信心维持住这样的局面，因为她深谙男人的弱点，男人终归属于喜欢用下半身思考的动物，对于他想要得到的东西天生出于一种私欲，这不是所谓的贪婪，而是本能，是一种在好奇心驱使下的欲望。林忆欣遵循着这一要素，确信始终把握着丛波的脉搏，让他的目的既不能得逞，又巧妙地吊着他的胃口。

现在，林忆欣却十分担心了，她担心丛波这只只闻鱼腥味不能吃到嘴的猫会失去耐心，会在认为自己没有希望的情况下舍弃她这条既够不着又吃不到嘴的咸鱼，就此将会弃她而去，因此她感到了恐慌。她现在比任何时候都明确无误地意识到，自己是深深眷恋着这个男人的，她不能眼瞅着就这样失去他。

林忆欣想尽快弥补自己因轻浮和荒唐给丛波心灵带来的伤痛。

这样，她的内心世界陡然升出了几分愧疚，而这种愧疚感一旦出现，她便开始无时无刻不在盼望着丛波的谅解。虽然她表面上不动声色装得若无其事，但心里却充满焦急。无奈，丛波故意躲避着自己，她无法与他进行有效的沟通，于是，她越是想尽快恢复与丛波的正常往来，这种心情就越迫切。连日来，她一直想缓解这种心理压力，只是苦于没有适当的机会。

9

日子过得很快，一晃，两个多月过去了。

八月的阳光灿烂而炽热，晴朗的天空中时而飘浮着白云几朵，那白云就像是点缀在湛蓝幕布上的卡通画儿，调节着人类的大脑神经，让人们从夏日的燥热中得到缓解，郁闷的心情也充分得到释放……

这是一个多彩的季节。

清晨，薄雾由河面上袅袅升腾，犹如柔曼的轻纱笼罩着岸边的树木、栏杆，还有花草，将这个世界变换得虚无缥缈……微风吹过，槐花飘香，弥漫在城市的每条街道……

又是一个星期天。一大早，丛波和隋云雁先后走出了家门。

初升的太阳光芒万丈，照耀着世界的每一个角落、每一个地方，同时也照亮了丛波的胸膛。时光的流逝让丛波渐渐淡忘了曾经有过的伤感与迷失，生活重新恢复了往日的平静。初秋的北方，天高气爽，丛波步履匆匆走在前面，妻子隋云雁不慌不忙跟在他的后边……

又轮到他们夫妇陪护老太太的日子，两口子要赶早去往北京的医院。丛波走得快，他得先去小区的存车场把车开出来，所以就没去照管身后的隋云雁。走在后面的随云雁不紧不慢跟了一段，见丛波已经把自己落下很远，于是干脆转身径直奔了小区的大门。在大门口，隋云雁抬头往存车场的方向望了一眼，远远地看到丛波正在用油刷布擦拭着车上的尘土。她在道边儿站了一会儿，心说这个讨

厌鬼，早干嘛去了？非得赶这点儿工夫瞎勤快，给车做卫生也不分一个时候？

因为是星期天，又是大清早，小区门口没什么人。于是，隋云雁随手从手包里掏出一面小圆镜，照着打量起自己的脸。起床后的时间太紧，出门又有些仓促，所以今天她的妆化得不是很精心，此时，她刚好利用等车的这点儿时间，给自己重新修补修补。隋云雁是一个很精致的女人，平时，不管工作和生活多么紧张，她都十分在意自己的妆饰，随时随地保持自己良好的形象。

隋云雁正从镜子里聚精会神地端详自己，忽觉眼前红光一闪，刹那间，一辆红色跑车“嘎”的一声停在了她的面前。

“干嘛呢大姐，大清早就站这儿照上了，行了，够美了，小心让色狼给盯上。”车窗里探出一张年轻女人的脸，那美丽的笑容像这早晨的朝霞一样灿烂。

“呦，京淑，我当是谁呢，敢情还是你，怪不得今天一睁开眼就听见喜鹊唧唧喳喳叫个不停，你今儿是打哪儿冒出来的？这么长时间不见，上哪儿去了你？”隋云雁望着那张热情洋溢的笑脸显然有些意外，亲昵地伸手轻轻拍了拍这个美丽女人的脸蛋儿。

这个美丽的女人叫李京淑，是隋云雁宠物医院的一个常客，已经有很长一段时间没有露面。

“去了一趟韩国，”李京淑说，“后来又在大连呆了半年，老金每天很忙，他不愿让我回来，叫我跟着他满世界里去公他妈的什么关，说是公关，其实就是把我当一花瓶，陪着他到处吃吃喝喝闲扯淡，没意思，实在没意思，这不，昨天为点小事儿我和他翻了脸，买了张机票就回来了，管他乐意不乐意，咱又没卖给他，干嘛没黑没白地由他使唤。”李京淑快人快语，眉飞色舞，一副满不在乎的神气。

李京淑是一个朝鲜族姑娘，在大学里念的是金融管理专业，毕业后开始在一家商业银行谋得了一份综合柜员的差事，然而上班不到一年，她就对银行之间激烈竞争带给员工们的各种压力感到了厌

烦，她凭借着自身的特殊身份加上又有几分姿色，于是跳槽去了开发区的一家韩资企业，没过多长时间，就由一般员工做到了白领，而且很受韩国老板的器重。韩国老板姓金，四十多岁，经常以生意上的名义带着她去这儿去那儿，一来二去，她和那个韩国人的关系就有些扯不清了，虽说人们都明了这其中的猫腻，不过还好，赶上改革开放的年代，没人愿意过多地去计较那些无聊的事理，对这种不清不白的闲事人们也只是睁一只眼闭一只眼。

“京淑，‘臭美’现在怎么样？它们还好吧？”隋云雁依旧三句话不离本行，关心地询问李京淑。

“臭美”是李京淑宠养的一对儿波斯猫，公的叫臭臭，母的叫美美，俩加一块儿，简称——臭美。

“还说呢？”提到“臭美”，李京淑一脸怨恨，“这半年多没在家，臭臭和美美可是遭了不少罪，那个狗屁不通的小保姆整天就知道自己臭美，哪里还有心思侍候我的臭臭和美美，昨儿我回来一看，臭臭都戗了毛，无精打采，美美更别提，那小可怜掂在手里屁轻屁轻的，看了就让人心疼。”

“不要紧，”隋云雁安慰李京淑，“回头你把‘臭美’抱我那去，我给它们好好调养调养，不过今儿没空，得出门儿，过几天才能回来，这样吧，等我回来给你打电话，你把你的电话号码告诉我。”

“那真是太谢谢你了大姐。”李京淑说着就去翻弄自己的手提袋，很快拿出一张名片，说：“给，这是我的名片，上面有我的电话，拜托了。”

“笛——笛——”李京淑和隋云雁正说着话，从波开车过来了。其实从波离老远就看见了那辆红色现代跑车，知道准是李京淑那个小妖精又回来了。他把车并排停靠在路边，鸣了两声喇叭，以示友好，也算是打了招呼。

过去有句老话，叫不打不相识。从波和李京淑就是通过那次在

十字路口上发生的小小碰撞而加深了彼此之间的印象。接下来，也是无巧不成书，不久后的一天，在回家的路上，丛波碰巧又遇见了这辆车牌号恰好是自己生日的红色跑车，而且跟他行驶的是同一个方向，于是，丛波便有意跟在了它的后面，不知为什么，他突然想知道这辆车的女主人到底是经由哪个地界儿来回出没的。

一路走来，当两辆车一前一后拐进了小区的大门，丛波这才发现他和这辆车的主人居然住在同一个小区。

在停车场，那女人也认出了丛波，两人都很惊讶，相逢一笑，丛波主动示好，忙打招呼："你好，美眉。"

"呵呵……"女人朝丛波点点头，用玩世不恭的口吻说，"冤家路窄呀。"

"不是冤家不聚头嘛，"丛波笑着说，"没想到跟美眉同一个家园。"

"是不是特荣幸？"

"荣幸谈不上，不过感觉挺好。"丛波看看女人，手朝前方一指，"有事儿言声，对过的那家宠物医院是我们那口子开的。"

"你是说隋姐……"

"那是我老婆，怎么？你认识？"

"岂止认识，"女人笑了，说，"得，算我倒霉，摊上你这么一个可恨的姐夫，咯咯……"

事情往往就是这样，平时，人们出来进去打头碰脸，但谁都没有刻意去留心过谁，反倒是经历了一次偶然或是一次意外事件之后彼此才熟识起来。丛波和李京淑就是这样，后来有一次他们俩在隋云雁安排的朋友聚会时提起那次撞车的事儿，丛波跟李京淑开玩笑说他这人好色，见到漂亮的女人就想和人家接吻，众目睽睽之下不好直接下嘴，所以就用车代替了。李京淑就笑骂丛波"恶心"，说："有你那样接吻的吗？朝人家屁股下嘴？瞧你当时的那副无赖嘴脸，真是下流得可'爱'耶，我其实是一个十分健忘的人，不知怎么的，对你竟是过目不忘，你说邪门儿不邪门儿？"

丛波说："这怎么叫邪门儿呢，这叫前世有缘，今生必然。你说，大千世界芸芸众生，怎么单单就咱俩那个……啊？那个……什么了呢？"众人面前，丛波装神弄鬼，吞吞吐吐故意制造一种黄色气氛："乖乖，我放眼一看，敢情还是一美少女。"丛波一惊一乍，很"下流"地使劲儿打了一个响指。

"哪个哪个？你说清楚好不好？什么什么了？"李京淑本来就是一个表演型的人来疯，性格泼辣，不拘小节又口无遮拦，她从不晓得什么叫做羞涩，尤其别人一夸，更容易引发激动。她听丛波称自己是美少女心里特别受用，可嘴上却说："想什么呢你大波同志？哎——我发现你这人特没劲，还什么前世有缘？"说着，她用小手指点着丛波的鼻子挑衅，"你怎么这么不要脸？"

丛波依旧挑逗李京淑，说："我就不要脸了，怎么着吧？大庭广众之下你横是不能对我非礼吧？不然就来回试试？让大伙儿看看。"李京淑真就撒娇起来，上前用脚踢他，嘴里连着说了一大串讨厌、讨厌、讨厌……

"呦，这不是'水性扬花子'吗？这么多日子没露面，又上哪儿骗吃、骗喝、骗感情去了？"丛波从车上下来，打量着李京淑，当着爱人隋云雁的面，这家伙还跟原先一样没正形儿，见面就跟李京淑耍贫嘴。

"水性扬花子"是丛波给李京淑起的日本名儿。经过多次来往，两人早已熟悉成了一对儿"冤家对头"，李京淑平常也喜欢跟他胡牵扯，见面就"掐"，所以丛波对李京淑向来口无忌言，一张嘴就招"恨"。

李京淑朝天翻动了一下眼珠，白了丛波一眼，扭过头去，居然没有搭理他。

"嘿，怎么跟个受气包似的？不开心？"见李京淑不理自己，丛波嬉皮笑脸继续跟她搭讪。

李京淑这时做出了一副十分惋惜的样子，悲天悯人地冲隋云雁

叹了口气，一本正经道："唉，姐，真是难为你了，瞧瞧，这辈子怎么摊上这么块货，悲哀啊，好好的一朵鲜花插在牛粪上了。"说着，李京淑像是突然发现了什么似的，夸张地看着隋云雁，煞有介事，"别说，姐，我这才发现您这张脸长得还真鲜亮……咯咯……"没等这两口子反应过来，她自己憋不住先笑了。

隋云雁听出来了，知道李京淑这是在拿丛波寻开心，也跟着笑，说："没办法妹子，嘛人嘛命，你姐这辈子算是毁在他手里了，等下辈子吧……"

"下辈子我还给你当肥料，"没等隋云雁说完，丛波就接茬道，"还让你长得跟水桶似的这么粗这么壮这么鲜亮，让某些人眼热去吧，我嫉妒死她。"丛波说的跟真事儿一样，不笑不怒，绷着脸斜眼儿瞅着李京淑。

"啊呸！"隋云雁朝丛波啐一口唾沫，"别不知愁了你。"她转过头冲李京淑说："他还觉得自己傻不错呢？我都替他愁得慌，四十岁的人了，成天就知道自己傻乐呵，在外边还净去招惹那些大姑娘小媳妇儿，啧、啧，也不撒泡尿自己照照，完了，已经无可救药……"女人的报复心就是强，人到中年的隋云雁已然有些发福，文词儿叫丰腴，不细看确实有点儿分不出腰身和胸脯，她知道丛波这是明着气李京淑暗着也在拿自己找乐，立刻反唇相讥。

李京淑在一旁拾乐儿，说："真逗，你们两口子跟说相声似的，一个捧一个逗，整个儿一对儿活宝。"

"他这人没心没肺，不过，心眼儿不坏，除了嘴贫，倒没什么大毛病。"隋云雁跟李京淑说。

"姐，您还真别这么说，我告诉你，现如今像他这岁数的男人最容易犯错儿。"李京淑一本正经，开始"挑拨离间"，"你想啊，这么多年了，你们由情侣变成伴侣，由爱人变成亲人，由激情洋溢变得平淡乏味，你对他忠心耿耿，他未必就能拒绝得了路边野花的诱惑，'手机'里费墨有句话说得好啊，说出了男人们的真实感言，他说'夫妻二十年睡一张床难免会审美疲劳'——当然原话不是这么讲的，姐，刚才你也听见他那话了吧，意思一样。”说着，瞄一眼丛波：“你甭跟那儿冲我运气，我说得对不对？”

“对，对，”丛波冲李京淑点头，忽然大声说：“对个屁。”他扭头看一眼隋云雁：“老婆，咱可不能上她的当啊，她不就是想把咱们两口子拆散了她好有机会吗？作女，听好，跟你明说了吧，没门！你还是趁早打别人的主意去吧，我们两个臭鸭蛋粘一块就是松花，浮头儿还滚了一层稻糠呢，不给你这绿豆蝇留逢儿，死心吧你。”

“姐，你看他……”

隋云雁就笑着冲丛波又“呸”一声，对李京淑说：“京淑，咱别听他瞎贫了，瞧他那精神头儿，照这样儿下去没完，我们还得赶着上北京，等有时间，有时间咱们再聊。”

“行，等有时间……”李京淑看着隋云雁坐进车，扭头剜了丛波一眼：“等着……”

丛波晃了一下脑袋，挑衅说：“好，我等着。”

隋云雁从车窗里探出头来，冲李京淑摆摆手，说：“京淑，再见！”

“等等……”李京淑像是猛然间想起了什么喊了一声：“我差点儿忘了，丛大主任，后天是你生日，我看了一下，刚好是周末，有什么打算没有？要不——我帮你张罗张罗到我那儿聚聚，意下如何？”

丛波一愣，“你怎么知道后天是我生日？”他扭头儿看着身边的隋云雁，屈指算算，“还真是，后天到我生日了，她不提我都没留意。”

“还不是你自己说的，”李京淑望着丛波，“你告诉过我，说我的车牌号恰好是你的生日，你忘了？”

丛波想起来了，自己是跟李京淑提过，但那不过只是随口一说，没想到李京淑还真就记着了：“谢谢你记着我的生日，这事儿……”他看一眼身边的隋云雁，“回头再说？”

“主意不错。”隋云雁冲李京淑笑笑，说，“京淑，那就有劳你了，到时他一定到。”

“那你呢?”李京淑问。

“我就说不准了，看吧，争取。”隋云雁朝李京淑挥挥手，说：“就这么定了，拜拜。”

“拜拜。”李京淑朝他们的汽车也挥了挥手……

10

人类为自己祈祷是渴望得到永生，而自然界的规律则是要维护自身的生态平衡，也就是说，万物世界，有生有灭，周而复始，推陈出新。一个生命的诞生不免带有某些偶然性，而一个生命的终结却是不可抗拒的必然结果，其实生与死就如一场梦，生有限而死永恒。人类无奈于死，所以才珍视生，正因为这样，人们将死去看作是升入了天堂，而活着，则一边继续寻找着自己的归宿，一边念念不忘自己生命起点的那个某年某月某日的出生。

八月二十六日是丛波的生日。

丛波没有想到，自己四十岁的这个生日居然给他和林忆欣之间那持续已久的僵局带来了一次难得的转机，并且将他对这个女人所有的怨恨几乎是在顷刻间得到了化解……而林忆欣想到了，她深知丛波的这个生日对她来说是多么的重要，她不但想到了，而且为了丛波的这个生日她特意进行了一番精心的准备。事实证明，她的这番心血没有白费，她不但得到了丛波的回应，而且从某种意义上说还感动了丛波……

夜里下了一场小雨，黎明时分，雨停了，但天空中仍旧布满阴云。

早上刚起床，丛波就接到李京淑打来的电话，在电话里，李京淑告诉丛波，说她那里已经把一切都安排好了，叫丛波别忘了下班后早点儿过去。李京淑特别强调，今天晚上他是主角，一不能迟到，二更不能改变主意。丛波叫了李京淑的爱称，感激地跟她保

证，说放心吧 lisa，你对我这么好我丛某人记心里了，有道是，受人滴水之恩当涌泉相报……李京淑说，打住，俗，咱们谁跟谁呀，自打认识了你们两口子，我一个外来妹也没少给你和嫂子添麻烦，你要那样儿说不就显得生分了吗？丛波说，那好，我就什么话也不说了。李京淑说，就是，什么话也别说了，只要到时别成心气我就行。丛波说岂敢、岂敢，感激还来不及呢。

接下来丛波问李京淑都招呼了哪些人。李京淑告诉丛波，说别担心，就是平时常在一起玩儿的那几个朋友，一见面你就知道了。李京淑问丛波，你那边是不是还有朋友？一块儿过来吧，借着这个机会大家认识认识、熟悉熟悉，以后也好相互有个照应。丛波说，好，我看看吧，看看人家有没有空。

放了电话，丛波在心里开始盘算下班后叫谁和自己一起过去。

丛波第一个想到的就是林忆欣。可现在……叫不叫她呢？丛波心里很是矛盾。

去年生日的时候，林忆欣为丛波买了一束鲜花——三十九朵康乃馨，其中还夹带了几朵勿忘我。林忆欣说，康乃馨代表着对自己最亲近的人的尊敬和爱意，而其中的几只勿忘我则代表了一个女人的心愿，这个心愿就是希望自己最亲近的人永远有一个不老而健康的心。丛波想着林忆欣的这些话，于是突然就有了一种预感，预感到今天他还可能会收到同样的生日礼物——一束散发着淡淡清香的康乃馨，只是，他不知道那其中还会不会再夹带有几朵勿忘我。他知道林忆欣一定会记着他的生日的。

果然不出丛波所料，中午的时候，他真的就收到了林忆欣为他预定的一大束鲜花——整整四十朵散发着淡淡清香的康乃馨。当他从送花的女孩儿手里把花接过来的时候心里忽然有种说不出的感觉，心悸与激动，他看见了其中不仅仅夹带有几朵勿忘我，而且花束中还插了一张小小的卡片，卡片上面写有一行小字：你是快乐的，我就是欣慰的。祝你——生日快乐！丛波翻过背面，见背面也

有一行小字：如果有一朵浪花向你漂来，那——就是我……旁边还画了一张动漫笑脸。

从波看着这张小小的卡片，细细地品味着卡片上面那两句温馨的话语，他不免有些心动。他又看了看这一束散发着淡淡清香的康乃馨，仿佛它的花瓣忽然间变成了一张可爱的笑脸，从波的心一下子释然了，他想，该给林忆欣打个电话了，不然显得自己太小气了，收到了人家的生日礼物连个招呼都不打，那无论如何也不是一个男人应有的风范。本来就没有什么大不了的嘛，也许是自己把简单的事情搞得复杂了呢。

这时，隔壁房间里传过来一阵欢快的笑声，从波不知道那边的人们为什么笑，但这笑声听起来让他感到很舒服，很轻松。从波豁然开朗，他不再耿耿于怀，仿佛林忆欣那“一不留神”的阴霾一下子被这欢快的笑声驱散了……

所以恨，皆因爱。既是这样，从波为爱曾经感怀的伤痛是有理由的，而面对林忆欣的歉意与示爱他却没有理由为此再一味地纠缠不休。从波决定自己不再去刻意计较林忆欣的所作所为，也不想再去探究这个女人与别的男人之间到底存在着怎样的隐情，不是有那么一句话吗？过去的就让它过去吧……

一束鲜花，一张小小的卡片，卡片上一句温馨的歌词……从波没有想到，曾经失落的心重新又找寻了回来，在此之前，他还以为自己和林忆欣之间不会再有难舍的旧梦，以为这即便不是一个分手的过程，至少也得需要一个漫长的等待，而眼下，这一切竟然来得这么轻巧、简单，从波自己都有些难以置信。

“谢谢你送给我的鲜花，”从波接通了林忆欣的电话心平气和地说，“下班后在大门口等我好吗？”

听到电话铃声，林忆欣的心儿跳个不停，当她确信这个电话是从波打来的以后，她按捺住自己激动的心情，轻轻“嗯”了一声。

听到林忆欣的声音，从波那一半是兴奋一半是矛盾的心情终于如释重负，他抬头看了看窗外，忽然发现，早上的阴霾不知什么时

候已经散去，明媚的天空一片晴朗，此时，阳光正午，灿烂辉煌……

晚上，李京淑在韩国人老金的水岸别墅为丛波举办了一个别开生面的生日 party，出乎丛波预料的是韩国人老金也在，而且亲自操刀上阵，为大家准备了一道正宗的韩国料理。

“你好!”一见面，老金一边用纸巾擦手一边用生硬的汉语同丛波打招呼。

“你好!”丛波友好地伸出手，亲切而礼貌地对老金说：“不好意思，打扰了。”

老金朝丛波笑笑，握住丛波的手，嘴里叽里咕噜地说了一通朝鲜话。丛波听不懂，用眼神询问站在旁边的李京淑。李京淑笑着说：“他在跟你客气呢。”她飞一眼老金，接着对丛波说：“他说非常荣幸认识你，说我的朋友就是他的朋友，还说今天下午他才知道要为你举办一个生日 party，由于时间太仓促，他没有来得及为你准备生日礼物，还请丛先生多多见谅。”

听了李京淑的翻译和介绍，丛波这才知道金老板是中午刚刚从外地回来的，而且很突然，事先并没有跟李京淑打招呼，连李京淑都没有心理准备。“不过不要紧，”李京淑说，“这个高丽人很好客的，人也还算不错，就一个毛病，跟你一样，好色，呵呵……”

“哈哈……”丛波乐了，他刚才已经注意到了老金在跟自己说话的时候眼睛一个劲儿地瞄着旁边的林忆欣，看来李京淑非常了解她的这位韩国老板，显然，这家伙对自己身边的林忆欣更感兴趣，“这是他和你的事，与我无妨。”丛波开玩笑说。

“可对这位小姐……呵呵……”李京淑看着林忆欣，一脸坏笑。

“谢谢你，也谢谢金老板的盛情。”丛波善解人意，指着身边的林忆欣介绍道：“这位是林忆欣，我的同事。”

老金居然像是听懂了丛波的话，不等李京淑翻译就迫不及待地伸过手去，“你好，”他抓住林忆欣的小手，竟然用汉语十分流利地说，“林小姐好漂亮，认识你真是太高兴了。”

林忆欣笑了，落落大方，说：“谢谢。”然后扭脸儿冲一旁的李京淑友好地点点头，夸赞道：“金老板汉语说得很棒耶，你教的吧？”

李京淑咯咯笑起来，说：“他就会说这一句，是专门为讨好女孩子预备的。”她朝林忆欣扮一鬼脸儿，“不过，他说的倒是实话呢，林小姐真的好漂亮。”说着伸出小手，“常听丛大哥提起你，来，认识一下，我叫李京淑。”

“你好，京淑，”林忆欣拉住李京淑的手，笑着说，“别叫我小姐，叫我阿欣吧，丛哥也和我提起过你，只是没想到你这么爽快，比我想象中的你还要干脆。”林忆欣说。

“呵呵……你直接说我没心没肺不就得了？还整得这么文兮兮的。”李京淑伶牙俐齿，话说得愈加直白。她看一眼旁边的丛波笑着问林忆欣：“他跟你提我，能有什么好话？”

“哪里，人家总是跟我夸你，说你不但长相出众，而且特有才干。”

“是吗？看来这人还不错，挺有良心的，不像他妈的这些高丽棒子，当面满嘴仁义道德，背地里一肚子坏水。”李京淑说着，瞟了韩国人老金一眼。

“行啦，留着话以后再说吧，”丛波赶紧插嘴，“金老板对你够意思嘛，你怎么可以这样说人家，你呀，就是没良心，吃着人家喝着人家还不识举，换了我，早炒你鱿鱼了。”

“没事儿，他听不懂咱们中国话，”李京淑不以为然，“再说，他就是听懂了又怎样，本来就是，我才不怕他炒我鱿鱼呢，跟你说，不定啥时我炒他……”

正说着，门铃响了，李京淑收了话头儿，赶忙过去开门。

门开了，门口站着一个肥肥胖胖的年轻人，腆着“猪八戒”似的肚子，大块头足有两百多斤，丛波一瞧，眼熟，但此人姓甚名谁叫什么怎么称呼统统忘了，只记得他小名儿叫大宝，好像是宁河县芦台镇上一家私企的小老板儿，生意上跟韩国人老金往来十分密

切，因而跟李京淑混得也相当熟。别看这富态哥儿长相有点儿老气，其实实际年龄跟李京淑差不多，据说按月份他比李京淑还小几天，所以李京淑一直跟他攀大，当面从来不招呼他的大号，也不尊称他什么老板啊经理呀或者厂长之类的那些虚名，只喊他一声小名儿——大宝，后来，日子长了，李京淑干脆连他小名儿的那个“大”也省了，直呼剩下的一个字，外加了一个儿音——宝儿。

从波和这胖家伙就是通过李京淑认识的。老早以前，俩人曾经在一个桌面上吃过一次饭，还在浴仙园洗过一回桑拿，虽然在年龄上两人相差了许多，但印象还算不错。这胖子性格豪爽，讲义气，也挺尊敬从波，而从波本来就随和，所以，偶尔见了面彼此都挺客气，只是一直少有联系。从波记得，他们最后一次见面是在一个朋友家的丧事上，到现在已经有很长一段时间了。

李京淑见了来人，竟一改往日的嬉戏，笑脸相迎道：“大宝啊，快请进。”

胖子把手里提着的一个大蛋糕递给李京淑，边往屋里走边说：“够守时吧姐，”这小子嘴挺甜，张口管李京淑叫姐，“您不知道，一上津汉公路我就遭遇了堵车，别提多倒霉了，这大热的天儿，整整憋了我一个多小时，您说把我急得呀……不为别的，生怕误了姑奶奶您交代的事儿，这不，一松快，就玩儿命往这儿奔，您瞧，我这一身的汗。”他肥嘟嘟的左手就攥着一条大白毛巾，却用熊掌似的右手一个劲地抹着脸和脖子，动作十分夸张，表情还装得特一本正经。其实大家都看得明白，这个家伙在“做秀”，成心要这般劲头，他就想烘托一种效果，为的是叫李京淑心疼他。林忆欣忍不住想乐，心说，这胖子还挺幽默。

“嗷呦，辛苦了，宝儿……”李京淑见罢果真“上当”，立马换了腔调，说着回身将手里的大蛋糕交给从波，然后张开双臂就往胖子身上靠，嘴里肉麻道：“来，亲爱的，抱抱……”

胖子没有料到李京淑会上演这么一出，愣了。显然，他被眼前这个女人突如其来的亲昵举动弄得有些不知所措。当着老金、从

波还有林忆欣的面，这胖家伙反而不好意思了，眼瞅着贴上来的小狐狸精他一时又不好躲闪，于是，不自在地用肩膀头轻轻挨了挨李京淑，拿手象征性地拍了拍她的后背，敷衍了事。

看着眼前这场真人秀，在场的几个人都乐了，包括老金。

大家笑过了，便互相打招呼，胖子用手语跟韩国人老金连比划带说，样子显得十分亲热，看来他们两人之间非常熟悉，语言对他俩来说似乎不是什么障碍，光靠表情就能沟通自如。随后他回过头来跟丛波寒暄，这家伙又是敬烟又是递火儿，一通忙活。等折腾差不多了，胖子这才把目光锁定林忆欣。林忆欣正琢磨着自己跟这个挺逗的大胖子怎么开口说第一句话，不想，胖子不等她张嘴，上来就问："这位大姐，我怎么看着你这么眼熟啊？咱们俩好像在哪儿见过。"

林忆欣抿嘴笑笑，说："是吗？我怎么没印象？"

"肯定见过。"胖子目不转睛，他盯着林忆欣"啧"一声咂摸了一下嘴，然后摇晃着大肥脑袋说："你瞧我这记性，一时还真想不起来了，对不起，你容我再好好想想……"他仰脸儿做回忆状，一边抓耳挠腮一边自言自语："在哪呢？应该不会记错啊，我这人有特异功能，对美女向来是过目不忘。"

"滚一边儿去，"李京淑上来推一把胖子，抢白道："少跟这装神弄鬼，什么他妈的特异功能，我看你是跟韩国人在一块堆儿鬼混的时间长了，见了漂亮姐儿就他妈的条件反射。"她冲林忆欣一笑，说："别听他胡诌，这路人泡妞儿泡的脑子都他妈有毛病。"

林忆欣乐了，借此打哈哈，对胖子说："同是天涯沦落人，在哪里见过倒也说不准，现如今地球才不过是一个村儿嘛，都是村儿里人，甭说在哪里见过了，今日里相遇就是缘，呵呵……你说是不是？"

"就是就是，"胖子连声附和，"有一首歌怎么唱来着……别管以后将如何结束，至少我们曾经相聚过，不必费心地彼此约束，更不需要言语的承诺……"这家伙不愧为生意人，碰面自来熟，而且一点儿也不见外，竟然还即兴唱了两句，嗓音浑厚，大胖身子也挺有底气……这个时候，门铃再次响起。

这回进来的是一男一女。

男的看上去年纪与丛波相仿，四十来岁的样子。此君相貌堂堂，并且挺有派头，大热的天儿衣着照样是西装革履，衬衣领带。在他手里，提了两瓶洋酒。

女的比较年轻，也就二十来岁，背一个双肩包，小巧玲珑，一看就是南方女孩儿，皮肤细细的，很白，一件吊带小背心配一条七分裤，中间露一截儿白白肚皮儿，小蛮腰轻盈细嫩，肚脐眼儿时不时闪现，既晃眼又撩人，同时散发着青春女孩特有的活泼与清纯。

二位进门后，男的不慌不忙，朝大家看了一眼，嘴角往上一翘，说了声："你们好!"

李京淑赶忙上前，故作惊讶："哇，姚主任，不知是您老大驾光临，有失远迎，包涵、包涵。"

"免了，免了，用不着跟个老鸨子似的这么虚情假意。"这位被称为姚主任的人一看就是吃官饭的，这样的场面对他来说似乎早已司空见惯，尤其对付像李京淑这样的鬼魅女人，更显得纯熟老练，他朝她瞥一眼："都是老中医，不用把脉也晓得抓哪副药，呵呵……你李小姐吩咐下来的事情姚某人什么时候有过半点儿怠慢？真是羡慕金老板啊。"说着话，他走到老金跟前，冲他笑笑："你这只百灵，不但小鸟依人，还能说会道呢。"

"你好，姚，lisa 她……"老金好像想要解释什么，大概因为只会简单说这几个汉字，所以下面一时便没了词儿。他看着这个男人，表情竟然有些拘谨，伸出手去，才发现对方手里拎着酒，于是就又想把手缩回去，男人顺势把酒瓶塞到他手里，阴阳怪气地说："喏，你的 lisa 吩咐下的，拿着，待会儿喝。"说完，径直奔了客厅——他看见了坐在沙发上的丛波。

"久违了，丛波君，这么长时间不见，整天都忙些啥呢你？"

"哪里、哪里，再忙也比不上你呀，谁不知道姚大主任日理万

机，要说忙，现如今除了温家宝就得说是你，呵呵……今天怎么有空了？难得有时间与民同乐啊。”丛波打着哈哈，说。

“丛波君又拿弟兄开玩笑，”男人满面春风，坐在丛波身边拍一下他的手，神神秘秘地说：“说来还不都是因为你，你老兄有魅力啊，为你这个生日，那小妖精两天前就向我发出了‘死亡’威胁，要我无论如何得把今晚的应酬推了，否则……”说着他用眼瞄了瞄一起来的那个女孩，压低嗓门儿小声耳语：“咱不是有这点儿短儿捏在她手里吗？她经常跟我那大的在一起美容健身，如果得罪了她，把这事儿捅过去，你想，我这日子还过不过？攘外必先安内，家和万事兴嘛，嘿嘿……”

怪不得他对李京淑这么不客气，丛波听明白了，这家伙的老婆凌正虹跟李京淑都是新世纪女子会馆的会员，护肤、足疗、做按摩什么的难免会经常碰在一起，看来彼此很熟，所以这小妖精便拿了这等把柄要挟他，想来这男人心里并不情愿，试想，被人硬逼着不得不做一件自己违心的事，换成谁岂能没有怨气？

“呵呵……你小子，”丛波笑了，压低嗓音戏谑道：“外面彩旗飘飘，家里红旗不倒……”

“彼此彼此，你老兄不是也一样吗？”男人早有观察，偷偷睨视林忆欣一眼，说：“这大妞儿看上去挺有味道。”

“还行吧？”丛波装作得意，诡谲一笑，说：“哎，注意点儿影响。”

于是，男人就打起马虎眼，他话锋一转，用官腔迷惑旁人的视听，朗声说道：“是啊，眼下滨海新区大发展，事儿太多，总是没完没了，瞎忙，没办法，与时俱进嘛。”

“辛苦、辛苦。”丛波会意，附和道。

“心不苦，命苦。”男人做出一副无奈的样子，“人在江湖，身不由己啊，政府部门就这样，上上下下，方方面面，你都得去应对、协调，比不得你们国企呀，抓革命促生产，一切均有规章制度可循，按部就班，多省心。”

这个人看上去很傲，有些狂气，不像头一个来的那胖子，胖子一进门就点头哈腰，让人一眼就能看出是一个在生意场上混世界的买卖人，虽然俗，但不招人恨。与之相比，这个被尊称为姚主任的花芯大萝卜做派里就透了些许自命不凡，用天津老百姓的话讲——臭大气，看着就烦人，北京人嘴损，管这号人叫“大尾巴鹰”，意思是这种人办事不牢靠还牛逼哄哄。要命的是，这位爷的自命不凡一看就知道是刻意做出来的，所以让人看了感觉特别不舒服。林忆欣觉得，这个人很矫情，甚至稍嫌虚伪、卖弄。林忆欣心说，瞧那德行，对待韩国人老金他颐指气使，而对待丛波他又恭恭敬敬，求需敬畏，势利分明，二者截然不同。在林忆欣看来，这个人在老金和丛波两个人之间所表现出来的这种差别，与其说不卑不亢倒不如说是不阴不阳。林忆欣正这么想着，忽听丛波叫她，于是她走过去。

“这位是姚主任。”丛波指着那“大尾巴鹰”为林忆欣介绍。

“你好，鄙人姚一尧，在开发区管委会谋点儿小差事。”“大尾巴鹰”笑容可掬，对林忆欣说。

“失敬，失敬。”林忆欣伸出小手，心说，怪不得这家伙这么“摇”呢，瞧这名字起的，真他妈俗气，不过脸上一点儿没有表露出来，她自我介绍道：“我叫林忆欣，丛哥的同事。”

“幸会、幸会。”“大尾巴鹰”轻轻握了握林忆欣的手指尖儿。

林忆欣对这个人的第一印象不是太好，所以就不想与他过多搭讪，于是礼貌地朝他笑笑，转身回到了自己原来的座位。

“丛大哥好。”这时，跟“大尾巴鹰”一同来的那个女孩儿也过来了，小嘴儿抹蜜，甜甜地跟丛波打招呼。

“你好，灿灿。”丛波显然和这个小妞儿也很熟识，样子显得十分亲热，问：“学校快开学了吧？什么时候从家里回来的？”

“开学九月份呢，还得再过几天，”女孩儿说：“我昨天晚上回来的。”

丛波坐在沙发上没动，仰脸望着女孩儿：“干嘛不在家里再多

待些日子，提前这么多天就跑回来了?”

女孩儿俯下身，贴在丛波的耳边小声说：“我想他，一分一秒都控制不住自己……”

“没出息，”丛波用手指轻轻点一下女孩儿的鼻子，感叹道：“唉，真是可怜天下痴心的人儿……”

“丛大哥是感叹我还是感叹自己?”女孩儿飞快地瞟了一眼旁边的林忆欣，调皮地问。

“当然是感叹你了，”丛波说，“丛大哥属于过期的男人，再风花雪月什么的为情所动就不正经了，呵呵……”

“瞎说，”女孩儿很认真，“情不言老，爱不言败，何况您正处在人生最辉煌的阶段，您知道您现在的身价吗？精品，您是精品男人呢。”

“这话爱听，到底是大学生，无论智商还是情商都高人一筹，说出来的话听着也叫人舒心，不过你丛大哥毕竟过了浪漫的时节，比不得你这花季少女，人啊，年轻才是资本。”丛波忽然怪怪的，似乎话里有话。

女孩儿笑了，掩饰不住自己的情怀，动情地说：“问世间情为何物，直教人生死相许……我现在才体会到这句歌词是多么的精妙，丛大哥，您别灰心，浪漫的事只要用心去寻找，无论是情分还是爱就会在你身边围绕……”

“呵呵……多可爱的小丫头，”李京淑不知什么时候凑了过来，就站在“大尾巴鹰”身边，刚才她好么呀儿地受了“大尾巴鹰”一番奚落，正愁没机会报复，听小妮子这么煽情，便笑着接了茬：“太天真了，孩子。什么是情？什么是爱？对于女人来说，情就是迷魂药，爱就是鬼迷心窍。”她伸手拍了拍女孩儿的小脸蛋儿，叹了口气，“唉，可对他们男人来说呢，情分千斤终归抵不过胸脯四两，呵呵……男人可恨就可恨在这儿，跟月亮赛的，一会儿在东边儿一会儿又转到西边儿，一会儿圆了一会儿又只剩下一半儿，着实没谱呢……丫头，自己个儿千万要留个心眼儿，就算是像你这样四两胸脯的小妞儿水水灵灵，保不准新鲜劲儿一过，人家那色眼一眯就又盯上了丰乳肥臀的半老徐娘，到时候你猜怎么着？老猫偷嘴——照样。”这个女人总是语不惊人死不休，她一口气说完，朝“大尾巴鹰”示威似的瞥了一眼。“听 lisa 话里的意思好像深有体会呀，想来身心一定受到过摧残，不然不会如此大发感慨。”“大尾巴鹰”听出李京淑这话明打明在敲打自己，所以赶忙接了话头儿，开始与她斗嘴。

“是啊，所以说我得给我这个小妹妹上上课，提前打打预防针儿，让她别跟我一样傻，到如今竟不知自己是人还是工具，年近三十还孤身一人，飘飘荡荡的没个着落。”

“其实女人有本事从男人那里拿到长期饭票就是一种成功，只要自己觉得日子过得甜甜蜜蜜。人与人靠的是缘分，可遇不可求，李小姐不必太在意，也不必隐瞒自己，更不必寻寻觅觅冷冷清清凄凄惨惨戚戚，随性生活，宁缺毋滥，不失为一种境界。每个人与每个人不同，各有各的活法，我就佩服你李小姐这样的人，活得如此潇洒飘逸，从来都不委屈自己，做女人可谓做到了极致，真令人羡慕啊！”“大尾巴鹰”早先在大学里念的是中文系，毕业后又从事过多年宣传教育工作，练就了一张嘴皮子，论功夫，他能将死人说得放屁，将活人说得背过气。

“哼！”李京淑不屑，哼一声，直白道：“少来，你这种人我还不了解，典型的伪君子，满嘴仁义道德，一肚子男盗女娼，站着说话腰不疼，红口白牙，说的比唱的好听。”

“我招你了？瞧瞧，夸人还夸出不是来了，这人，怎么跟‘臭烂儿’似的逮谁咬谁，丛波君，拜托，待会儿把这主儿领你家去交给嫂夫人。”“大尾巴鹰”没想到遇到了茬儿口，他有点儿气急败坏，嘴里开始发损。“臭烂儿”是他老婆养的一条小母狗，一到发情期脾气特别暴躁，动不动就咬人，后来，他老婆抱到隋云雁开的那个宠物医院结扎做了绝育，这才算老实了，从此没了脾气。当初也是一条花边新闻，这码事圈儿里人差不多都知道。

“滚!”李京淑回手给“大尾巴鹰”一巴掌，笑骂：“姓姚的，你放屁，咯咯……”

“哈哈……瞧乐的，甭问——说心儿里去了。”“大尾巴鹰”闪身躲过李京淑的巴掌，嘴里仍旧不依不饶。想想，自己平时没有什么地方得罪这个女人，今儿个平白无故遭她一番数落和挑唆，觉得如果不好好调理调理这个可恶的坏女人心里头就难以平衡。他拍拍身边空着的沙发向李京淑示意：“lisa，你坐下，听我慢慢跟你说，你知道，现如今讲究‘双赢’，这年头儿哪有光占便宜不吃亏的，女人是花，是花就要开放，不过是早早晚晚的事，别一朝遭蛇咬就十年怕井绳，我知道你心里不好受，恨男人，不要紧，告诉姚大哥我，说，是谁把你祸害成这个样子？我去找那孙子，保准替你出了气。”

“甭管，这事儿跟你一点儿关系没有，你还是管好自己的裤裆吧，小心一不留神给你自己个惹了祸。”李京淑反唇相讥，立马把“大尾巴鹰”噎了回去。她看看那南方女孩儿，似乎意犹未尽，身子往前凑了凑，学着老上海里弄里瘪嘴阿姨的腔调挤眉弄眼地说：“小妹妹，不是我多嘴啊，你嘴角上的乳黄还没退干净呢，哪里晓得世间的人情冷暖，听我的话，什么情啊、爱的，千万别太当真，那东西远没有你想得那么高尚，男人女人在一起，说白了就那么点儿破事情，说别的全是淡开水，不值钱的，你要想想清楚，后悔药可是不好吃的呦，阿拉当下先把话撂这儿，不信咱就骑毛驴儿看戏本儿——走着瞧。”

“不会吧大姐？你说的我不信。”女孩儿不解风情，一脸狐疑，怯懦地朝李京淑摇了摇头。

“危言耸听。我说你安生点儿行吗？”“大尾巴鹰”说着朝女孩儿招招手，“过来，黄灿灿，别听她的，这人心灵受到过伤害，脑子受过刺激，见女孩儿就这套，后遗症。”

“你才有后遗症。”李京淑冲“大尾巴鹰”回敬一句，然后仍然对着女孩儿说：“既然伤心总是难免的，又何苦一往情深，记住，

一场游戏一场梦，别太痴情喽。”

“歪理邪说。”“大尾巴鹰”觉得自己是秀才遇到了兵，而且遇到的是“刘胡兰”式的“女共党”，软硬不吃，说什么都不管用，就知道拧，纵然自己浑身上下全是嘴，有理也难以说得清。突然，他灵机一动，把话儿直接递给了丛波，问：“她说的这些歌词儿都他妈对吗？丛波君？您是文人，您说说。”

“那得问你呀？哈哈……”丛波反应机敏，立马笑着把话儿还了回去。

“对又怎样？错又怎样？你们这些臭男人就是虚伪，”李京淑到底上了“大尾巴鹰”的圈套，她看了看丛波，说：“别乐，尤其你。”

“知我者，京淑也。”丛波见李京淑还是将矛头对向了自己，顿生恨意，索性耍起无赖，嬉皮笑脸道：“无奈老夫怕老婆，只得将错就错，原谅、原谅吧。”

“又来劲儿了你，他气我你也气我，说，早上怎么和我保证的？不是说不气我了么？”李京淑过去揪住了丛波的耳朵。

“君子动口不动手，”丛波被李京淑从沙发上提溜起来，歪着脑袋求饶，“哎哟，快撒手，我服了你还不行吗？”

“咯咯……”

“哈哈……”

大家一起说笑，这些人除了林忆欣基本上都是老相识，所以彼此很是随意，耍贫斗嘴，撒娇使性儿，嘻嘻哈哈，打打闹闹。林忆欣坐在那里，耳闻目睹，说不清道不明自己是一种什么样的心情，嗔不是，笑也不是，总之浑身很不自在。

这期间，陆续又来了三位，两男一女，而且都没有空手而来，无一例外。想必李京淑在此之前都一一做了交代，这个鬼精鬼精的女人天生一个生意人的头脑，她打着给丛波过生日的旗号，出头攒局儿，私下里却不忘拨拉拨拉算盘珠儿，背一背小九九，核计来核计去，为的是不叫自己心疼，虽说她明知道这一回收入与付出不可

能一下子扑撸平，但到底是用了最低的费用换得了丛波一个大人情，很划算的，她清楚这桩买卖无论如何也算不得亏本。

至此，该来的人都已到齐，大家来到餐厅围坐一起，李京淑宣布，今晚为丛波举办的生日 party——开始。

大宝有些急不可待，喧宾夺主。他摇晃着大胖身子站起来首先提议："来，为丛大哥的生日，也为兄弟姐妹今晚的再次相聚先干一杯！""慢，"丛波站起身，他看一眼胖子，"老弟，我先说两句行吗？"说着环视了一下在座的人，"诸位，今晚我借金先生一方宝地，感谢大家的光临，尤其感谢京淑小姐的一片心意。常言说，四十不惑，从今天起本人就正式进入了不惑之年，但愿从今往后我能够把世间的恩恩怨怨都看分明，能够把人间的真情冷暖都瞧清楚，能够把亲人朋友的关爱都铭记心间。各位朋友，兄弟姐妹们，在此让我丛某人终生难忘的时刻，感谢的话就不多说了，来，大家共同举杯，干！"

"干！"

"干！"

众人立即响应。

"丛波君一席话可谓情真意切，一看就动了感情。"这时，"大尾巴鹰"站起身，他看着丛波，笑了笑，说："只是这话听来有点儿沉重，丛波君，其实大可不必如此。"他放下酒杯，面向众人，有如演说家一般发表宏论，"人生几何，对酒当歌，首先，我们得学会善待自己，享受生活。各位，今天是丛波君的生日，是高兴的事，别整得那么严肃，放松，都放松点儿，今晚来的都是朋友，大千世界，芸芸众生，为什么此刻单单我们聚在了一起？要我说，这就是缘分，黄灿灿——"他朝自己身边的女孩儿看一眼，"祝你生日快乐的英文版怎么唱来着，你这外院的高才生带个头儿，咱们一起祝丛波君生日快乐！"

"Happy birthday to you……Happy birthday to you……"女孩儿站起身，用纯正的英文发音唱起来，并且端着酒杯主动走到丛波的跟前。

从波看着女孩儿举过来的酒杯，忽然就了有些感动，他看着女孩儿那一张一合的小嘴儿，竟然一时想不出用什么样的方式来回应她。

在此之前，也就是这个叫黄灿灿的女孩儿刚进屋那会儿俯下身同从波说话的时候，从波无意中从她低垂下的领口处发现一个秘密——他看见了女孩儿那隐藏在胸衣里一闪而现的半个乳房上文着的一个色彩鲜艳的刺青，虽说只是一晃，从波没有看清那上面文的是什么图案，但凭感觉，他猜想那上面刺着的是一朵花。这个偶然的发现让从波十分惊讶，他没有想到这个看上去文文气气的小妞儿，居然在自己嫩俏俏的小娇乳上做下了如此浪漫的文章——这也是他当时发出感叹以及接下来话里有话的缘由。

"祝您生日快乐！"女孩儿在从波面颊上亲了一下，同时送给他一个甜甜的笑容。

"谢谢你，灿灿。"从波稍稍迟疑了一下，还是用嘴唇轻轻吻了吻女孩儿的额头……

"祝你生日快乐！"

"祝你生日快乐！"

随后，人们逐一上前，亲热地与从波碰杯，拥抱……

林忆欣没有过去，她不敢在众人面前赤裸裸地去面对从波那双充满深情的眼睛。这些日子，这双充满深情的眼睛在她的脑海里总是不断闪现，或清澈，或深邃，或迷惘，或多情……而此刻，这双充满深情的眼睛让她望而却步，因为在从波的眼睛里林忆欣分明还看到了一种欲望，那便是燃烧着的激情。

林忆欣不是不想过去为从波祝福，她担心她的亲昵举动会触动从波此时那颗脆弱的神经，尤其在大庭广众面前，她怕从波再一次经受不住自己炽热情怀的考验，一不留神将那烈焰点燃……

林忆欣把大胖子带来的那只大蛋糕摆放在桌子上，将四十支小蜡烛一根儿一根儿细心插好……

“许个愿吧，丛哥。”林忆欣点燃了蜡烛，轻轻对丛波说：“今天许下的愿望一定会实现的。”

“我的愿望就是好人一生平安，”丛波很动情，他看一眼大家，举起酒杯语重心长地说：“愿今天在座的朋友们都能成为一个好人!”

“这个不算，”林忆欣走到丛波跟前，很自然地用餐巾轻抹了一下他嘴角残留的一滴酒液，笑着娇嗔道，“你什么意思嘛，好像我们大家都不是好人似的，罚酒。”说着要往丛波的杯里斟酒，“丛哥，你得为自己许一个愿，跟我们大家不相干，这个愿望你不必说出来，只在心里默默祈祷就行了。”

“林小姐说得好!”“大尾巴鹰”把林忆欣这个细微的动作看在眼里，不知怎么就心生了感触，于是马上接茬道：“不过林小姐说的不完全对，丛波君的愿望怎么能跟我们大家不相干呢？至少与我们中间某个人有关吧？诸位，丛波君的愿望明摆着是司马昭之心嘛，这一点还需要我来提醒大家吗？哈哈……”他阴阳怪气儿，斜眼睨视着林忆欣，话里话外明显有所指向。其实，他并无恶意，只不过是想以此开开玩笑，活跃活跃气氛。

林忆欣却不高兴了，这个感性的女人在这个时候暴露出了她不理智的弱点。本来她对这个“大尾巴鹰”就没什么好感，因而这话打他嘴里说出来她就有些不爱听，于是忍不住揶揄了“大尾巴鹰”一句：“思想家呀，怪不得不同凡响呢，没想到姚主任不但才貌出众而且还善解人意，真可谓是男人中的豪杰，不可多得啊。”

“惭愧、惭愧，林小姐过奖了，”“大尾巴鹰”什么人，岂能听不出林忆欣的弦外之音？他针尖儿对麦芒，冷笑一声：“呵呵……林小姐端庄大方，体贴滚烫，才真正是善解人意，和林小姐相比姚某人自惭形秽，林小姐不愧是女人中的精品。”

“别一口一个小姐的，我讨厌这个称呼，请您放尊重点儿。”

“这就是你林小姐无知了，小姐的称谓自古以来都是上流社会对高贵女性的尊称，我想林小姐错误理解了它的本意，与时下从事

某些不体面的职业者混为了一谈，自我贬值，不应该呀。”

“你……”林忆欣一时语塞，不知说什么了。论斗嘴，“大尾巴鹰”算得上是武林高手，能够一剑封喉，看来她还真不是他的对手。

话不投机，场面有点儿尴尬。

“哈哈……二位真会开玩笑，”李京淑察言观色，发现苗头不对赶紧站起身出来圆场，“你们俩，一个郎才一个女貌，都不用谦虚了，来来来，喝酒喝酒，林至宝——”她朝大胖子递一眼色，“放音乐，咱们大家边喝边跳舞，好不好？”

“欧克（ok）……”大胖子立马应声。

林忆欣听清了，胖子大号叫林至宝，敢情跟自己还是一个姓氏，林忆欣想，这么巧，他也姓林，说不定自己跟他五百年前还是一家子呢。这个时候她才发现这胖家伙表面看憨态可掬，实际上却是一个非常机敏的人，他对李京淑的用意心领神会，一边扭动着大胖身子去开音响一边故意学着天津话问李京淑：“放哪嗖（首）曲子姐姐？四（是）咱姐俩友谊地久天藏（长）呢还四（是）你盼着你那藏白叁（长白山）里的哥们儿何日君再来捏（呢)？”

“滚，谁跟你地久天长，就……何日君再来吧。”

“来来来，先干了借（这）杯再缩（说）吧……”林至宝隔着餐桌朝李京淑抛一飞吻，同时大胖身子灵巧地来了一个高难度就地大翻转，然后顺势单腿着地做一造型——丹凤朝阳。“轰”，大家伙儿全被他的滑稽动作逗乐了，气氛一下子得到了缓解。

这时，音乐响起……

酒过三巡，丛波发现老金有点儿喝高了，他歪靠在沙发上冲着林忆欣的背影跟大胖子林至宝兴奋地打着手势，嘴里不停地说着什么，大胖子林至宝则在一旁跟着一个劲儿嘿嘿窃笑。丛波不知他们俩在说些什么，心里纳闷，于是小声问李京淑：“老金说什么呢？瞧他们俩，那么高兴。”

李京淑瞥了一眼老金和大胖子林至宝，酸溜溜说道："那俩王八蛋能有什么正经事，羡慕你呢。"说着就将眼睛转向了正在跟后来的一个男人跳交际舞的林忆欣，"他说林小姐性感、风韵迷人，一看就知道床上功夫如何了得，说你艳福不浅……"

"去你的，净胡说。"

"这人，唬你干啥？"李京淑怪模怪样，"你没见我都嫉妒了吗？真的，以我们女人的直觉我敢保证，林小姐的确非同一般，老金说得没错。这个女人不寻常啊……"她学着现代京剧《沙家浜》里刁德一的口气拿腔拿调一脸奸笑，"你难道没……啊？"

"什么意思？你以为天下所有的女人都跟你一样？"

"你少跟我这儿扯臊，装什么正经，你们男人什么样我还不了解，尤其你这道号儿的，色大胆小，你要说还没得手我相信，说别的，用俺们东北人的话说那全他妈是扯犊子，老丛，你敢说你对她没有非分之想？"

"呵呵……你也这么看我，"丛波一副很无奈的样子，摇摇头，"跟你说，我们单位有一个坏小子，好几回了，纠缠我，问，'哎，哥们，那小少妇活儿怎么样？惊心动魄么？'他妈的，认定了我跟她有一腿，说实话，我倒是想来着，可这种事儿终归是你情我意的事，总不能剃头挑子一头热是不是？现在连你也这么以为，你说我多冤啊我。"

"说实话了吧？咯咯……"

"你们俩嘀咕什么呢？瞧乐的……"恰在这时，林忆欣冷不丁凑了过来，问。

丛波猝不及防，吓了一跳，他看看李京淑，李京淑也吓了一跳。

林忆欣从丛波和李京淑惊异的眼神里感觉到了他们俩是在说自己，于是，她看看丛波又看了看李京淑，笑道："接着说呀，怎么不说了？"

李京淑看看丛波，丛波也看看李京淑，尔后两人不约而同把目

光集中在了林忆欣身上，丛波朝李京淑挤了挤眼，李京淑冲丛波吐了吐舌头，猛地，俩人忍俊不禁，同时笑了……

11

隋云雁的母亲过世了，噩耗传来，丛波一阵悲伤，心里突然感到有一种说不出来的滋味……

这一切来的是那么突然，在这之前，丛波与林忆欣刚刚结束了一场原本十分关怀体贴但结果却令他十分别扭的通话……

昨晚，丛波喝多了。

这次生日聚会可以说很难得，大家都很高兴，所以这顿晚宴人们都没少喝。丛波也特别尽兴，以至于第二天他怎么也回想不起自己到底是如何回到家里的。

丛波最近这半年多时间里经常这样，酒一喝多就记不起先前发生的事情，这或许和他的酒量下降了有关，也或许和他的年龄增大有关。由于酒精的作用，一超量他总是有那么几个小时会失去记忆。

在丛波朦朦胧胧残留的意识中，他记得林忆欣好像也喝多了，所以他睁开眼的第一件事就是给林忆欣打电话，关心地问她起床了吗？吃没吃早点？

丛波醒来的时候已经是早上九点多了，电话打过去响了半天才听见林忆欣那懒洋洋的声音。

林忆欣因为头天晚上睡得太晚，所以早晨根本就没起，到现在还一直赖在床上。她接到丛波打来的电话坐起身，随手拉开窗帘看了看窗外的阳光，伸了个懒腰，然后对电话那头儿说："还没起呢，昨天晚上有点儿超量，大脑皮层兴奋，回到家里怎么也睡不着，后来就打开电脑又上了会儿网。"

"你可真行，"丛波问，"还睡？"

"嗯。"

“哎，我问你，昨晚我是怎么回家的？”

“你自己打车回去的呀，怎么啦？”

“是吗？我怎么一点儿印象都没有？”

“呵呵……”林忆欣笑两声，说，“谁知你怎么回事，不过，据说一般人再怎么醉也认家的，不会走错门。”

“未必，”丛波说，“我听说有的人就不认家，常常在大街上冻一宿呢。”

“那是醉鬼，”林忆欣安慰丛波，“你不是那种人，你喝多了不闹事，也不耍酒疯，你喝多了是因为你义气。”

“难得你这么看我，我好感动。”

“真的，我没奉承你，丛哥，其实你挺有魅力的，我说的是人格魅力，不然怎么会有那么多女孩子愿意和你亲近，比如说那个李……”

“呵呵……吃醋了？”

林忆欣听见丛波在电话里笑，而且笑得很开心。

停了一会儿，林忆欣告诉丛波，说昨天晚上当她进入到聊天室，没成想，正碰上她远在澳洲的姐们儿柳季红，由于人家那边位于南半球，跟咱们这里有两三个钟点儿的时差，所以她这过去的闺中密友刚好在线上。林忆欣说她们两人很长时间没联系了，平时难得一遇，所以姐儿两个一直聊到很晚。

丛波知道有这么个人，林忆欣曾经跟他提过，于是随口问：“她去那边好儿年了吧？什么时候回来探亲？”

林忆欣说：“快了，下个月，到时你能不能陪我去首都机场接她？”

丛波说：“当然。”

林忆欣喜形于色，话说得就亲密无间起来：“哎，跟你说，我这姐们儿特有风情，我敢肯定你见了准喜欢。”

丛波不以为然，说：“这话听着怎么这么别扭？好像我是一个情种似的。”

林忆欣说："你以为你不是？"

"好好好，我是，凡是女的我都喜欢，我就是一只色狼行了吧？"丛波一副与世无争的口气，说着唱道："我是一只来自北方的狼，走在无垠的旷野上……"

"行了，别唱了，你什么样儿我还不了解？"林忆欣说，"哎——我问你，"她突然像是想起什么，问："昨晚上你和那个李什么来着……哦，对了——lisa，鬼鬼祟祟的都说我什么坏话了？"

丛波矢口否认："没有啊，你多心了，我们怎么会说你的坏话呢？"

林忆欣说："算了吧，你以为我没听见？"

丛波说："你诈我也没有用，没说就是没说。"

林忆欣说："你这人……就是嘴硬。"

丛波不想在这件事上多纠缠，就说："好了，你没什么事儿就好，歇着吧。"

林忆欣说："我能有什么事？你是不是怕我有什么事？"

丛波开玩笑，说："心虚了吧？我还没提什么呢你就这样儿？别紧张，我才不想知道你那些见不得阳光的事呢，你不说，我永远都不问。"

"最好。"林忆欣说，"知道得太多了你会受不了。"

丛波说："你怎么知道我会受不了？"

林忆欣闪烁其词："谁难受谁知道。"

"你这话什么意思？"丛波突然间感到一丝不悦，莫名其妙。

"你说呢？"林忆欣没在意，依然故意挑逗。

丛波的火气开始往上攻，他努力克制着自己，耐着性子很严肃地说："林忆欣，你是不是认为我很贱啊？"

"没有，没有。"林忆欣这才意识到自己的话说得太随意了，有些突兀，"丛哥，你可千万别这么想。"

"那你让我怎么想？"

"你看你，又来了……"林忆欣就怕这个，自己平常小心翼翼

藏着掖着的一些事，生怕刺激了丛波，不想一高兴居然忘乎所以，露出了马脚。她有些后悔，“丛哥，你别那样想，真的，我不是那意思。”

“那你什么意思？”丛波伤了自尊，穷追不舍。

林忆欣不能提及丛波因为她的“一不留神”而两个多月没搭理自己这件事儿，那无异于揭他的伤疤。她知道丛波小心眼儿，对她“作奸犯科”还一直耿耿于怀，可她一时又无法自圆其说。想想，即便就是这么回事也不能这样随意张嘴就来，别说他一个自尊心特强的大男人，换谁听了也会不舒服。她知道他们俩如果再这么僵持下去后果将会很不愉快，于是赶忙使出撒手锏，撒娇道：“好啦，别生气了丛大哥，我只是随口这么一说，其实是想逗你开心的，呵呵……你倒好，当真了。”

“呵呵……是吗？得，怨我……”

林忆欣听出丛波笑得很勉强，声音里既无奈又有点儿尴尬。

“好了，今天周末，你快去接嫂子吧，别忘了代我问好，拜拜，我得接着睡觉了。”林忆欣见好就收，假装打了一个哈欠，赶紧挂了电话。

丛波就是这个时候接到他爱人隋云雁打来的电话的——

丛波刚刚结束他和林忆欣之间的通话，隋云雁的电话就顶了进来，她一张嘴就显得有些气急败坏：“这么半天跟谁瞎搭咯呢？没完没了！”很显然，她已经等了很长时间了。

“一个同事，怎么了？不行啊，你瞎嚷嚷什么？”丛波刚刚受了刺激，无名火窝在心里正没处发。

“我没空和你废话，跟你说，姥姥不行了……”电话里，隋云雁的声音带着哭腔。

“你说什么？”丛波猛地一激灵，怀疑自己没听清，“怎么会呢？昨天打电话的时候你不是还说挺好的吗？”

“唉！”隋云雁叹口气，“刚才就一会儿的事儿，早上的时候还好好的呢……行了，不说了，到这份儿上再说什么都没有用了，你赶紧准备准备吧。”

“好，我现在就过去。”

“你不用过来了，”隋云雁说，“老人家前两天还说过她想回家，不想死在医院里头，没想到……你准备准备，把她那间屋子收拾一下，灵堂就设那儿吧，听见了吗？我们现在就把人往回拉。”

“人家医院允许吗？”

“这边都说好了，用救护车，跟一个护士，挂俩吊瓶，以转院的名义。”

“好，我这就去找人，抓紧时间安排。”

从波布置好灵堂，他看着岳母的遗像，心里突然觉得空落落的。

遗像镶嵌在一个黑色镜框里，四周围缠绕着黑纱，正上方是一朵洁白的纸花……老人面容平静，目光慈祥，仿佛正在注视着从波……

从波不免悲伤起来，他想起多年来岳母对他的好、对他的恩情，他的眼圈儿情不自禁湿润了，一片白雾模糊了他的视线……

斯人已逝，音容犹在……从波不愿意相信这一切就是真的，他多么希望这只是一场梦，一场幻觉，尽管他知道迟早会有这么一天。

老太太没有儿子，这辈子就守着仨闺女。大女儿云雪，二女儿云飞，再就是老三云雁。说起来，老太太是个苦命的女人，丈夫死的早，还是在这三个女儿很小的时候，那个男人就一病不起，没过多久就西方接引了，是她一个人含辛茹苦一手将这仨丫头拉扯大。要说年轻时老太太可是没少吃苦受累。还好，让她宽心的是，这三个早早失去了父亲的闺女打小就特别懂事，有句话叫穷人的孩子早当家，大女儿云雪早早就学会了做针线活儿，一有空就帮着她浆浆洗洗缝缝补补；二女儿云飞每天负责买菜做饭刷锅洗碗，几乎包揽了一切家务活儿；而老三云雁则一门心思全都扑在了功课上，学习

特别用功，叫她这个当娘的基本上都没怎么操心过……就这样，慢慢地，三个姑娘一天一天长大了，个个出落得如花似玉，在周围人眼里，隋家的这三只金凤凰不但有着娇人的容貌，而且一个比一个有出息……后来，姐儿三个相继完成学业参加了工作，再后来，她们一个接一个恋爱、结婚、生孩子，按照人生的三部曲，一切都在自然的过程中进行和完成。如今，人到中年的姊妹仨不但家庭和睦而且事业有成，而且真像人们所说的那样，她们在经历了生命的第一次洗礼后，又迎来了人生的第二个青春……

要说老太太的晚年是幸福的，三个女儿非常孝顺，姑爷们也都不错，待她很亲，在她眼里跟儿子没什么区别。老太太坚持在三个女儿家来回轮换着住，她信奉那句老话——树挪死，人挪活。她说经常挪动挪动地方不光感觉新鲜，而且心里头也舒坦。

老太太勤快了一辈子，闲不住，在谁家她都要帮着做一些力所能及的家务活儿。自打老太太当了姥姥，见着了隔辈人，她的心气格外高，出来进去，老是欢言笑语，喜在眉梢。想当年，三个女儿生小孩的时候她还不算老，身体还很硬实，女儿的月子里她坚决不要婆婆家的人插手，都是自己亲自伺候。她说现在国家实行计划生育一家就只生这么一个宝贝儿，她就是想多伺候几回都没有机会。她说她不是对婆家人不放心，只是觉得从情理上女儿有亲娘在身边照顾着心里会觉得踏实，当然——姑爷们也省心，反正自己闲着也是闲着。

老太太特别开通，无论住在哪个女儿家里从不多事，始终恪守妇道人家的本分，闲白儿的话不说，没用的事不做，时时留意自己的一举一动，注意自己的言行，以慈母的关爱和宽容影响教育着晚辈，在这一点上，深得包括丛波在内的三个姑爷的敬重……

老太太的丧事办得简洁而庄重，没有传统的礼数，没有哭闹的场面，一切都在平静中进行。隋氏姐妹对此十分低调，她们都是有文化的人，面对人类的生老病死显得十分坦然。在整个祭奠过程中

她们尽量避免声张，只通知了自己的一些至爱亲朋以及老太太的旧时故交，其余的，一律减免。

来吊唁者也大都是些文化人，他们奉上鲜花肃穆而立，对逝者鞠躬致哀，对亲属表示由衷的慰问。

林忆欣送来了一个大花篮，这个由上百朵白玫瑰组成的花篮摆放在灵堂的中间位置非常显眼。丛波并没有通知她，她是从同事那里得到消息后特地赶到花店定做的。

隋云雁没有想到林忆欣会来，她主动上前拉住了她的手嘘寒问暖，言语里掩饰不住她对林忆欣敬送的这个与众不同的花篮的感激，表情中就流露出些许内心的暖意与亲切。

林至宝也来了，这样的事情少不得他。这家伙曾经戏言说自己天生便是一个好管闲事的志愿者，就爱当忙活人，向来乐此不疲，何况这回是料理老太太的后事，他更是责无旁贷。

林至宝一眼看见了林忆欣，于是凑了过来。

林忆欣和隋云雁正说得动情，没注意到林至宝，林至宝也懂得礼貌，站在旁边看着两个女人说话并没有贸然打扰。他等了一会儿，恰好这时候又有人前来吊唁，好像是隋云雁过去最要好的同事，隋云雁便中断了跟林忆欣的交谈匆匆过去应酬。林至宝看看隋云雁走了，他这才用手轻轻碰了一下林忆欣的胳膊，“当家子，”这小子张口先套近乎，然后小声说，“我想起曾经在哪儿见过你了，那天回家后我想了一晚，最后终于想起来了。”他看着林忆欣，诡谲一笑，提醒道：“还记得有一回在开发区会展中心举办的车展吗？那天你请我帮忙，为你和一位先生在美国悍马车展位前照了一张相。记起来了么？如果记不起来的话你可以回家看看那张照片。”

经林至宝这么一提醒，林忆欣猛地想起来了，确实有过这么一回事。那是她和齐连义一起去看的车展，算起来差不多快三年了。

林忆欣诧异地盯着林至宝，目不转睛，她惊讶他超凡的记忆力，同时又有些疑惑不解，问：“是你吗？我印象里好像那是一个挺瘦的小伙子。”

“哈哈……”林至宝笑了，“当然是我了，你说的没错，的确，我那时确实是挺瘦的，这身肉是最近这一两年才发起来的，怎么样，我没记错吧？哈哈……那男的是谁？”

“小声点儿，”林忆欣急忙制止林至宝，“这么大人了，你怎么也不注意点儿场合，在这儿怎么可以随意大声说笑呢？”她用眼睛瞄了瞄四周，然后又看了看这个冒冒失失的胖家伙，低声嗔怪道：“人家这是丧事，影响多不好？”她这样数落林至宝其实是她自己心里有鬼，显然，她怕林至宝跟她说的这些话被不远处的丛波听到。

林至宝不傻，这小子精极了，他看出了林忆欣的心思，知道她心虚，而且他猜想到这肯定和丛波有关，因为这个女人慌张的眼神已经明白无误地告诉了他这其中隐含着某种猫腻。林至宝不想让这个女人太过为难，于是冲她不怀好意地笑笑，连忙说了句：“对不起，我注意，我注意……”说完识趣地走了。

林至宝是走了，可由这家伙牵扯出的一段往事又勾起了林忆欣的回忆……

时间过得多快啊，转眼都快三年了……

林忆欣记得，一天晚上，齐连义突然来到她的住处，这让她又惊又喜。这个男人已经快半年没有到她这里来了，她不知道今天晚上月亮怎么打西边冒了出来。林忆欣看着他，心里一阵激动。

齐连义脱掉衣服，弯下腰，用手轻轻捏着林忆欣的脸，问：“想我了吗？”说着就把手伸进了她的被窝里……他搓摸着她的乳房，用嘴亲了亲她的鼻子，说：“等一下，我先去洗个澡。”

洗完澡，齐连义赤条条地钻进林忆欣的被窝里，而此时林忆欣浑身早已滚烫。齐连义往她身上摸一把，发现她连内裤都没穿，立刻兴奋起来，他把她轻轻抱起夹在自己的两腿中间，面对面地注视着，谁也不说话，夜里很静，他们彼此都能够听到对方的心跳，突然，齐连义猛地搂住她，不由分说就把她放倒在自己身下，同时把他那柔软的舌头填进了她的嘴里……

完事后，齐连义告诉她，说明天要带她去开发区看车展。他说他们俩先去看一看，在心里大致物色出一款车型，争取在不远的将来为她置办一辆。

林忆欣听了，幸福得像花儿一样，于是，在自己的秘密花园，她张开那鲜嫩的花瓣又一次迎接了这个大蜜蜂，任由他上下翻飞，辛勤地在自己雨露滋润的花蕊上劳作了一番……

第二天，林忆欣跟齐连义真就偷偷跑去看了车展。其间，齐连义问林忆欣喜欢哪种款式的汽车，林忆欣依偎在齐连义身上悄悄告诉他，说自己喜欢吉普，她说她喜欢吉普车的野性奔放，动感强悍，就像是一个猛男，那种感觉一定非常爽。色女郎！齐连义亲昵地在林忆欣的腰际捏了一下，就把她带到了美国悍马车的展位前。林忆欣以前在美国军事大片里看到过这种车，知道这是一款美国军车，但亲眼所见这还是第一次。她上前看了看标价，天啊，一百多万，她冲齐连义吐了吐舌头，知趣儿地拉了齐连义的手，说走吧，咱们到别地儿转转。

齐连义明白林忆欣的用意，她是怕他受刺激心里不舒服，因为她知道以齐连义目前的经济实力恐怕这一辈子也买不下这辆车。齐连义看着善解人意的林忆欣突然涌起一股暖流，心里便有些愧疚，也就是在那个瞬间他明白了一个道理，他想，男人给予女人的除去心灵和肉体的慰藉，还应该满足女人内心的虚荣。自古以来，多少英雄豪杰爱江山更爱美人儿，留下千古绝唱。想想，其实男人挣钱就是给女人花的，只有这样才能体现出男人的价值。他发誓，他一定要千方百计达到这样一个目标，实现自己的目的。想着，他拉过来林忆欣，掏出数码相机，他要在这辆美国产的吉普车跟前和这个女人照一张相，以此铭志，留影为鉴。

林忆欣被齐连义的豪迈所感染，她说，你不必把钱看得这么重要，世界上有些东西是金钱买不来的，比如真爱，不过，我还是愿意在这辆吉普车前和你照张相，作为我们爱情的见证。说完，她主动对旁边一个陌生的年轻小伙子发出请求：“劳驾，这位帅哥，您

受累给我们合张影好吗?”

“没问题。”小伙子很热情，答应得十分爽快。

林忆欣哪曾想到，当时为她和齐连义合影的那位帅小伙儿就是现在这个胖得赛“八戒”似的林至宝林大老板。

无论是林忆欣还是林至宝，他们俩谁都没有想到，两年多以后，二位居然相识在了丛波的生日 party 上。有意思的是，他们俩的缘分并没有到此了结，在接下来的生活中又上演了一出英雄救美，好像总是在关键时刻就会发生传奇般的故事，当然这是后话。

多年后，时过境迁，林忆欣不由得感叹，她不知道她和林至宝之间发生的种种巧合到底是冤家路窄呢还是命中之缘。

12

料理完老太太的后事，丛波没有急于去公司上班，他借此休了自己的年假，只为跟隋云雁在家多待些日子。丛波觉得作为一个丈夫，现在正是需要他表现出关爱和责任的时候，他应该尽可能地多陪一陪自己的爱人。

去年这个时候，老太太还很硬朗，哪知天有不测风云，转过年来，就在万物复苏的春天，一场突如其来的病魔降临到了老人家的头上。人有旦夕祸福，短短半年多的时光，一个生命就这样消失了。

老太太走了，她将无尽的情思留给了后人，自己却驾鹤仙去，升入了天堂。恍然间，天上人间，阴阳两隔，骨肉亲人，再不能相见……隋云雁很是哀伤，她心情沉重，把自己关在母亲的房间里整整呆了三天，三天里她几乎没有走出过房门。母亲故去了，老人家是隋氏上一辈最后一个亲人，隋云雁知道，母亲的去世，标志着娘家人一个时代的结束……

情形一下子发生了改变，隋云雁再也用不着为母亲忙碌了，然而空空落落的心反而让她一时无法适应平静下来的生活。她突然感到了无所事事，以至于终日里无精打采提不起精神。

傍晚，丛波推开房门走到隋云雁跟前，轻声征询："一起去海河边儿散散步好吗？据说新改造好的河岸两边漂亮极了，咱还没去过呢，看一看吧。"

隋云雁看了看丛波，沉默了好一会儿，点点头答应了。

很快，他们乘坐了地铁，从解放桥附近下了车，拾级而上来到地面，随后沿着海河带状公园缓缓漫步而行。

初秋的黄昏，海河岸边景色迷人，微风习习，水波粼粼。林荫树下，一对对情侣携手相依，凭栏远眺，看夕阳西沉，沐落日余晖。

河的对面是天津站，站前广场，人头攒动，熙熙攘攘。放眼望去，能够隐约感觉到你来我往的过客在投入到这个陌生城市后所流露出的局促与兴奋，他们或神情凝滞或步履匆匆。

隋云雁走在丛波旁边，两个人之间间隔了一小块儿距离，那情形有如一对初恋的情人，腼腆、矜持。一路走去，他和她都保持着沉默，谁也不主动开口说些什么。走着走着，前面出现一个往下的阶梯，很陡，丛波不由伸出胳膊牵住了隋云雁的手，隋云雁怔了一下，顺势依偎在了丛波的怀里。

多少年了，丛波和隋云雁早已淡漠了这样的感觉……

丛波与隋云雁共同生活了将近二十年，他太了解自己的妻子了。隋云雁是一个遵循传统的女人，她认真，较劲，追求完美，但同时又不单单一味地循规蹈矩，对于时代的变化，她能够很快适应新潮，当年，丛波正是被她的时尚所迷恋，从而演绎出一段令人羡慕的幸福婚姻。丛波追求隋云雁并非一帆风顺，他们的爱情经历了许许多多的曲折与坎坷，可以用反反复复，一波三折来形容。后来，还是丛波的真心打动了隋云雁，姑娘的那颗芳心最终被丛波那洒脱而浪漫的情怀所俘获。

那是上世纪八十年代中期，刚从部队复员回来的丛波在一次舞

会上被一个姑娘吸引住了……

这是一个清灵的像水晶一样的女孩儿，圆圆的脸蛋儿大大的眼睛，眉毛弯弯，明眸皓齿，蓬松的黑发在脑后用一条素花手绢随意一系，大方而高雅。她表情自若，神态安稳，一颦一笑，尽显当代淑女气质。

——这个女孩儿就是隋云雁。

中间休息的时候，丛波不顾姑娘身边同伴儿的白眼儿，主动上前与隋云雁搭讪。凭借着几年军旅生活的锤炼，这个率真的血性男儿很自信，他似乎不懂得委婉，在接下来的圆舞曲响起之后便勇敢地向女孩儿发出了邀请。那时的隋云雁刚刚参加工作不久，黄花正年少，心里虽然忐忑不安，但还是没有拒绝这个男人的邀请，她略微迟疑了一下，起身勉强陪他跳了一曲。

第二天清晨，隋云雁早早去上班，在单位大门口，她竟意外地看见了昨晚舞会上邀请自己一起跳了一曲的那个男人。男人迎上前来，什么话也没说，将手里的一个信封交给她，转身走了。

隋云雁预感到了将要发生什么，她赶紧把那个信封叠好，揣进衣服口袋，胸口“怦怦”跳着上了楼。

办公室的门锁着。同事们还没有来，隋云雁拿出钥匙开了房门，进屋后径直来到自己的办公桌前。她掏出那封信，打开，展现在眼前。

姑娘：

生与死，我的命运完全听从您的抉择。我斗胆给您写信，因为我知道您的理智不会允许您对我发怒，您的那颗善良的心也不会讪笑我自昨日舞会陷入的疯狂！

没写日期，也没有落款，笺纸上寥寥儿行行书，字写得很帅，苍劲飘逸。

隋云雁的心一下子紧张起来，有生以来她还是头一次遭遇到如

此直截了当的男人。整整一个上午，她都不能将自己的心潮平息下来，脑海里老是闪现笺纸上那几行帅气潇洒的字迹，一种莫名其妙的紧张与惶惑让她不知所措，直到傍晚时分，这种不安的心情才渐渐恢复了平静。

隋云雁心头好不容易放下了这件在她看来十分荒唐的事情，不想，转天清晨，还是在单位大门口，隋云雁又见到了那个男人。

男人迎上前来，依然什么话没说，又将一个信封交给她。这一次，男人没有马上走开，他看了她一眼，狡黠地冲她笑了笑。

“等等，你先别走。”男人转身刚要离去，隋云雁叫住了他。

男人站住了，回过头来望着隋云雁。

“你我素不相识，这是什么意思?”隋云雁晃了晃手上的信。

“相逢何必曾相识。”男人笑了，说：“姑娘那么聪明，不会不明白吧?”

“你不觉得可笑吗?”

“恕我冒昧，但我不觉得可笑。”

“岂止冒昧，简直荒唐。”隋云雁说着从挎包里掏出昨天的那封信连同手里的一起还给男人，说：“拿回去吧，字写得不错，文才差了点儿，我看不大懂。”

“天呐，”男人做出一副痛苦的样子，眨巴眨巴眼睛嘿嘿笑着说，“不会吧大姐?这么经典的求爱信你会看不明白?”

隋云雁被男人的幽默逗乐了，问：“你写的?”

“不，我抄的。”男人很坦诚，“是在一部外国小说里抄来的，那是一个公子哥儿给一个夫人的求爱信，我只改了两个字——称呼，把夫人换成了姑娘。”

“呵呵……”隋云雁又笑，“那这一封呢?”她举起刚才他交给她的第二个信封，问。

“也是抄的。”男人从实招来。

“这回抄谁的?”

“你还没有看呢我怎么能告诉你，我想你看了肯定能知道，你

还是拿去自己看吧。”男人说完，扭头儿走了。

第三天清晨，男人再一次出现在了那里，隋云雁径直朝他走过来：“你怎么又来了？你觉得有意思吗？”

“昨天的信你看了吗？”男人根本不理隋云雁的话茬儿，自顾自地问。

“看了又怎样？”隋云雁有些嘲讽地说，“你的心像旷野里的鸟，干吗非得在我的眼里寻找蓝天？周围的眼睛多的是，别拿了泰戈尔的诗句来甜弄人。”

“怎么样，我说嘛，果然是一个不同凡响的姑娘，”男人说，“眼睛是心灵的窗口，可不是所有的窗口里都有一颗纯净的灵魂。啊，天空中没有留下任何痕迹，但我飞过……呵呵，你总不能拒绝鸟的向往吧。”

“咯咯……你算是哪种鸟呢？乌鸦还是猫头鹰？”

“鸿鹄。”男人说，“燕雀安知鸿鹄之志，我就是鸿鹄。”

“我觉得你更像八哥儿，巧舌如簧，说得倒好听，可我还不知道你叫什么、是干什么的呢？”隋云雁从男人脱口不凡的语句里有了些许好感，默认下了他的纠缠，盯着他，笑着问。

“你怎么看不起人？”男人装作“生气”，故意把脸一沉，但转而表现出男人的大度和宽容，“得，不跟你计较，告诉你，我叫丛波，刚从部队复员回来，还没安排工作呢，现在就在家待着。”

“怪不得你那么有闲工夫，原来如此。”

“晚上可不可以请你吃顿便饭？”男人得到了隋云雁的默认得寸进尺，不等她表态马上说，“这样吧，把你办公室的电话号码告诉我，下午听我电话。”

“我并没有答应你呀？”

“可你也没有拒绝啊，我的理解，不拒绝就是同意。”

“不行，你得让我想想……”

“有什么好想的，”男人迫不及待地打断隋云雁的话，语气十分

霸道地说，“就这么定了，晚上见!”

傍晚下了班，隋云雁正庆幸自己没有将办公室的电话号码告诉那个叫丛波的男人，从而避免了这个素昧平生的家伙进一步纠缠，不料，刚走出单位大门口不远，一辆崭新的摩托车从后面窜上来横在了她面前。车手扬起头盔朝她一笑，不由分说一把抓住了她的胳膊，将车把上的另一顶头盔扣在她头上，同时用军人不容置疑的口吻命令道：“小姐，请上车!”

“喂，想干什么你？难道打劫不成?”隋云雁一边挣扎着一边说，“松手，不然我喊人了。”

“你喊吧，”车手不管不顾，泰然自若，说，“咱们不是约定好了吗，你总不能让我白等吧，一下午啊，我宁愿见警察也不想给你留下不守信用的把柄。”

“好、好，你先松开手，”隋云雁妥协了，说，“有话好好说，你看你都把我弄疼了。”

“不好意思，我不是故意的。”车手松开手，脸上显现出一丝歉意，“对不起。”

“没什么，”隋云雁眨动着一双大眼睛，有些为难地对车手说：“是这样，应该我对你说声对不起……”

“别别别，你千万别跟我说对不起，我知道你想说什么。”车手打断隋云雁的话，十分真诚地说：“相信我，我没什么恶意，给我一次机会好吗？我保证，就这一次。”

“这……”隋云雁望着车手诚恳的表情犹豫了，沉吟了片刻，无可奈何地说：“好吧，我答应你。”

丛波和隋云雁的交往就这样开始了，而且很顺利，这样的约会有了第一次，又有了第二次。然而，正当丛波觉得一切进展得很正常从而满怀信心地再一次约请隋云雁时，不料，这一次却被她一口回绝了。

丛波不知道，隋云雁之所以回绝他——事出有因。原来，单位

里有一个叫吕川剑的小伙子一直在暗恋着隋云雁，因而对她就比较关注。这些天来吕川剑突然发现隋云雁身边总是出现一个他不认识的青年男子，所以再也坐不住了，遂向隋云雁发动了明确无误的爱情攻势，而隋云雁也一直对吕川剑挺有好感，只是因为单位里过去有好几个女孩子都跟他关系暧昧，隋云雁不能确定吕川剑的心思是否在自己身上，所以始终就没太上心，现如今吕川剑把这个事情跟自己挑明了，隋云雁就不能不好好考虑考虑。她有理由对自己未来的生活做出选择，这关系着自己今生今世的幸福与安乐。人们常说，女人出嫁相当于第二次投胎，所以说，这个时候对于任何一个女孩子来讲她都会认真对待，哪个女人不希望将自己一生的归宿托付给一个优秀的男人呢？通过权衡，隋云雁觉得还是吕川剑比较适合自己，毕竟他们两人同在一个单位，相互比较了解，况且吕川剑的人品不错。

隋云雁之所以放弃丛波主要是因为她对他还不是太了解，她不是有意伤害这个勇敢的爱慕者，相信任何人处在她当时的角度都会做出这样的选择，何况她和丛波之间的关系这个时候还并没有达到热乎需要的温度。

丛波虽是一个率真而浪漫的追求者，但他并非那种死皮赖脸的人，更不是为了女人而痴迷得天昏地暗死去活来的情种，他喜欢隋云雁不假，但他绝不会为此弄丢自己的颜面，再者，他只是喜欢这种类型的女孩子，而这种类型的女孩子多的是，他清楚自己怦然心动并不代表两个人就一见钟情，这一点上，丛波是做好了充分思想准备的，这一点从他对隋云雁的一系列表现中不难看出，的确，他懂得怎样对付自己喜欢的姑娘而又不失尊严。

既然隋云雁那么坚决地回绝了自己，丛波只好认为自己和这个姑娘没有缘分。他一向认为过多地纠缠既不明智也有悖他的人格，虽然人们常说对待爱情不能轻言放弃，可“拿不下高家庄决不收兵”的死缠滥打又有什么意义？只有傻子才会明知没戏还非得将自己弄得十分狼狈。

然而，事情往往就是这么不可思议，半年后的一天，丛波去游泳馆游泳，在水池边上，他竟意外地又一次见到了这个曾经让他心仪过的美丽姑娘隋云雁。

“久违了，”丛波主动走上前去，与隋云雁打招呼，“美女，别来无恙？”

“怎么会是你？”隋云雁眼睛一亮，从太阳椅上站起来，样子也很惊喜，“没想到在这儿又见着了，还好吗你？”

“还好，”丛波很随意地看着身着泳装的隋云雁，反问：“你呢？”

“和你一样。”隋云雁说，“挺好的。”

“怎么？就你一个人？”丛波看了看隋云雁四周，没发现她的同伴，询问道。

“一个人怎么了？不好吗？”

“呵呵，随便问问，你别太神经过敏。”

“你才神经过敏呢。”隋云雁朝丛波笑一笑，“别撒摸了，没伴儿。”

“还孤身一人？”丛波问。

“半年前谈了一个，上星期散了，性格不合，你呢？”隋云雁回答得很坦然，转而平静地问丛波。

“千年等一回，等你回来呢……哈哈……”

“可惜你不是许仙，我也不是白蛇精……”

“未必，说不定千古传唱的神话打今儿起就又演绎出一段刻骨铭心的爱情故事呢，你不想再来回试试？”

“你怎么还贼心不死？”

“我这不是又见蓝天了嘛。”

“你这只可恨的八哥，咯咯……”

“随你怎么夸我，”丛波诡谲地笑笑，“哎，还是老地方好吗？晚上七点不见不散？”

“这……”

“什么这啊、那的，就这么定了。”和原先一样，不等隋云雁表态，丛波又现霸道。

事情看似由此出现了转机，然而，丛波还是高兴得过早了。

当晚，丛波很兴奋，他坐在隋云雁的对面有些忘乎所以，一上来就调侃：“非洲有句谚语，说一个聪明的人是不会第二次掉进同一条河里的。看来我不是一个聪明人，第二次掉进了同一条河里，哈哈哈……”

“呵呵，多少次掉进同一条河里并不要紧，要紧是你能否具备一次次爬上来的勇气……”隋云雁很大方，也跟着打趣儿说。

“你这话……什么意思?”丛波被姑娘的话噎了一下，他盯着隋云雁，眨了眨眼。

隋云雁说：“这都听不出来？傻呀你。”

丛波说：“不是……那什么……妹子，我还真就没听出来?”

隋云雁说：“没听出来就算了。”

丛波说：“你好像并不在意……”

“这得问你啊，”隋云雁笑着说，“你是不是有些心急啊？可我并没有答应你什么。”

“女孩子总是这么装模作样，好像不矜持点儿就有失颜面，”丛波说，“虚荣，其实那还不是早晚的事。”

“喂，你不要自以为是，我出来陪你坐坐不代表我们之间存在了某种关系。”隋云雁伤了自尊，她有点儿生气，站起身，“对不起，我还有事，再见。”

“哎——你别走啊，我话还没说完呢……”

“留着下一次再说吧。”

“下一次?”丛波一时没有划过魂儿来，还冲着隋云雁的背影问：“下一次是什么时候?”

“你再次爬上来的时候，”隋云雁回头朝丛波一笑，“好自为之吧。”

“放心，来日方长，我有的是耐心。”丛波说。

隋云雁就这么走了，连屁股下面的椅子还没坐热。

丛波像是做了一个梦，睁开眼，才发现什么东西都没了。

“这个死妮子，一句话不爱听就翻脸，看不出，还挺有个性。”丛波不卑不亢，没着急也没生气，自言自语：“得，爱怎么着怎么着，随她去。”

其实后来正是丛波这种不卑不亢的性格打动了隋云雁。

又过了大半年，兴许是老天爷有意，晴空里忽然间特地安排了一阵暴雨，大街上猝不及防的人们纷纷躲避到两边的店铺里……

于是，在一家新开张的快餐店，丛波和隋云雁再度不期而遇。

一年半的时间里，丛波和隋云雁——俩人不经意间三次碰在了一起，像是半年一个周期，这不能不说冥冥之中一种缘分左右着彼此。偌大的世界，人海茫茫，怎么就这么寸，在拥挤不堪的快餐店里丛波听到了一个熟悉的声音像是在喊自己，他寻声望去，看见不远处，隋云雁正朝他招手：“喂，姓丛的——就叫你，过来。”

丛波喜出望外，三步并做两步挤了过去。

隋云雁指着对面的空位子，笑着说：“还没吃饭吧？来，我请你。”显然那位子是她特意给他占的。

“别别，还是我来……”丛波赶忙说。

“你看你，跟我还客气，”隋云雁说，“坐这儿别动，我已经要完了，就等着吃吧你。”

“那多不好意思……”

“有什么不好意思？你请过我那么多次，怎么说也该轮到我请你一回了，常言说，来而不往非礼也，你说是不是？”

“呵呵……”丛波笑了，说，“那好，随你。”

接下来，丛波和隋云雁边吃边聊，聊着聊着，不约而同，两个人都关心起了对方的个人问题，结果双方一打听才知道，敢情都还

挂着单儿，谁也没有解决这个事情，从波想，这或许就是天意呢，该着命里注定，舍其岂能有我，舍我岂能有她？看来我和这个女人说不定就是上天配着对来的，想到这儿，他心中不禁一阵暗喜。不过，这回他晓得了对面这个女孩儿的水深水浅，没敢再轻率地贸然出击。

吃完饭，天也放晴了。都说六月里的天儿就像孩子的脸，说变就变。从波虽然想法不错，但终归拿捏不准隋云雁的心思，心想，人家不就是请你吃了一顿快餐吗？还是沉沉吧，甭急着表态，先听听人家的意思，别好不容易凑在了一起，到了又来个不欢而散，给自己再来个没脾气，这时下，你知道哪块云彩有雨？

“下午有事儿吗？哦，我是说有空吗你？”隋云雁主动问。

“没事儿，有空。”从波赶紧说。

“如果你愿意的话，受累帮我去挑选一台彩电好吗？”

“呵呵，我说嘛，这顿饭不能白吃……”

“少废话，愿意还是不愿意？来痛快的。”

“愿意，愿意，”从波忙不迭地说，“能为您效力，我求之不得呢。”

“咯咯……够贫了你，”隋云雁看着从波乐了，“我是觉得你在这方面内行，帮着我去参谋参谋，好不容易从别人手里踅摸一张票，如果买回家一台有毛病的电视，那得多别扭，你说是不是？”

“是、是、是……”从波一个劲儿点头。

“那现在就走？”

“上哪儿？”

“劝业场。”

“行啊你，路子够野，愣能踅摸到劝业场的彩电票？不简单呐。”

“呵呵，一般般吧……”

“走，哈哈……”

那天，从波帮隋云雁挑选了一台彩电，随后又帮着她运到家里。

隋云雁的家住在小海地儿，属市区的边儿上，离市中心的劝业场有二十多站地，他们乘坐无轨电车晃荡了一个多小时，到家时已经是日头偏西。

隋云雁家里只有她和她妈妈娘儿俩，那时她父亲早已过世，两个姐姐也分别成了家，所以家里面显得很清静。从波帮隋云雁把电视搬上楼，又将电视安装上天线，开启、调台，等忙活得差不多了已是满身臭汗。隋云雁的母亲看着这个小伙子忙活出一身大汗，挺心疼，切开一个西瓜叫他解渴。

老太太一边为从波扇扇子一边给他擦汗，关切地问："一天要跑多少家呀小伙子，看来干什么活儿都不容易，悠着点儿，这大热的天儿别累坏了身体。"显然，她把从波当成商场送货的了。

从波听了想乐，但嘴里啃着西瓜，没笑出声。

"妈，你看你，这都哪儿跟哪儿呀，人家不是送货的。"隋云雁赶忙澄清。

"是吗？敢情我瞎安给安错了，哈哈……"老太太不好意思地乐了，跟从波说："你瞧我……"

"阿姨，您说的没错，我呀，跟送货的也差不多，呵呵……"从波说。

"这是怎么个茬儿?"老太太不解地看一眼从波，问："她雇你来的?"

"什么呀，他是我朋友。"隋云雁有点儿不耐烦，冲母亲一瞪眼，"您别瞎说。"

"是吗？哎哟，闺女，你怎么不早说?"老太太听罢，高兴坏了，冲从波说："快歇会儿，孩子，不急着鼓捣这个，后晌在咱家吃，我这就买菜去。"

"不用，阿姨，"从波忙说，"您别客气，我一会儿就得走，改日吧，改日我再来尝您手艺。"

“那哪行?”老太太执意要留丛波吃晚饭，“既然都已经来了，就必须吃了饭再走，不然阿姨可要生气了。”

“丛波，我妈让你在家吃你就实实在在，别虚了吧唧的，听见了吗?”隋云雁开口了，表情很自然。

“谁……谁虚了……吧唧了，阿姨你……你看她……”从波心里一激动，竟有些口吃，结结巴巴地说。

“怎么跟人说话呢你，这么大闺女没规矩。”老太太瞪一眼隋云雁，马上回过头来又跟丛波说：“别跟她上赁，好孩子，其实吧她这是话糙理不糙，听阿姨的，待会儿就在家吃，哪儿也不许去，听见没?”说完，老太太提篮子出门，上街买菜去了。

“你刚才说我是你什么来着？朋友?”老太太一走，丛波开始跟隋云雁找补：“咱俩什么朋友?”

“你说什么朋友?”隋云雁马上接茬：“朋友就是朋友，你别瞎联系，省得伤和气，呵呵……”

“哎，要我说，跟我混得了，你没瞧出来么，老太太对我挺满意的，嘻嘻……”丛波说。

“说得轻巧，如果有一天混不下去了怎么办?”

“那就离。”

“废话，我说跟你结婚了吗？你倒好，张口就来，还离?”

“那就散。”

“我说你嘴里有没有人话，除了离和散，你就不会说点儿吉利的，这人，大脑缺氧啊你。”

“啊呸，”丛波用手往自己脸上拍一巴掌，“瞧我这臭嘴，对不起，别生气，如果你跟我……啊，那什么……我保证，会对你好。”

“不能这么简单，如果想让我跟你说的那样儿，咱们必须有言在先……”

“你说——”

“如果你背叛了我……”

“我将承担由此而带来的任何后果。”不等隋云雁说完，丛波抢先说。

“这可是你说的。”

“我可以给你立字据。”

“那好，现在就立。”隋云雁还真就找来纸和笔，“你可得想好了，我要保存的，你不反悔？”

“大丈夫一言既出，驷马难追。”

“好，你写吧。”

现在回想起来，丛波已记不清那张字据是怎么写的了，更不知道当初自己亲手立下的这个字据如今还在不在隋云雁的手里，但有一点他没忘，那就是——那天晚上，他有生以来头一次喝醉了……

“想什么呢你？”冷不丁，隋云雁仰起脸望着丛波，问。

“啊？哦……没想什么……”丛波吓一跳，慌忙回答。

“那你怎么不说话？”

说什么呢？丛波想说，你看见了吗——远处的那盏渔火，它能否重新温暖你的双眼，尘封的许多记忆像不像是过眼的云烟，反思一下自己，你我之间是不是已经疏远了这份情感？而今天你有没有发现，久违了的温情又回到了你我面前……

然而，这些歌词在丛波心里只是默念了一遍，嘴里吐出的却是一句反问：“你在想什么？”

“我在想，姥姥的事儿也办完了，咱们该回请一下那些亲朋好友了。”隋云雁对丛波说，“别忘了叫林忆欣，她送给姥姥的那个大花篮很别致，一看就用心了，我们不能慢待了人家。”

“这个……我知道。”丛波说。

丛波说他知道，他是知道——知道林忆欣不到万不得已是不会出现在有隋云雁在场的场合的，因为林忆欣曾经跟他说过，不知从什么时候开始，她每次见到隋云雁的时候，心里都很怕，都会有一种做贼的感觉。当然，这话丛波不能跟隋云雁说。

隋云雁也许是有意这样说的，不然她为什么专门强调这一点？这其中是否暗含着什么心计，从波不得而知。

“这事儿别再往后拖了，抓紧时间办。”隋云雁又说。

“我已经委托大宝去安排了，计划周末晚上进行。”从波说。

“那就好，”隋云雁说，“告诉林老板，大大方方的，别怕花钱，订一家像样的酒店。”

“放心，这事儿林老板会办圆满。”

“时间不早了，我们回家吧？”

“好，回家。”

13

柳季红从澳洲回来了，走出机场，一见面，她就拉着林忆欣的手惊讶地发现了这个女人的变化：“亲爱的，几年没见，你倒是越来越好看了，告诉我，是什么灵丹妙药让你偷换了一副嘴脸，咯咯……”

“去你的，”林忆欣在柳季红身上轻拍一下，笑着说，“什么灵丹妙药？净瞎说，我还不是原来的样子？你呀，出去几年没学会别的，先学会了虚头巴脑，咱们姐们儿还来这套。”

“别不好意思，跟你说，女人靠的就是这张脸呢。”柳季红说，“我可不是虚头巴脑有意甜弄你，人家是真心关心你嘛，说心里话，你确实比原先好看了……这几年，我对你一直很牵挂，不过现在好了，看到你这张脸我就放心了，这张脸告诉我，你生活状态不错，说说，都有哪些好事儿，让我也与你一同分享分享。”

“好了，快走吧，有话回去慢慢说。”林忆欣接过柳季红手里的行李箱一边往停车场走一边说。

“谁开车来的？是老齐吗？”柳季红问。

“别提他，”林忆欣说，“我们俩半年多没联系了。”

“去，我才不信，别人没见过你那死气白赖的样儿我可见过，没有他你能活得下去？”

“真的，不骗你，我们早就不来往了。”

“为什么?”柳季红不解，问：“前年春节的时候你不是打电话告诉我说他已经和他老婆提出离婚了吗?”

“哎呀，宝贝儿，”林忆欣苦笑，“都猴年马月的事了你怎么还记着呢，那事儿早他妈的黄了。”

“这到底是怎么回事?”

“一言难尽，”林忆欣说，“快走吧，亲爱的，等有时间我详细跟你说。”她看看表，“说好半小时的，谁成想这国际航班也晚点，从哥一定等着急了。”

“从哥是谁?”

“司机。”

“不会吧?”柳季红诡谲地笑着问，“司机还叫得那么亲热?怎么?学会和我藏心眼儿来了，亲爱的，是不是换人了?我就知道你耐不住寂寞，哎，这哥们儿帅吗?”

“讨厌啊你，胡说些什么?”林忆欣用手掐一下柳季红的胳膊，笑着发狠，“我掐死你。”

“怎么样?露馅儿了吧?”柳季红回手掐住林忆欣的胳膊，“好啊，你这家伙，还跟我保密，你看我不掐死你，咯咯……”

两个女人说笑着走进了停车场。

从波已经等了好长时间，一直站在车门旁向四处张望，远远看见两个女人过来了，他迎上前去。

“等急了吧?从哥。”林忆欣赶忙问，她一脸歉意，竟然忘了应该先给他和柳季红相互引见。

“没事儿。”从波接过林忆欣手里的行李箱，冲柳季红点点头：“你好，柳季红，见到你很高兴。”显然，林忆欣事先将这次来首都机场要接的人已经告诉他了。

“谢谢。”浪迹天涯的柳季红走南闯北，早已练就了与陌生人打交道的一套要领，她看着眼前这个长相颇有些特点的男人，心不禁怦然一动，不知为什么，突然就想搞一个恶作剧涮他一涮。于是，

她把双手垂在胸前，一副乖巧的日本“优女”模样，朝丛波深深一鞠躬，正正经经说道：“初次见面，请多多关照。”

这女人很风情，天性浪漫，忽闪着一双大眼，顾盼流莺，看着就招人喜欢。

丛波是一个天生与人没有陌生感的人，他见到这个女人对他这个样子，一下就又多出一份似曾相识的感觉，他知道柳季红这是在有意逗弄自己，立马来了精神。他耸耸肩，又摊了摊手，然后学着港台剧中粉面小男人们惯常使用的“鸟语”，卷舌拿腔道：“喂，有没有搞错？柳小姐到底是从澳洲回来的还是从日本回来的？”

“从哪里回来的不重要，要紧的是你让我一见钟情哎，大帅哥，我好好喜欢你，我们可不可以拍拖啊？”说着偷眼瞟了一下身边的林忆欣。

“这话说的，甭说拍拖，你就是想结婚咱都跟着你去办手续，成吗美眉？”丛波本身就擅长与“癫疯”女人瞎牵扯，对付这种火辣辣的野性女人更属强项，越是遇着这般风骚的女人他越是精气神十足。

“不嘛，人家现在就想入洞房……”柳季红更显妖媚，声音嗲兮兮地麻人，居然一点也不脸红。

“扯，太扯了，”林忆欣看着眼前这一男一女全无顾忌的表演，禁不住笑起来，“咯咯……没有见过你们俩这样儿的，头一回见面就如此‘恶搞’，尤其你，”她指着柳季红，“出国这么多年怎么还恶习不改。”

“柳小姐真的蛮可爱，”丛波依然“做秀”，“要说放得开，看来国内就是比不得人家国外，头回见面就把自己的终身大事搞定了，还这么迫不及待，到底是留洋回来的。”

“行了，别装了……”林忆欣笑得有点儿岔气儿，捂着肚子歇一会儿，说：“丛哥，我不是跟你说过吗？我这姐们儿特有风情，特开朗，特浪漫，怎么样？是不是特对你心思、特喜欢啊？”她一连用了五个形容词——“特”。

“是，还特不害臊。”从波笑着说。

“咯咯……是这样吗我的大哥哥？”柳季红煞有介事的笑着拿从波找乐儿，“哎——大哥是电影学院毕业的吧？假戏演得跟真的一样，功底蛮深耶。”

“是啊，”从波点头，一本正经，“表演系，怎么？您看出来了？不过，老实说我特想假戏真做呢。”

“还来劲儿了你？”林忆欣笑道，“请问先生是哪国电影学院毕业的？我怎不知？听听，还特想假戏真做，呵呵……想什么呢你？坏了，季红，你瞅瞅，这人太入戏了，看来一时半会儿是绕不出来了……”

“这容易，”柳季红朝林忆欣挤了一下眼儿，“瞧我的。”说着她往后退了两步，摆开架势准备做前扑状。

“打住，”从波见此赶紧做出一个暂停手势，“呵呵……好了，不开玩笑了，今天与柳小姐真是一见如故，晚上我做东，山西面馆怎么样？常言道送行饺子接风面，不能算我小气吧？”他打开车门，催促道：“二位快请上车，天不早了，路上还得一个多小时呢。”

“那我这儿先谢谢了。”柳季红说着，弓身往车里钻。

“柳小姐客气了，”从波道，“咱们谁跟谁呀？”说着用手拍了拍柳季红弯腰时翘起来的屁股。

柳季红坐进车里，回头冲从波一笑：“大哥，你色胆儿够大的，光天化日竟敢占人家女孩子便宜，真流氓。”

“错，”从波一点不难为情，嬉笑道，“怎么是人家女孩子？你不是说了嘛，咱回去就入洞房呢。”

“呸，美得你。”柳季红与从波一点儿也不生分，调笑说：“这要是在澳洲我肯定告你性骚扰，判你入狱。”

“瞧瞧……”从波说，“都说女人善变，敢情真是，这么快就变卦了。”

“你们两个到底有没有正经，还没完没了了……”林忆欣已经坐进车里，她看着从波和柳季红还一个劲儿瞎逗，心里不免有点儿

犯酸，于是朝他们俩娇嗔道：“过分。”

“听见了吗？正经点儿吧，”柳季红朝丛波扮一鬼脸儿，阴阳怪气儿地说，“有人吃醋了……”

“去，”林忆欣推一把柳季红，笑骂，“没良心的，早知这样，不来接你。”

“后悔了？”柳季红嬉笑道：“别担心，我不会跟你抢的……宝贝儿，记住，是你的想跑也跑不了，不是你的想得也得不到，懂吗？”“但愿吧……”林忆欣说。

晚上，丛波和林忆欣为柳季红接风洗尘，他们没有上丛波先前说好要去的山西面馆，而是径直奔了五大道上的一家日本料理，丛波开玩笑说他是受了柳小姐的刺激，突然想体验一下日本“优女”的服务，说是要好好享受享受。林忆欣揶揄说，丛先生如果真想体验日本“优女”的服务就应该去友谊路，听说那里新开了一家正宗的“北海道浴屋”，男女同池，还可以打对折做一次日式按摩，据说特别享受。丛波笑说自己不习惯与陌生人打交道，尤其是陌生的女人，所以去那地方会感觉不舒服。林忆欣抢白道，你跟季红不也是头一次见面吗？我怎么没见你有什么不舒服？丛波说，那不一样，季红是你的好朋友，自然也是我的好朋友，虽说只是初次见面但感觉却是一见如故，他侧脸问柳季红，是不是啊柳小姐？柳季红正看着车窗外的街景，听丛波跟自己说话便接了茬儿，说道，丛先生你先别拿我说事儿，你敢发誓说你从来没有去过那种地方？丛波笑了，含含糊糊不作正面回答，只说柳小姐快人快语真是可爱，灵性率真不装模作样，心无愁事儿乐乐呵呵的看着就喜兴，说自己就喜欢这种性格的人。柳季红说丛大哥你别净在那儿甜弄我而回避问题，说说，跟小姐在一起时是不是特刺激。丛波脸一红，吭哧半天，尴尬地说，那什么……你这人，净瞎起哄，没一点儿正经。见丛波有些狼狈，两个女人不约而同，嘿嘿嘿一阵坏笑。

进得店门，一个男人和两个女人立刻受到了“日本优女”非常

热情的接待。

从波过去常来这里用餐，他告诉林忆欣和柳季红，说到这儿来不是因为这里的菜品多么有特色，主要是这儿环境跟服务特别好，每逢有重要客人来访或知心朋友小聚，这里必是他的首选。席间，他们三个人喝了一瓶没什么酒味儿跟水似的日本清酒后，林忆欣执意又要了一瓶红酒，从波借口开车，推脱了，一口没喝。这瓶红酒林忆欣自己干了差不多有四分之三，柳季红只喝了很少一部分，喝完，林忆欣吵吵还要，被从波制止了。林忆欣当时还很清醒，她跟从波说你别管，今儿我高兴，因为我最要好的姐们儿在外边儿漂泊了这么多年终于回来了。从波说，你高兴也别太放纵自己，喝多了多难受。林忆欣说没事，我有许多的话想要跟季红姐说，你别管，接着一再强调，说自己已经好多年没有这么痛快地喝酒了，今晚上她就是想一醉方休。

“亲爱的，我理解你的心情，”柳季红对林忆欣说，“想喝酒咱们回家喝，我也有许多的话想跟你说，今晚我就住你那儿，反正我爸妈也没有了，剩下哥哥嫂子姐姐姐夫们怎么都好说，我这就给他们打电话，跟他们说因为飞机晚点我得滞留在北京待一晚上，告诉他们我明天才能到家，省得他们为我担心，怎么样？我这么说行吗？从大哥。”她冲从波挤了挤眼，哄孩子似的跟林忆欣说：“我的林妹妹，咱们赶紧收拾东西，好不好？”

“这主意不错，”从波说，“回家爱怎么喝就怎么喝，尽兴，喝醉也无所谓，小林，咱们走吧。”

林忆欣没有反对，点点头。

14

女人之间的沟通总是要比男人们来得容易。

在外飘荡了多年的柳季红将自己在异域他乡的种种经历以及所见所闻娓娓道来，她的故事里面充满着快乐与精彩，当然，其中也包含了背井离乡的许多痛苦与辛酸。说到高兴时两个女人会开怀大

笑，触及到伤心之处，姐妹俩不禁相对而泣，泪流满面。

柳季红比林忆欣大好几岁，出生在一个普通工人家庭，自小喝着海河水长大，嗓音特别甜美。她上面有四个姐姐一个哥哥，在家中排行最小。按常理，作为这个家里的老丫头，通常应该会被视为宝贝疙瘩的，然而事实并非如此，唯一的哥哥才是这个家庭的主宰，因此，她从来没有受到过父母的娇宠。

这是一个在现如今看来十分庞大的家庭，包括奶奶在内，柳季红全家共有九口人，而在上个世纪六七十年代，像拥有这样众多子女的大家庭是很普遍的。和所有普通家庭一样，在那个物质极度匮乏的年代，柳季红从小就尝到了生活的艰辛，同时也学会了自立的本领。嗓音甜美的她很小就成为了市少年宫业余广播合唱团的一名成员，经常到处演出，很是经历了不少风雨，也见得了一些世面。高中毕业后虽没能如愿考上大学，但凭借着自身的文艺专长和良好形象，在城市里到处都是下岗职工和待业青年的那个年代，聪明伶俐的她居然在津郊国有特大型石化企业的文体中心求得了一席之地。她很幸运，因而十分珍惜这份令人羡慕的工作。她充分发挥自己的文艺特长，无论上工厂，还是下基层，她总是竭尽全力，不停地参加演出，而且很受观众欢迎。不料，半年光景，风云突变，全国各地娱乐行业陡然兴起，一时间，到处是歌舞厅练歌房，文体中心的娱乐作用受到了很大影响，且每况愈下，过去的辉煌不再，反而面临着极其窘迫的生存困境。

没有演出的时候，柳季红就应邀到歌厅去唱歌。开始她是背着单位去的，心里总不免有些忐忑，生怕领导知道了批评自己，从而影响自己的学习进步。谁知，一来二去，她发现这竟然是一个十分不错的行当，既发挥了自己的专长，来钱又快。渐渐地，她喜欢上了这样的生活，尤其是那种不被人管束，我行我素没有思想压力的感觉非常好，自己想怎样就怎样，用不着整天提心吊胆地过日子。最为关键的是，这期间，柳季红接触到了各色各样的人，其中有一个叫罗非的男孩儿她特别喜欢。那男孩儿也是在歌厅里唱歌的，一头长发，长得很帅，他也很喜欢跟她在一起，两人很快就坠入了爱河，除去柳季红上班的时间，他们俩几乎每天都黏黏糊糊腻在一起，唱歌、喝酒、做爱，然后一起憧憬他们美好的未来。后来，在罗非的一再怂恿下，于是，柳季红心一横，干脆辞去了文化馆的差事，全身心地投入到了这种自由自在的娱乐行业——她下海了。

没权没钱没有势力的小老百姓想要得到一份理想的工作简直比蹬天还难，多少人为就业没个着落着急呢，柳季红却说辞职就辞职了，这让她的家人很是吃惊不小，因此不可避免地遭到了她父母及哥哥姐姐们的指责和怪罪，偏偏这个时候，那个叫罗非的小子突然间失踪了，去了哪里连个招呼都没跟她打就没了音信，这让她特别伤心。她郁闷极了，整日愁眉苦脸，心烦，不知道接下来的生活该怎样过才好。那些日子，她懒得回家，又走投无路，就在这个时候，她意外地结识了林忆欣。

说起来，林忆欣是通过孟维扬才认识柳季红的，柳季红的哥哥柳成林跟孟维扬是一起长大的发小儿，自然他也认识自己发小的妹妹柳季红。有一回，恋爱中的孟维扬和林忆欣去歌厅，一进门正巧碰上在那里唱歌的柳季红，孟维扬当下为林忆欣做了引见，不想柳季红唱完几首歌后就来了他俩的桌前。她拿了一瓶红酒，仨人边喝边聊天，大概由于柳季红那时候的心绪不佳，所以喝了没一会儿就醉了。孟维扬叫了辆出租车想送柳季红走，可喝醉了酒的柳季红却说什么也不回家，弄得孟维扬很是为难。一面是林忆欣，自己的恋人，一面是烂醉如泥的柳季红，自己发小的妹妹，他管她不是，不管她也不是。这时，林忆欣说话了："把她弄我那儿去吧。"说着，过去扶起柳季红的肩膀，"柳姐姐，跟我走好吗？听话。"

柳季红真的很听话，乖乖地跟着林忆欣打车走了。

柳季红在林忆欣的住处睡了一宿，第二天醒来，胃里觉得还是有些难受，林忆欣叫她别动，自己为她煮了一杯热牛奶看着她喝了，然后找出一些胃药，上班离家前向她交代了一个人在家需要注意的事项，细心地像一个母亲。

从此，柳季红把林忆欣当成了好朋友，以后经常过来找她，来了，总不忘带一些女孩子喜欢的时髦东西送给她。

林忆欣也把柳季红当成了好朋友，有事没事总跟她电话联系，很是关心她。

后来，林忆欣结婚了，结婚之前，柳季红充当娘家人张罗着里外忙乎，那两年，姐妹俩的感情并没有因林忆欣成家而疏远，反倒因为林忆欣婚后的不顺心越走越近。林忆欣心里一不痛快就去找柳季红，有时十天半月不回家，柳季红带着她出入饭店、歌厅、酒吧，弄得林忆欣和孟维扬夫妻不像夫妻、家不像家，最后，孟维扬心灰意冷，心一横，答应了林忆欣提出的离婚。

离婚后的林忆欣刚开始还觉得自己重新获得了解放，迫不及待地租了房子很快从孟维扬那儿搬了出来，柳季红又有了自由身的林忆欣，于是便经常来林忆欣这里留宿，有时赶上林忆欣值夜班，她还会偷偷带男朋友过来同住。有一次，林忆欣偶然撞上一个男人，弄得她很是尴尬。事后，林忆欣并没有跟柳季红计较，还装得跟没事人一样。柳季红为此很感动，认为林忆欣真正够朋友，干脆把自己和所有男人的故事都告诉了她，两人自此成了无话不说的知心姐妹。再后来，柳季红跟一个男人去了南方，从此两个人见面的机会就少了。据说，柳季红在南边歌厅里唱歌唱得很火，也挺挣钱的，跟那个男的虽说整天东奔西跑但生活得还不错。偶尔柳季红也会给林忆欣寄一些时装之类的女人用品，可林忆欣却总是难以跟她取得联系，不知什么原因，柳季红的电话老是接不通。还好，柳季红倒是接不断儿会给林忆欣打电话过来，有时在广州，有时在深圳。后来，柳季红就出国去了东南亚，最后定居在了印尼雅加达。再后来，她又从印尼去了澳大利亚……细细算来，她们已经四年多没见面了。

在林忆欣家里，从波只能成为一个倾听者，两个女人之间的对话让他一个男人很难插嘴，而他也不想破坏这种氛围，他认为这样挺好，男人与女人应该保持一定的距离，即便他和林忆欣之间确实存在着一种看不见摸不着的东西，他觉得只要女人矜持，作为男人，自己最好也要把握住应该保持的那份自尊。

从波一边喝着酒一边听两个女人聊天，听她们谈论对命运对人生对情感的感悟与见解，有些新鲜观点他也觉得很受启发，比如说对待命运，林忆欣感叹，她说，人生苦短，我们要学会善待自己，如果一个人自己都不爱惜自己，那他还指望谁来爱惜他呢？她说她相信命运，但不屈服于命运，说人类必须通过自身的努力去学会适应这个世界而不能总是去抱怨，所谓适者生存——在社会发展进程中，弱肉强食，优胜劣汰，这是亘古不变的自然法则，要生存就得不断向命运挑战。谈到人生，柳季红发表议论，说不要把自己的生活总是寄希望于明天，明天对于我们来说是一个不确定的未知数，我们从小就被灌输了一个错误的概念，总是在艰辛与困惑中对明天充满无限憧憬与期盼。美好的明天是我们的理想，是我们的向往，但理想和向往替代不了现实，我们要学会利用现有的条件有质量地过好每一天，而不应面对一个严酷的现实去空等那个虚无缥缈的所谓美好明天，有道是，一万个美丽的未来真的不如一个温暖的现在……接着，两个女人毫无顾忌地谈论起有关男女之间情爱与性爱的体会，柳季红说，男人与女人只有在平等的基础上才能建立起长久的情与性的关系，其中情爱大于性爱，这也是男人与女人之间最大的区别。当谈到各自对性爱的体验，从波注意到这两个女人的表情，他发现她们脸上居然没有丝毫惊慌与羞涩，反而很轻松很兴奋，一副很享受的样子……

从波听着，深有同感，两个女人带给他的新鲜气息，让他觉得自己心灵的天空既清爽同时又多出几分怀想。

两人熟透了的女人面色绯红，妩媚迷人，她们身行显醉，酒性正酣，不断向从波频频举杯。柳季红性情开放而不失友善，在从波面前表现得无拘无束，林忆欣一副很自在的样子，谈笑风生，更没把从波当外人，她们表现出来的率真与前卫让这个男人一次又一次

热血涌动，心潮激荡，这个时候丛波有些飘然，他感觉到这两个女人身上散发着一种特质——成熟与飘逸。

然而，这种成熟与飘逸的洒脱感很快随着两个女人酒后失态一下子在丛波的心目中消失了，因为，后来两个女人的交谈自然而然地触及到了情感。

从她们的窃窃私语中，丛波隐约感到她们俩好像都正在经历着不同的酸楚与磨难，虽然在涉及各自的隐私时她们降低了声音，但丛波还是在她们的只言片语里捕捉到了两个女人内心深处的那份凄迷与无奈。

事实再一次验证了人类确实存在着真伪两面性，而隐藏着的这部分又是很矛盾也很脆弱的一面，在心灵的深处，属于人类的最痛，当事人一般平时不会轻易剥开自己的伤处，只有在一个特定的环境下才会小心翼翼地褪却覆盖在上面的遮幔，轻轻舔舐自己的创口，这种情形尤其以女性为甚。

喝醉了酒的人往往不会再为自己的行为掌控分寸或适时收敛，所以说出的话便没有了多少理性，酒精的作用让两个女人一时忘记了丛波的存在，人性中真实的一面便显现出来，提到男人，林忆欣那根儿敏感的神经再一次被触动，冬眠的记忆开始慢慢苏醒，她混乱的思绪似乎想起了什么，不由感慨万千，先是发出几声长叹，继而冲柳季红抱怨："……过去，男人们再怎么坏也不过是个喜新厌旧的陈世美，可现在的男人们呢，居然做到了极致——喜新不厌旧，你说怪不怪？他们竟然可以从容地吃着碗里的，霸道地占着盆里的，还他妈贪婪地惦记着锅里的，你说说，现如今这男人们到底是怎么了，这世道，到底还有没有什么真情？"

柳季红醉眼迷离，似是非常反感这个话题，她的表情里充满鄙夷，愤然道："真情？你到现在竟然还奢望男人们对你动真情？宝贝儿，我看你是咎由自取，还是没有被男人们玩儿够。想得到同情是吗？你睁开眼好好看看那些男人，表面上一个个绅士模样，道貌岸然，其实都不如那些猫狗之类的动物呢，动物们发情、闹春，不依不饶，扯着脖子玩命嚎叫，本能嘛，那叫真实。可男人们呢，犹抱琵琶半遮面，心怀鬼胎还故作正经，装他妈的纯。”

饮酒在于人的心情，心情好坏直接影响着酒量的大小，就如同世界上有爱就有恨一样，这代表着人类的复杂性，俗话说酒后吐真言，内心的失落让柳季红和林忆欣嘴里不断夹杂一些不文明用语，同时还伴有明显的灰心、幽怨和愤懑，尤其说到伤心和无奈时，两个女人说出的话开始骂骂咧咧不干不净。

从波突然很难把眼前的柳季红和自己下午在机场见到的那个风情迷人的女人联系在一起，继而他对林忆欣也感到了从来没有过的陌生。如果说从波对柳季红的失望情有可原——因为他和这个女人从来没有深入地接触过——那么他对林忆欣的表现着实感到了吃惊。

以前，从波认为自己非常了解林忆欣，现在他才切身感受到那不过是一种假象而已，其实并不真实。从波真的有些不了解这个女人了，他开始怀疑自己是不是真正了解像她们一样所有的这一类女人。这个世界变幻得太快，人类的变换也快，尤其是那些离了婚以及那些压根儿就不打算结婚的非正常人类们，他们的变数就更加不确定。从波犹如一下子坠入了云山雾罩的深渊，他看不清周围的景象，不知道自己该怎样去思索这些现象。对于林忆欣，从波不知道她到底怎样看待这个世界，到底怎样看待这个世界上的男人们，这其中当然包括他从波。

从波突然意识到自己留在这里已经不合时宜，无论对两个女人还是对他自己都多有不便，他应该尽早离开。

“喔，都快十一点了，时间过得真快，”从波看了看表，故作惊讶，“这么着，你们姐俩慢慢聊你们的私房话，我先告辞了。”说着站起身准备往门口走。

“急什么？再待一会儿嘛。”柳季红一把抓住了从波的胳膊，说：“不许走。”

“不行，太晚了，这回家就没法跟你嫂子交代了。”从波说。

“装什么蒜啊，嫂子看管得真有那么严吗？”柳季红肆无忌惮地看着丛波。

“背地里到底怎样……只有他自己清楚……”林忆欣指着丛波，很明显，她的酒劲儿上来了，舌头已经不好使唤，“但明面上看……这个女人——哦，不——嫂子，对了，是嫂子……我是说……嫂子绝对是一个了不起的女人，季红，你我根本没法跟嫂子相比，人家那叫大女人，大女人你懂吗？大女人就是那种……那种……怎么说呢？就是有魄力，有能力，男人在她手里就像是天上飞的风筝，一根儿线放出去，任你飞……无论你飞多高多远，只要她手中牵着的线轴轻轻一转，那风筝就怎么来着？我说不上来了……反正嫂子跟我们俩不一样，我们属于小女人……小女人你懂吧？”

“呵呵，你的意思是说嫂子很厉害，厉害得令人生畏……是这样吗丛大哥？”柳季红不以为然，转过头问丛波。

“别听她瞎说，不是那么回事，跟她说的那些没关系。”丛波说。

“那是怎么回事呢？”柳季红又问：“老实说，你是喜欢你老婆那样的呢还是更喜欢林忆欣这样的？我想知道，嫂子那么让人心悸，她到底与我们有什么不同？”

是啊，隋云雁跟眼前这两个女人到底有什么不同呢？这个问题丛波还真就从来没有仔细想过。论气质，论品位，论涵养，这两个女人似乎都无法与自己的老婆隋云雁相比，事实上她们压根就不是一种类型的女人。

尽管隋云雁在丛波心里越来越感到平淡，有时甚至有些厌烦，但丛波不得不承认，隋云雁还是很大度的，在男女之间正常的往来上从不是是非非。她知道自己的老公一直关注着那个叫林忆欣的女同事，也知道一些有关这个女人的故事，尽管如此，她表现得很宽容，这种宽容也许更来自于自信。她觉得任何女人在她面前都不会趾高气扬，即便有那轻佻女人不守自重，对她来说那也不会对自己构成实质性的威胁。现实也的确如此，林忆欣和柳季红这种看上去很有些另类的女人，显然不具备这种胆量与她为“敌”，因为她们深知自己还不够强大，但是，她们聪明，她们懂得利用自己的优势，以她们年轻充满活力的激情，大胆前卫的反叛来吸引众多男人们的眼球。事实上，当今社会，男人们不光敬重那些出类拔萃、正正经经的女人，骨子里欣赏的更是女人潜质中蕴藏着的那种放荡不羁以及游戏人生的天然性情。

每个人都有自己的生活方式，每个人的生活方式都有其存在的理由，问题是在众多的人群当中，你首先要确定哪个人的生活方式接近于你，或者说更适合于你，这才是人与人关系密切的关键所在，正所谓物以类聚，人以群分。其实，在两个人的世界里，这种概率很低，夫妻双方不可能都实现这种理想的组合，怎么办？这就需要磨合。尽管人与人之间存在着很大的差异，但你必须去面对，假如你不想让你的生活过得糟糕，你就得要学会妥协，适当改变一下自己原来的生活习性，以求达到最大限度的相互适应，至少——你得朝着那个方向努力。然而，隋云雁显然忽略了这一点。

或许，有些东西是很难从根本上加以改变的，例如——人类的习惯。

一件小事儿——拿丛波来说，过去吃水果总是习惯用水清洗，从不削皮，这倒不是因为水果中的营养成分大多在果皮上而他不想浪费那些维生素，理由只有一个，因为他随意，懒得费事。同样，隋云雁也知道水果皮上的维生素含量高，但她一直认为那上面还会残留一些农药，所以她要求，吃水果的时候不光只是拿来简单洗洗，一定得削皮，这样做才正确，才能保证安全，你不能够因为懒惰而嫌麻烦。可见，她是在用一个医生的标准要求丛波改变这种习惯，尽管她是一个兽医。一天中午，丛波急急忙忙去上班，出门时随手抓起一个苹果边吃边往外走，隋云雁见了，愣是追出门外老远将丛波已经咬了好几口的苹果夺下来气愤地扔进垃圾桶里，并为此着急上火冲他发了一顿脾气。与之相比，林忆欣恰恰相反，在这一

点上，她不但不像隋云雁那样太过认真，甚至有时随心所欲地令人瞠目。有一次，丛波约了几个同事一同去体育馆打羽毛球，在场边，他看见地上有一块口香糖，于是弯腰捡起来很自然地用嘴吹了吹上面的灰尘，当他不紧不慢地剥开了外面的包装纸和里面的锡纸举起来正要往嘴里送，冷不防，身旁的林忆欣手疾眼快，一把抢了过去。人们以为林忆欣是为了阻止丛波这种不雅的行为，却不料，她顺手填进了自己的嘴里，还边嚼边朝丛波乐。这个异乎寻常的举动让在场的人无不感到惊讶，简直目瞪口呆。开始大伙是为丛波感到好笑，觉得这么大的人，竟然如此童贞未泯，众目睽睽之下，旁若无人地拣拾地上的东西——还要吃，哪成想，半路上杀出个打劫掠道儿的侠女，而且行为有过之而无不及，如此场景，当即引发一阵爆笑。事后，有人惊羡林忆欣，说这作女，居然干出这等有失斯文之事，实在潇洒，没心没肺不做作，大大咧咧活得倒也超然。

试想，这件事如果换了隋云雁在场，那结果将会是怎样？可见，隋云雁和林忆欣是两个类型截然不同的女人，也就是在这一点上，不难看出，丛波和林忆欣倒像是一丘之貉，或者说他们两人更加气味相投。

固然，隋云雁和林忆欣这两个女人所处的时代不大一样，在家庭、学校所接受的教育也不尽相同，她们必然会存在一些差异，但就骨子里的天性以及身体里荷尔蒙的比率来看，她们的这种差异实在是太大了，绝对不是一路人。隋云雁追求完美，所以没有林忆欣活的本真，因此，在生活方式及对待生活理念上她们个性鲜明，说这两个女人有着本质的区别并不为过。丛波就是从对她们俩的比较中看到了一种天然的东西，这种天然的东西让他感到舒心，也让他感到了亲近。

正是见惯了隋云雁中规中矩品行严谨，丛波才对林忆欣没规没矩不拘小节的做派感到格外新鲜。

此刻，面对柳季红这样的发问，丛波真的有些不知该如何作答。他不知自己现在到底是喜欢隋云雁的矜持还是喜欢林忆欣的率

真，他更不能在实际生活当中把她们两个人的特点单独地区分开来，因为喜欢和爱根本就是两回事，他也从来没有认真地想过他和这两个女人的关系，到底是不是一头是爱情，一头是婚姻。

从波灵机一动，采取了回避策略，他冲柳季红呵呵一笑，所答非所问：“柳小姐不愧留洋回来的，坦率、直白，不过你说的这个话题是两码事儿，人都有可爱的一面，这要看你喜欢的程度与你想要承担的责任，总之，我认为不管男人还是女人，起码得有点自觉性，夜不归宿终归不好吧？”

“我说让你夜不归宿了吗？我只是挽留你再待会儿，从主任，我想问，下午在机场的那份豪爽呢？”柳季红已是醉意微醺，她不满意从波的敷衍，冷笑着说：“你可以不回答我的问题，但你别再这么玩弄阿欣了好吗？她的命够苦了……不是我小看了你，这么说吧，就算是你想在她身上图谋不轨，我知道她也会心甘情愿，我要说的是，大哥，你真实一点儿不行吗？”

“宝贝儿，别为难他了，天底下不是所有有贼心的男人都有贼胆儿。”林忆欣嘿嘿乐着在一旁敲边鼓。

“哈哈……男人本‘色’，这很寻常。”从波被两个女人弄有些狼狈，尴尬地笑笑，说。

“色大胆小也寻常吗？”柳季红不依不饶，进一步奚落道。

“你用不着激将。我是什么样的人还轮不到你下结论，有人心里清楚，”从波有些恼火，他指了指林忆欣，“待会儿让她慢慢告诉你吧。”

“你想让我告诉她什么？”林忆欣醉眼蒙眬，她死死盯着从波，脸上失去笑容：“你想让我告诉她——说你就是她们老柳家祖上那个坐怀不乱的傻逼柳下惠？告诉她——说你从来都没有跟我睡过觉？从来都没有跟我接过吻？从来都没有碰过我一下？靠，我就不明白，你干吗要掩饰自己的情绪，干吗要装！”林忆欣突兀地激愤起来，接着她沉痛地冲从波摆摆手，表情十分厌恶地说：“虚伪，太虚伪了你……”从波听了，一下子呆住了，他吃惊地看着林忆

欣，感觉眼前的这个女人是那么陌生，半晌，他才回过味儿来，突然有一种被人剥光了衣服的感觉，不是吗？自己一而再、再而三地与这个女人纠缠不清，不能总是归咎于她的诱惑吧，就拿今天的事情来说，本来与自己又有何相干，还不是自己上赶着给人家献殷勤，又是接站又是请人家吃饭，还别有用心地跑到人家的家里来了，自己到底安的什么心？难道说自己心底里不是被一种欲望驱使着吗？

尽管丛波愣怔了老半天，但他还是镇静了下来，他想化解眼前这尴尬的局面，于是极力掩饰内心的窘迫，讪讪一笑，说道："你喝多了，林忆欣。"男人也很虚荣，他的表情里流露出一种姿态，好像在说，你醉了，我不跟你计较。

"没有，我没喝多，我心里明白着呢。"林忆欣像是窥视到了丛波内心深处的隐秘，再也掩埋不住自己心底憋闷已久的怨恨，她放肆地指着丛波，骂道："你以为你是谁？你们男人……都他妈的不是好东西，心里怎么想的，就是不肯说出来，你……这个虚伪的男人……"

林忆欣一语中的，说出了丛波最怕听到的话，顿时，他有种无地自容的感觉……"你……"丛波欲言又止，"哼哼，还说没醉？"他无可奈何，冷笑了一声。

"你……你笑什么？"

"瞧你那醉醺醺的样子，丑态百出，还不可笑吗？"

"我可笑？我真的很可笑吗？你……你说我可笑？"林忆欣泪眼婆娑，向丛波挥动着手，无不伤心地说："你走吧……他妈的这个世界太不真实了，太不真实了……有谁能够真正懂得我呀？告诉你，老丛，我……我不想欠你太多……不是我没心，怪你自己不肯……呵呵……季红姐，其实你也不懂、不懂哦……"她一头趴在沙发上，嘴里叨咕着，"知我者谓我心忧，不知我者谓我何求……"

人都说：酒后吐真言。

林忆欣内心的情思昭然若揭，她断断续续的表白已经表达得十分清楚了，尽管当中夹杂了一些怨气。

“变态，这他妈的都哪儿跟哪儿呀?”听到林忆欣往外驱赶自己，多半——丛波让林忆欣气糊涂了，他根本没有仔细琢磨这个女人后面的肺腑之言，走过去推开了房门。他站在门口，回头望一眼两个原形毕露的女醉鬼，悲天悯人地叹了一口气，悻悻地说：“恕不奉陪了，晚安——二位。”

“犯贱，”丛波下了楼，不免有些懊悔，“我他妈的这不是犯贱吗?早知这样，我何苦找这等的不自在，简直是自取其辱。”他自言自语。

想想，自己没招谁惹谁，花银子搭工夫不说还不明不白糊里糊涂挨了一顿臭骂。丛波越寻思越来气，他恨这两个玩世不恭的女人，更恨自己，心说，烧包！我这他妈的不是屁眼儿返潮——浪的难受吗?

丛波站在朦胧的夜色里发呆。

后来，丛波想明白了，兴许林忆欣遭受过的苦难太多，心理压力过大，平时又找不到一个知心的人倾诉，柳季红的到来，让她一下子冲破了理智的堤防，才导致今晚的酒后失态。骂就骂吧，人嘛，谁还没有个喝醉了的时候，再者说，与女人一般见识那还叫爷们儿吗?算了，是爱是恨，由她去吧。

15

女人的自信或许是通过男人们的娇宠来实现的，而女人的自卑无疑是通过女人间的较量来证实的。

当一个女人身边总是聚集着许多讨好的男人，这个女人很多时候会表现出超凡的魅力，这种魅力首先建立在自信的基础上，这种自信在没有遇到任何挑战的情况下看似感觉良好，然而，一旦遭到蔑视和鄙夷，这种自信就会变得十分脆弱——尤其遭到了来自于另外一个女人的蔑视和鄙夷。

从波不知道，林忆欣的失态或者说借酒撒疯，是有其难言的苦衷的，因为不久前她刚刚遭受到了这样的蔑视和鄙夷，而那个敢于蔑视和鄙夷她的人不是别人，正是齐连义的妻子施萧萌。

几个月前，施萧萌借出差北京的机会在天津小住了一段日子，期间，她和齐连义就他们的感情纠葛和婚姻现状进行了一次客观而冷静的长谈，结果令他们吃了一惊。他们突然发现经过一段时间的反思，两人居然还是谁都离不开谁。这次短暂团聚，令这对儿年轻的夫妻重新找回了过去的亲密感，几经缠绵，那种久违了的儿女情长让他们俩又像是回到了从前的那种幸福、温暖。临回哈尔滨之前，齐连义特意陪着施萧萌去了一趟天津医科大学总医院，请一位著名的妇产科专家为她做了精心的体检。

施萧萌是一个文静、沉稳的女人，她不善言辞，与大多数女人一样，她身上没有特别明显的优点或缺点，她温文、娴静，不具备令人目眩神迷的性感，因而时常被大多数男人忽略。她跟齐连义是大学时候的同学，且同岁，到今年的岁末，也就是农历的腊月初三就年满三十三岁了。

施萧萌有着北方女人特有的修长而挺拔的身材，但体态却不是很丰满，有些纤瘦，很骨感。虽说容貌不是特别出众，但看上去气质非凡，给人一种冰冷冷的美，这种美正映衬了她所在的那个以寒冷著称的北国江城。如果在我们的字典里一定要挑出一个适当的词来形容她的话，也许用冰清玉洁这四个字比较贴切。

施萧萌其实早就察觉到自己的丈夫有了外遇，她以一个女人特有的敏感捕捉到了一些蛛丝马迹，这让她一度陷入了深深的伤痛之中。和齐连义从恋爱到结婚，这对校园情侣一直生活得幸福而浪漫，头几年，虽说两人离多聚少天各一方，但彼此之间始终没有忘记曾经许下过的诺言，电话传情，甜言蜜语，关怀牵挂，正应了那

句名言：真正的爱情不是在一起时的欢乐，而是分别后的思念。然而在爱的进程中，总是会遭受到外来的、不可避免的意外的事情发生，比如时间的考验，情感的淡化以及生理上的需求，人首先是人，不是神，都是凡胎俗子，都有七情六欲，都会有幸福的喜悦、失意的嚎啕，面对世间的人情冷暖都不免会经历克制后的宽慰，当然也有冲动后的羞愧。齐连义长期独处一个繁华的大都市，却缺少女性阴柔的滋润。他是一个男人，无疑，又是一个很优秀的男人，施萧萌知道，如果要求他一定要经得起身边的诱惑做到洁身自好，那得需要什么样的毅力和道德修养以及高尚的情操。

林忆欣不知道，其实几个月前——也就是她和尹北光在餐厅里碰巧遇上齐连义那天，她曾经看到的那个与齐连义一起用餐的陌生女人就是施萧萌，因为她们两人从没有见过面，所以互不认识。为此，林忆欣还误解甚至怨恨过齐连义，很长一段时间里，无论齐连义怎么跟她解释和说明，她都还不肯相信。

施萧萌喜欢清静，时隔了几个月，她再次来津，尽管她已身怀有孕，但依旧是悄然而至。

这次来之前施萧萌依然没有惊动任何人，连齐连义都没有告诉。自打上次在津期间她偷偷浏览了齐连义电脑里存留的他与另外一个女人之间的聊天记录，她心里就有了一种被人掏空了的感觉，尽管她没有声张，后来还心平气和地与齐连义讨论了他们的感情和婚姻，但那个心结至今仍耿耿于怀。

齐连义犯了一个不该犯的错儿，他忽略了一个最基本的细节，没有在自己的电脑系统上设防，从而导致施萧萌能够轻易打开他的网页儿，直接调出他与别人的聊天记录和邮箱里的邮件，其中一个网名叫“空谷幽兰”的女人频繁出现在他的电脑里，而且看得出两人的关系已非同一般。

施萧萌总是不能够忘记电脑屏幕上齐连义与那个叫“空谷幽兰”的女人玩味的文字游戏——开始还算矜持，后来就不含蓄了，

甚至十分肉麻、过分：

风之语（齐连义）：你是我的玫瑰你是我的花……（一句正在流行的歌词，后面跳动着一朵玫瑰花）

空谷幽兰：少来，当心——玫瑰有刺儿扎得慌……（一句评剧里的戏词儿，后面是一个顽皮的动漫笑脸）

风之语：那——你是白云，我是黑土……（赵本山小品里的台词）

空谷幽兰：你属猪，我属虎，嘿嘿……老虎吃猪，呵呵，还贫吗？

风之语：我是锄禾，你是当午……

空谷幽兰：啊呸，臭流氓，披一张人皮，还有脸说……

风之语：呵呵，我就是那一只披着人皮的狼，你是我领地里的一只羔羊，任由我独自欢享……

空谷幽兰：别臭美。

风之语：怎么？你不愿意？

空谷幽兰：不愿意又怎样？还不是得与人分享，我就纳闷了，男人们怎么就能够把一颗心分成了两半儿？

风之语：又来了……你不是说不吃青果子吗？

空谷幽兰：我比不得你啊，居然有两个胃口，真是不简单，好啦，不难为你了……

……

施萧萌想起这些对话就恶心，这一对文明世界里的俊男靓女背地里真是黄色得令人作呕……施萧萌这个区委党校的讲师经过深思熟虑，决定不动声色地给这两个离经叛道的“问题”男女上一堂生动的思想课。

施萧萌是一个被伤心折磨着的女人，但也是一个非常聪明的女人，在得知了自己的老公和另外一个女人的婚外情之后，这个女人没打也没闹，表面上没有显露出任何情绪，背地里却精心设计了一个方案，她要与这个放荡的女人正面对峙侧面交锋。

那天，施萧萌利用丛波的电脑以“风之语”的名义往“空谷幽兰”的邮箱上发了条留言……当晚，她突然出现在了他们面前……

施萧萌终于见识了“空谷幽兰”的真实面目，只是——她没有想到，她和这个女人曾经见过一面，她清楚地记得，那天陪伴在这个女人身边的是一个看上去文绉绉的青年。

当着这个女人的面，施萧萌对齐连义只轻轻说了一句话，她说，这就是你的玫瑰你的花？没品位！说完，她淡然而去。

正是这简简单单的一句话，在传入了林忆欣的耳膜后，这个女人在男人身上好不容易建立起来的所谓自信的宝塔顷刻间轰然倒塌了。林忆欣很悲哀，因为她遭到了另外一个女人的鄙夷，在她看来，自己的生命中没有比这种鄙夷更加让她感到羞耻的了。这个打击太大了，大得让她的心理难以承受。林忆欣一直小心翼翼地把自己包裹得那么严，没想到还是被人轻易拨动了内心深处最隐秘的那根弦。

林忆欣还从来没有被人这样看不起过，这次她突然被这个叫施萧萌的女人戳到了痛处，这简直太可怕了，以至于她几乎崩溃，甚至感到了无地自容。这个女人叫林忆欣不得不重新审视自己，她不明白自己在施萧萌眼里为什么这样不屑一顾。

林忆欣之所以一直留恋着齐连义，是因为她一直认为齐连义与施萧萌的婚姻当中不再存有爱情的成分，他们的感情已经出现了无法弥补的裂痕，既然这样，她不怕这个女人在知晓了她和齐连义之间的所作所为后找她的麻烦，她甚至预感到她和这个女人之间不可避免要发生一些冲突，她为此也作好了充分的准备。

然而，聪明的施萧萌并没有像林忆欣所想象的那样简单和没有涵养。这个女人明白，在爱的进程中，人类的理性是决定一件事物的关键所在，她不会因为自己感性的冲动而失去理性的约束，那样只会将自己的生活弄得被动或者一塌糊涂。施萧萌不知什么时候已

经想明白了，而且成长为一个太极神功的推拿高手——柔中带刚。她不想就这么轻而易举地被一个入侵者打败，否则的话，她失去的不仅仅是一个男人，更可怕的是她会由此失去自己做女人的尊严。尽管她的闺中密友在听完她的哭诉后极力怂恿她与负心的齐连义离婚，一刀两断，甚至嘲笑她，说天底下长着那玩意儿的男人有的是，难道就他那家伙好使？即使这样施萧萌还是咬紧了牙关，坚持下来，没有放弃。

施萧萌说——男人嘛，总有他的弱点，有时做事不免会离谱，只要不是故意放纵，她觉得就没有兴师问罪的必要，更何况一个长期漂泊在他乡异地的孤独的男人。

施萧萌说——其实，婚姻的本质就是平淡，只要你不去刻意追求所谓的完美或强加那些华丽的辞藻。

施萧萌说——一个人活着只需安宁度日，虽然日子没什么滋味，平淡却也温馨。有些人不满足这样的生活，他们东奔西忙，甚至挣扎，活得很累，他们有他们的快乐和责任。一个人如果没有激情哪里来的热情，没有热情就不会感动，没有了感动，这个世界就会变得无情，她这样做是为了爱，为了善，更为了启迪和震撼那些冷漠的灵魂。

施萧萌——这个区委党校的讲师，在她的宽容和教导下，齐连义终于回心转意了。

林忆欣呢，在经历了痛苦的割舍和无数次的挣扎后，最终，她平静了下来，她必须坦然面对这一切。

话说回来，开始，林忆欣也并非有意介入齐连义的家庭让自己成为一个有悖良心的偷猎者，她确是被齐连义的温情打动，在她最需要人关怀最需要人帮助的时候，这种有人疼有人爱的感觉真好。人，毕竟有思想，有灵魂，有情感上的渴求。生活中的苦闷需要安慰，工作上的压力需要宣泄，在这样的热望中，渐渐地，她和他成为知音，互诉衷肠，以至发展到后来用身体的出轨去满足彼此孤独

的心灵。

林忆欣说——世间的一切皆有根源，是你的跑不了，不是你的想得也得不到。她说她知道自己跟齐连义的这种情和爱只能借来填上一晚，但终将是要归还的，尽管他们的情爱曾经很深也很纯。

林忆欣说——平凡的人也都有着自己极其丰富的内心世界，悲也好，喜也罢，关键是你怎样看待和面对那些事物，人在旅途，只要有足够的勇气，靠自己是能够获得幸福的，因为，瞬间既是永恒。

林忆欣说——人的命运皆有劫数，她说她了解自己，知道自己不是一个安安生生过日子的女人，所以在现实与世俗面前她不得不选择放弃，无谓的贪婪只能破坏曾经有过的浪漫情怀，会叫他们的记忆失去光彩。

林忆欣——这个命运多舛的女人，在她的理解和自责下，齐连义反倒背负了沉重的罪孽感。

齐连义夹裹在两个女人中间，舍取实则两难。生活中的爱人由于肉体和精神互动逐渐贫乏，已经消磨了彼此太多的情致与思念，孤孤单单的日子一天天就这么溜走，加上自己又没能好好把握，因而，一不留神由亲密转为背叛不过是刹那的瞬间。环境因素的影响让婚姻疲劳得几乎无关痛痒，而永恒的爱情又不仅仅只是咖啡和糖。每个人皆在生活中不自觉地寻觅情感的抚慰，在寻找的路上，有时难免会陷入欲望的泥潭。

齐连义说——爱情是爱情，婚姻是婚姻。

齐连义说——孤独是沼泽，寂寞是火山。

……

第二天，林忆欣和柳季红醒过酒来，两人回忆起昨天晚上发生的事不免有些惴惴不安，特别是林忆欣，她无不懊悔地埋怨柳季红，说："全怪你，扯什么话题不好，非要勾那些伤心的事儿，得，

这回算是彻底完蛋了，老丛那人本来就小心眼儿，咱俩光图解气了，这没心没肺地一通骂，恐怕他今后这一辈子也不会再搭理我了。”

“嘿嘿，别急，我替你赔罪还不行吗？”柳季红说。

“去你的吧，你别是越帮越忙。”

“告诉我他的电话号码，我就不信他能够舍弃了嘴里的羔羊。”柳季红嘿嘿笑着安慰林忆欣。

“算了吧你，成事不足败事有余，还笑，打死你！”

“我的林妹妹，别不讲道理净冤枉好人，想想看，是你自己不争气呢，这会儿反倒拿了我来撒火，还腆着脸怨天尤人。”

“那你说我现在怎么办？老实说我需要他，不能没有他，他是我最后的亲人。”

“解铃还得系铃人。这么办，来，给他发条短信。”

“怎么说啊？”

“我教你。”

柳季红拿过林忆欣的手机：昨夜的星辰已坠落，抱歉。请别再为曾经的怨恨而负气，其实，我还是过去的我，你还是过去的你，只当什么事情都没有发生过，行吗？求你。

短信发了出去。

一天的时间里，林忆欣没有收到丛波任何的只言片语。

晚上，林忆欣依然等待着丛波的信息。十一点，就在她几乎绝望了的当口，枕边的手机突然震动了一下，她急忙抓起手机——一行小字赫然出现在屏幕上：说得容易？你拿什么拯救自己？

林忆欣——我的心，如果你愿意。

丛波——我想了一整天，其实不能全怪你。

林忆欣——丛哥……

丛波——别在意，伤心总是难免的……你现在在哪儿？

林忆欣——家里。

丛波——那好，心播意愿，有缘在现——网上见。

昨晚，丛波回到家里，躺到了床上他才咂摸出林忆欣那醉酒之后话语里的意思。回想起近一个时期他和这个女人情感的波澜，丛波突然意识到林忆欣对自己的情意正在一步步加深，而且这种感觉在他的脑海里越来越清晰，为此，他彻夜无眠。

嘀嘀嘀……小企鹅一闪，对话框里蹦出一个动漫笑脸，后面跟着出现一行小字：嘿嘿……还生气呢？对不起，都是我不好……

丛波心里一动，盯着这一行小字沉默了一会儿，然后喘匀一口长气，把刚才紧绷着的那根弦儿松弛了下来，但他仍装着没好气儿，“啪啪啪……”，手指在键盘上飞快地敲打出几个字：醒酒了？

嘀嘀嘀……又一个动漫笑脸，吐着小舌头，后面一串歌词儿：不是我不小心，只是真情难以抗拒，不是我存心故意，只因无法防备自己……

丛波——有脸说？好意思……

林忆欣——喂，姓丛的，杀人不过头点地，你莫要得理不饶人，我都道歉了你还要怎么着？你一个大男人莫非真要与我一个小女子斤斤计较？没、出、息！

丛波——姓林的，瞧你那态度，哪里有半点认错的意思，干嘛又来烦我？分明惹我生气……

林忆欣——嘻嘻……想你了，人家想你了嘛……

丛波——口蜜腹剑，呵呵……跟你说，昨天晚上你和你那姐们儿差点儿把我气疯，窝囊得我都有心去跳海河……

林忆欣——哇，这么恐怖，幸亏你没做傻事，不然我也不能活了，咯咯……

丛波——还好，男人嘛，到底比女人抗打击，理智终会战胜痛苦的折磨，尽管有时也很脆弱。

林忆欣——大哥，我就知道你挺得住，服了。呵呵……（后面，一个动漫大拇指。）

丛波——明天陪我打场球吧，算是对你的惩罚……身体需要运动运动了，不然越待越懒。

林忆欣——没问题，下班以后还是晚上？

从波——下班以后。

林忆欣——那请我吃饭了？

从波——当然。

林忆欣——还要请我洗澡，嘻嘻……

从波——还请你睡觉呐，哈哈……

林忆欣——就怕有人没那胆儿，嘿嘿……

从波——俗不可耐，看你兴奋的，好了，明天见。

第二天，按照约定，下班以后从波和林忆欣去了体育馆。

正打着球，林忆欣的手机响了，她放下手里的球拍来到场边，掏出包里的手机先是看了一眼来电显示，然后才接听了电话。从波站在球台的另一边，用手里的球拍当扇子慢慢扇着风等着林忆欣。

林忆欣像是有什么背人之事，接听着电话，一边哼哈应对一边拿眼瞄着从波，神神秘秘，闪烁其词，样子很不自然。放了电话，林忆欣重新回到球台前，重新发球明显失去状态，有些心不在焉。

从波问她谁来的电话，林忆欣吞吞吐吐，欲盖弥彰，吭哧了半天也没说出是谁。

从波见状，收了球拍，对林忆欣说："今天就到这里吧。"

林忆欣说："也好，你看你，浑身都湿透了，我也出了不少汗，走吧，回家赶紧冲个热水澡。"

"不一起吃晚饭了？"从波问。

"改日吧从哥，我今儿一点儿不饿。"

"那好，呵呵……"从波看着林忆欣，莫名其妙地笑了。

一个电话就能叫林忆欣如此魂不守舍的人是谁呢？从波想，这个人说不定就是齐连义。

16

十月一到了。

这一年的国庆节和中秋节刚好赶在了一起。节假日期间，丛波和公司里几个平常不错的同事组织了一次自驾游，相伴去了趟蓟县山里。

这次进山，丛波是第二趟。

去年初春的时候丛波来过一回，那时节草木刚刚发芽，漫山遍野一片嫩绿，偶有几簇黄色或粉红的小花点缀其中，景色非常秀美。在自然环境下，山峦、树木、花草还有阳光有机地结合在一起，山里的水、空气都特别清爽。当地人告诉丛波，说秋天来还好，到那时山里的核桃、柿子、山楂、苹果还有栗子榛子等等好多果实都成熟了，亲自体会一下自己动手采摘的过程，别有一番情趣。于是，丛波就记下了。其实，这次组织大家伙儿出来玩儿丛波还有另外一个目的。半年多了，爱人隋云雁一直奔波于天津和北京之间，来来往往十分辛苦，也特别不容易。老太太住院这半年多的时间里，隋云雁心情一直很沉闷，心理承受了巨大压力。一个月前，老太太去世了，丛波发现，隋云雁这种压抑的心理似乎并没有因为老太太的离世而得到解脱，反而加重了她内心的悲戚。丛波看在眼中急在心里，正好借了这个假期，特意精心安排了这次出游，其想法不言而喻。

开始隋云雁并不想外出游玩，她还没有从失去亲人的悲痛中缓过劲儿来，总感到有些身心乏力。后来她看出了丛波的良苦用心，知道他是想利用这趟游玩儿的机会让自己散散心缓解一下郁闷的心绪，所以才答应了。

这次出游，丛波两口子和林忆欣一辆车，齐连义和廖小燕还有杨建国一辆车，另外国庆和志刚各自带着自己的对象一人开一辆，一共是十个人分乘四辆车，人员搭配恰好是五男五女。

清早，他们从天津市内出发，上津蓟高速，经宁河、过宝坻、

穿渔阳古城一路向北，中间游玩了盘山，随后又去了黄崖关，傍晚，在天津市与河北省交界处，他们沿一条山间的碎石土路进了山。一路下去，差不多在路的尽头，终于隐约看见了丛波曾经来过的那个坐落在半山腰上的小山村。

此时已是夕阳西下……

大家把车停放在山脚下那条布满了鹅卵石的小河滩上，不约而同抬头看了一眼天边缤纷的彩霞，随后，又不约而同环视了一周寂寥的山峦……这时，一大群归鸟从头顶上掠过，欢叫着投入到河对岸一片茂密的山林里，那鸟的叫声在空旷的山谷中回荡，清脆而绵长，像是来自远山的呼唤……

“真美啊，”隋云雁心旷神怡，她站在丛波身后发出一声赞叹，“多像一幅水墨画，静谧、古朴、悠远……”

“生活在这里多好啊，”林忆欣接口说，“这里简直就是人间仙境！”

“呵呵……”丛波笑了，对林忆欣说，“你在这里待一个礼拜，这里是人间仙境。你在这里待一个月，这里就不是人间仙境了，新鲜劲儿一过你会觉得这里很平凡。如果让你在这里待上一年，你会更加认为这里不是人间仙境，你会觉得很无聊。再如果，让你在这里待一辈子，你就会觉得这里哪里是人间仙境？这里本来就是穷乡僻壤。到那时你就会把它看成是一个牢笼，你会觉得很无奈，你就会千方百计想冲出去。这个世界就是这样，任何事物，包括人，所以我们不能老是待在一个地方，老是待在一个心情里，总之，人这一辈子不能老是一种生活方式。”

“听听，嫂子，丛哥成哲学家了。”林忆欣没有听出丛波这话里的另外含义。

“有道理啊。”心有灵犀，隋云雁知道丛波这话明着像说给林忆欣，实际上是说给她听的，她豁然开朗，轻轻说：“但愿我们在这山里面能够寻找到心中的神仙……”

“好了，”丛波冲大家一招手，“弟兄们，前面没路了，把车锁

好，别担心，这儿很安全，现在咱们徒步上山。”

从波在前面引路，一行人跟在他后面，他们顺着一条蜿蜒的小道一路前行，大约走了十来分钟，穿过一片树丛，他们看见了村头一家小院门前高挂着的一盏红灯笼。

这是一座典型的北方山区的农家小院，几处砖石砌成的小平房依山而建，四周的篱笆墙用树枝自然围成，山坡上除了种有一些蔬菜和庄稼，剩下的便是层层果园……人们站在小院门前回过头向停车的地方望去，山脚下就是那条季节性的小河，丛波告诉大家，说当雨季到来的时候，洪水从山上冲刷下来，那里就会形成滔滔不尽的河面。雨过天晴，河水慢慢退去，就只留下我们现在看到的这一条静静流淌小溪……

几声狗叫，唤出了小院儿的主人。这是一个五十多岁的农家妇女，苍茫暮色中看不清她的面容。丛波上前，亲切地唤了声郭大嫂。妇人显然早有心理准备，亲热地拉着丛波的手说：“大兄弟，怎么现在才到啊，你大哥一直在等你们呢，早就把饭菜都做好了，他一遍遍往山下接你们，都跑了好几趟了。”

“呵呵……大家玩儿得起兴，就把时间给忘了，哎，嫂子，我大哥给我们做什么好吃的？大家伙儿现在可是前胸贴后背了。”

“咯咯……有什么好吃的？农家饭呗，山里比不得你们城市，咱这儿都是自家产的东西，”大嫂掰着手指头，数叨着，“小鸡炖蘑菇、大铁锅熏野兔儿、老家坛子肉、山野菜拌麻酱、圆白菜粉条烩豆腐，还有烙饼炒鸡蛋……”

“行了行了，大嫂，快别往下说了，”丛波忙说，“您再说我们口水都流出来了，快，您赶紧安排同志们用膳吧，弟兄们的胃口早就扛不住了……”

“瞧你说的，有那么邪乎？常言说得好哇，心急吃不了热豆腐，来，先进屋洗把脸，热水早就给你们烧好了。”山里人热情，郭大

嫂把大家让进偏房，紧跟着就端盆倒水一通忙活，等人们都擦洗完了，这才张罗着开伙。她把丛波他们领到另外一间屋子安排落座，十个人正好一桌。这时，一个汉子端着一个大号沙锅进来了，沙锅里面盛得满满溜溜儿，还一个劲儿咕嘟着，一进门，那香味儿就窜了过来，甭问——小鸡儿炖山蘑。

汉子冲丛波咧嘴一乐，跟着大嗓门就喊上了："丛老弟，你不守钟点儿，说好了五点钟来怎么现在才到，害得我一趟一趟往山下跑，你这个人不厚道。"山里人说话又侉又直还又爱开玩笑："跟你说，炖得这个鸡呀我一遍一遍给你热，你知道费了我多少柴火？"

丛波赶紧抱拳："对不起，对不起，郭老兄……"他站起来，伸出胳膊想跟汉子握手，汉子朝他摆摆手，说："免了，我手上全是油，快吃吧，我知道你们都饿坏了，我这就给你们端肉去——哎，喝什么酒？"临出门，他突然想起还没有上酒。

"还是别喝了吧？"隋云雁用征询的口吻小声劝解丛波，"一喝酒你又得难受。"

"什么？她说什么？"汉子听见了，样子显得有些扫兴，他连看都不看隋云雁一眼，似乎不屑一顾，反而盯着丛波："男爷们儿喝点儿酒……怎么着？还拦着？我说她谁呀？"汉子问丛波。

"你弟妹。"丛波赶紧接茬，指着隋云雁跟汉子说："郭大哥，你瞧我，一见好吃的就慌神了，这是你弟妹，怨我，忘给你们介绍了。"丛波说着又把手指向汉子，冲大伙儿介绍："弟兄们，这就是咱们的东家、户主，郭大壮郭老兄。"

"哈哈……"汉子乐了，朝隋云雁"嗷"了一声，这个"嗷"字尾音拖得很长，声部为三声，绕一个弯儿，表示恍然大悟的意思："弟妹呀，哈哈……敢情是弟妹，我说嘛，别人也管不着这个，是不是？哎，我说弟妹，这事儿你最好别掺和，男人不喝点酒那咋还能叫个男人？要不价……那不白活了？是不是啊，你说，哈哈……"

"嗨，"隋云雁摆摆手，笑着说，"郭大哥，您理解错了，我不

是那个意思。您不知道他，他这个人一喝酒就多，喝多了就难受，再说了，他明天还得开车。”

“明天开车跟今儿喝酒有啥关系？是不是？”汉子一口一个是不是，好像他说的就是真理，虽然看着隋云雁面露难色，依旧不管不顾，“喝，喝，到家了，怎么能不喝，那不是忒看不起大哥了？”说到这儿，汉子朝隋云雁笑一笑，显得很大度，有条件地做出妥协，说：“那什么……要不就这么着……少喝点儿行吗？少喝，哈哈……等着，我这就给你们拿酒端肉去。”说完，转身出去了。

一会儿工夫，汉子就又进来了，这回他双手端了一只搪瓷盆，里边盛满熏制的大块肉类，有野兔、山鸡，还有猪心、猪肚、猪肺、猪肥肠等等一应俱全，另外，胳肢窝里还夹着一壶老酒。

如此这般，来来回回好几趟，桌上早就放不下了，有些菜只好放在炕上……

酒足饭饱。累了一天的人们闲聊了一会儿就有人开始吵吵早点儿休息、睡觉。丛波出去叫来了老郭和他媳妇。国庆心里大概有点儿想法，迫不及待地问老郭夫妇大家伙儿怎么住宿，郭大嫂说：“别担心，大兄弟，这事儿早就给你们安排好了。”说完，领着众人来到了正房。这是北方农村通常具有的房屋模式——一拉溜四间房，两个门三个窗，靠东面的这个门是正门，进得屋来，两厢各有一个房间，这在农村有一个说法，叫一明两暗。东面这个屋子一般为主人居住，西边这间通常是子女的卧室。老郭夫妇膝下一儿一女，儿子考上大学飞出了山窝，落户县城在交通部门工作，女儿早已出嫁，远离了娘家，所以西边屋子实际上一直闲着。这间卧室是一个穿堂屋，对过另有一个小门，推开小门，里边是一个套间。这套间屋一般设为储藏室，平时放些粮食、农具什么的。储藏室里也有一个门，这个门直接通向院子，就是刚才提到的另外一个门，这个门平时不怎么用，它的主要用处就是夏种秋收时往这间屋里倒腾东西进出方便。

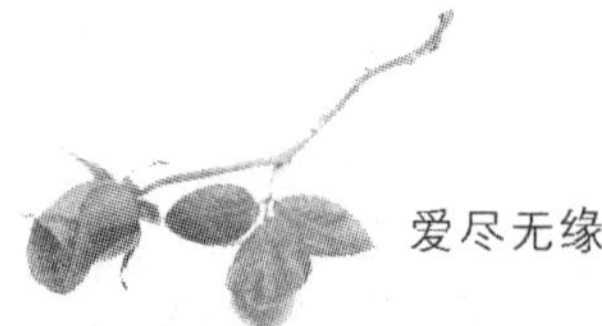

郭大嫂领着大家走进西屋，对国庆说：“你们五个男的就睡这儿。”随后穿过当屋用手推开了通向储藏间的那个小门，朝隋云雁和林忆欣她们几个女的招手，说：“过来，你们五个住这屋，”然后关照，“睡觉的时候把门插上就行了，出去解手什么的就走这儿。”她用手指了指通向院子的那个旁门。

众人打量起这两间屋子，发现里里外外收拾得很干净，一看就知道经过了一番精心的准备。男人们住的这间屋里有一盘火炕，炕上铺的是一层崭新的地板革，几床被褥整齐地码放在炕头儿，显得十分宽敞。女的这屋并排摆放了两张宽大的双人床，床上用品一看就是没用过的，新被褥、新床单、新枕头。室内还摆设了电视，另外，沙发、脸盆、毛巾、暖壶、茶杯一应俱全。

“行吗？你们看。”郭大嫂问。

“挺好，挺好，”隋云雁赶忙说，“让您费心了。”

“这是咋说的，”郭大嫂快人快语，“你们是客人，招待客人不能怠慢，山里人没有花花肠子，就是实诚。”

“谢谢，”隋云雁说，“我们早就感觉到了山里人的热情。”

“好了，就这样儿，你们早点儿歇着吧，听俺家那口子说——明天你们打算怎么着？要爬九山顶？去看看那上面的老长城……跟你们说，那不是件容易的事，可得想好喽，我在这里住了大半辈子才上去过一回，那还是七几年基干民兵搞战备训练，跟着一帮子人上去的，来回溜溜用了一整天。”

“是么？”廖小燕好奇地问，“大嫂，上面好玩儿吗？据说那是北齐时修建的，一直还没开发呢，哎——齐助儿，北齐是哪个年代？跟你家这个姓氏有关吗？”

“这你可问错人了，有关这个问题呀——”齐连义指了指丛波，对廖小燕说，“你得问咱们丛工，人家是这方面的专家，古今中外，天文地理，上下五千年没有他不知道的——你问他！”

“老齐，我发现你这人越来越没劲了，”丛波跟齐连义开玩笑，“人家燕子崇拜的是你，连你们家的姓氏都联系上了，你怎么还这么不谦虚，我说，你就把你们家族祖上曾经有过的辉煌透露点给她，省得她老是惦记着……”

“去你的。”齐连义抬手拍了一下丛波，说：“别瞎联系，这都哪儿跟哪儿啊？没有的事儿。”

“不说是不是？”丛波转过头问廖小燕：“想听吗？”

“想。”廖小燕挺认真，点点头。

“那好，明天到了山顶上我讲给你听，现在嘛……”丛波冲几个男士一挥手，说：“上炕，睡觉。”随后打着手势往外轰撵隋云雁她们：“几位，请便吧，我们就寝了，养足了精神明天好上山。”

山里的夜晚寂静而深沉，丛波他们奔波了一整天也都累坏了，所以脑袋一沾枕头就进入了梦乡，鸡鸣狗吠全然不觉，一觉睡到了天亮。

第二天吃完早饭，大家伙儿带足了水和干粮兴致勃勃地出发了。

老郭亲自做向导，带领着丛波这一行人马翻山越岭直接奔了九山顶，他们要去寻访北齐时期修建的那一段古长城，亲自感觉一下历史的沧桑。

经过两个多小时的艰难跋涉，他们终于来到了海拔一千多米的大山脚下，而此时大家伙儿个个已是累得筋疲力尽，有的赖在地上都懒得动了。只有老郭跟没事人一样，显得十分轻松。他是山里人，自然习惯了这样的运动，他看看东倒西歪的“探险者”们，不禁笑着问：“怎么样？这山还上不上了？”

“上。”丛波喘着气，对大家说：“伙计们，咱们不能半途而废，都已经到这份儿上了，大家咬咬牙坚持住。”

“再歇会儿，”隋云雁发出了请求，“喝点儿水缓缓劲儿。”毕竟，她已是四十岁的人了，体力明显有所不支。

“我也走不动了，要不你们先上，我来陪嫂子。”廖小燕提议，“不如你们头前走，我俩能跟多远走多远，省得拖累你们。”

“还有我。”志刚对象也怵头了，这女孩儿的“塑料”体格还不如廖小燕，她看一眼志刚，说，“你们有劲的上吧，别受我们影响。”

“那我也留下。”志刚说。看来，他有点儿不放心。

“这小子咋也这么面呢，亏你也算是个爷们儿。”老郭在一旁敲打志刚，“走，别这么婆婆妈妈，跟我上。”

“大爷，不是那么回事，这大山里可不是闹着玩儿的，说迷路就迷路，她们三个女的，万一出点儿什么事怎么办?”志刚说着看一眼丛波：“丛工，你们踏踏实实上吧，我负责照管好她们。”

“也好，就这么办。”丛波说，“志刚，你可得尽心点儿，那我们可就不管你们了。”他朝老郭一挥手，“郭大哥，咱们走!”说完，带头开始爬山。

老话说得好啊，看山容易上山难。到后来能跟着老郭继续往山上爬的只剩下了齐连义和林忆欣两个，剩下的人尽管咬牙坚持了一阵子，最后也只是勉强爬了一半，一个个腰酸腿软，不得不遗憾地知难而返。

这样，丛波率领着这群“残兵败将”提前打道回府了。还好，他们回去后还有一个项目——到果园采摘，至于征服大山探访古迹的光荣任务只好交由老郭、齐连义还有林忆欣三位大英雄去完成了……

无疑，下午的采摘过程很过瘾，大家伙兴致勃勃，最后，在一片欢声笑语中收工。

头一回亲手收获果实的城里人满怀了喜悦，吃晚饭的时候还津津乐道自己的战利品，声称不虚此行。人人热情高涨，都很兴奋，竟然忘了他们的饭桌上还少两个人——齐连义和林忆欣。

夜深了。老郭、齐连义、林忆欣三个人还没有回来，丛波开始

有些担心，他很焦急，一直坐在院子里等他们。

郭大嫂也没睡，她陪着从波，俩人一边等一边小声拉家常、唠嗑。

郭大嫂见丛波坐立不安，于是就安慰他：“大兄弟，你放心，俺们这个当家的起小在这山里面长大，一天都没有离开过，是个有名的“山大王”，跟他在一块儿保准不会出什么事，不信你瞧着，待会儿村头儿狗一叫唤，那就是他们回来了。”

话音未落，村头便传来一阵狗吠，郭大嫂站起身，说：“回来了。”

果然，不一会儿，老郭、齐连义还有林忆欣拖着疲惫的身影走进了院子，郭大嫂赶紧回厨房准备吃食。

进屋，丛波把暖瓶里的热水兑到脸盆里，招呼三人过来洗脸，齐连义和林忆欣看来是饿坏了，看见郭大嫂端来的饭菜连脸都顾不上洗一把就狼吞虎咽起来。

老郭偷偷抻了抻丛波的衣角，把他拽到在院子里，他悄悄告诉丛波，说在山顶上，这一男一女不知因为什么事情发生了激烈争吵，当时两人情绪都很激动，女的还有一阵子坐在山上赌气不走了，冲男的说她宁愿死在这山里，尽管那男的好说歹说，女的就是不走，后来还是他出面解劝了几句，这女的才开始动弹，可一路上仍是走走停停，磨磨蹭蹭，老郭说，不然他们不会回来得这么晚。

丛波听了，隐隐有些怅然，他预感到长期以来一直蛰伏在心海的某种事情将要浮出水面了，可心里还是不愿意接受这个即将来临的现实。联想起小樊也曾经跟自己说起过齐连义和林忆欣发生争吵的事，一阵无名的酸楚涌上心头，如果说那个时候他还抱有某些幻想的话，那么现在他知道事实已经无可辩驳了。丛波不露声色，只叮嘱老郭一句：“这事别和其他人说了，你快去吃饭吧。”说完，自己回屋睡觉了。

转天大家起得都很晚，吃早点的时候，志刚问丛波怎么安排当

日的行程。

按照丛波原先的计划，他们一行吃过早饭就应该立马开拔往回返了，先上梨木台，然后去清东陵。鉴于昨天大家又是爬山又是采摘，都累坏了，腿脚还都没歇过来，所以丛波改变了原来计划，调整了一下行程。他临时决定带大家去离此不远的北坳水库钓鱼，一来恢复恢复体力，二来放松放松心情，运气好的话中午还可以享受到自己钓到的新鲜鱼吃。

齐连义和林忆欣昨天劳累了一整天又搭上多半宿，所以到现在一直还睡着，没醒，这次临时行动自然免了。

廖小燕换了身衣服出来回头指着屋里说："那二位这回行了，连早饭都省了，睡得跟死狗似的。"

丛波说："那就别打扰他们了，让他俩接着睡吧。"这话刚说完，他心里就"咯噔"了一下，忽地，一个预感在他的脑子里一闪念……天赐良机，丛波心里迅速设计出了一个大胆的方案，他想通过这个大胆的方案验证一下自己这些日子以来始终笼罩在心头的那个疑点。

丛波回屋，把自己的钱包偷偷藏在了房间的被褥下面……

半小时后，丛波"突然"着急地发现自己的钱包不见了，接下来，他便以寻找钱包为由单独返回了村里。他轻手轻脚进了院子，又轻手轻脚推门进入他们的房间，果然，正如他所料到的那样——屋里空无一人。

齐连义没有安安稳稳地睡在炕上，而通向林忆欣住的那间屋子的房门却虚掩着……

丛波屏住呼吸，侧耳细听，立刻，他就听到了他最不愿意听到的动静……

这是身体与身体相互撞击而发出来的声音，其中拌着男人粗重的喘息，这"啪"、"啪"的声音让丛波心惊胆战，耳鸣目眩……然而，接下来的声音更加叫他痛心疾首——那是林忆欣显然再也控

制不自己的快感而低低的呻吟，那呻吟咿咿呀呀含糊不清，但随着节奏的加快，这压抑的呻吟终于清晰了——林忆欣的嘴里连续快活地叫着连义、连义、连义……

从波突然感到浑身无力，他心如刀绞，差一点儿晕倒在地。

时间一下子凝固了，仿佛经历了漫长的一个冬季，从波浑身发冷，手脚不停地战栗……

其实这只是时间长河中的一瞬，从波的错觉完全是由于他自己中枢神经突然断电造成的瘫痪。

后来，从波不知自己是怎样从窒息中迅速清醒过来的，他急忙挣扎着退出了房间，然后，悄然离去……

17

此次出游，从波最大的收获是揭开了一直藏匿在他心中的这个谜底，从而证实了他原先的一些判断，这些判断让他明白无误地知晓了自己在林忆欣心中的确切位置。虽然这个收获让他感到有些酸涩，一想起来胸口就堵得难受，但无论他主观意愿接受与否，他都不得不面对这样一个事实了。

从山里回来，从波心里已然有数，尽管表面上他像往常一样，没有流露出任何失态之举，对林忆欣的态度也没有出现什么明显变化，然而，蓟州之行，让他明了了自己充当了一个什么样的角色，这个角色让他很懊丧，也很气恼，但他不是气恼林忆欣，而是气恼自己。那个小山村，可以说在他人生的一个阶段铭记下了一个深深的烙印，而内心深处则留下了一道看不见的伤痕。

四十岁的男人，竟然有时天真得还不如一个连毛都没长全的嫩娃娃，从波自己也纳闷，到底是自个儿退化了呢还是压根儿就没有长大？

自从证实了齐连义与林忆欣之间的秘密，从波心里便有了一种说不出来的悲哀，再见到齐连义的时候总感觉很别扭，或许，这是

一种十分复杂的心理反应。虽然丛波刻意掩饰着自己的行为，但在内心深处他不得不承认，在这场与女人的情感较量当中，自己被这个看上去并不比自己优秀的男人打败了，而且人家是在没有经过任何厮杀、于无声无息之中占据着他心中的领地。

齐连义实在是太厉害了，丛波想，这个平时看上去蔫了吧唧的文弱书生，暗地里竟有着如此令人意想不到的高超本领，在此之前，自己还真就小看了他。

愿赌服输。

就丛波而言，齐连义的行为并没有叫他感觉有什么不平衡，倒是林忆欣的为人让他不禁想起了老时年间穷酸秀才们常常挂在嘴头上的那句气话：戏子无情，婊子无义。

这句话——对吗？丛波表示怀疑。

想想也是，同样是对林忆欣，丛波一直在千方百计地关爱她、娇宠她、讨她的欢喜，没想到人家齐连义根本用不着这么费劲，这个女人的床，敢情他随时都能上，而且上得让这个女人如此心甘情愿，如此欢天喜地。与之相比，丛波觉得自己简直就是一头蠢驴，一块贱骨头，一个不折不扣的大傻叉……

当一个人明确了自己的期望值与实际距离的差异，他的心理感受肯定会很复杂很矛盾，现实的问题是，丛波能否从这个情感的漩涡中成功地逃离出来，恢复以往的平静，这将是对他最大的考验。

丛波知道，他必须重新审视自己与林忆欣之间的关系，调整自己的所作所为，不管这种差异多大多小，或者看上去多么不合逻辑，他都要小心翼翼，尽量不再轻易去碰触这方面的问题，他想，最好的结果应该是他与这个女人之间的任何瓜葛，最终能够成为一个无言的结局……

下雪了。

日子在一天天的积累中悄然变换着它的节气，眨眼，又要到年

底了。

周末，林忆欣打过来电话，她告诉从波，说柳季红过了圣诞节就要回澳洲了，走之前她想请他俩在一起吃顿饭，说是再好好沟通沟通。从波犹豫了片刻没有答应，他谎称自己家中有事，推脱了。

圣诞节前一天，下午，从波正在自己的办公室里浏览网页，忽听有人敲门，他回头一看，见柳季红站在门口。

“稀客呀，什么风把柳大小姐吹来了，快请坐。”从波从电脑桌前站起身，他一边让座一边过来与柳季红寒暄，问：“喝点儿什么？茶还是咖啡？”

“不必麻烦了，我来找林妹妹，顺便过来看看你，”柳季红笑着说，“贸然打扰不介意吧？从大主任。”

“哪里话，柳小姐大驾光临，从某人想请还请不来呢。”

“呵呵……从主任好心性啊，”柳季红望着墙上挂着的那幅“吃亏是福”字画，似是无比感叹地说，“没想到您的座右铭如此豁达，好心性、好心性。”

“柳小姐真是善解人意，难得，太难得了。”从波一边沏茶一边有口无心地说：“人生难得一知己，千古知音最难觅，可惜柳姑娘又要远涉重洋寻梦而去，从某人深感遗憾，看来只有等到柳小姐荣归故里的那一天你我再续前缘了，哈哈，到时候再让我把思念向你倾诉吧。”

“咯咯……从主任不愧才子，出口就是煽情歌词，有魅力啊——我指的是人格魅力。看来某些人如此钟情于从君并非妄自痴迷，情歌还是老的好哇。”

“听柳小姐的口气好像话里有话，我倒是想请教一下。”

“从大哥，这就是你的风格？”柳季红诡谲一笑，说：“何必揣着明白装糊涂。”

“嘿，你这话倒真的叫我一头雾水了，你说说，我什么风格？”

“难得糊涂——”柳季红说，“你就糊涂着吧。”

“真能糊涂就好喽，那样会减少多少烦恼啊，难得糊涂——”从波颔首微微一笑，感叹道：“那可是一种境界呢，这样的境界不是什么人都能够达到的。”

“好了，从大哥别感伤了，我知道你心里怎么想，这样吧，我在起士林预定了座位，晚上一起坐坐好吗?”

“既然柳小姐如此赏脸，从某人再不兜着点儿，就太不识抬举了。”

“那就一言为定?”

“一言为定。”

“好，那我就不打扰了。”

“慢走，恕不远送。”

当晚——平安之夜，在起士林西餐厅的包房里，从波与柳季红还有林忆欣又凑到了一起。

柳季红浓妆艳抹，风姿楚楚，妩媚迷人。她穿了一套西洋式晚礼服，色彩凝重，雍容华贵。林忆欣则略施粉黛，轻描淡写，端庄秀丽。她上身着一件浅蓝色高领紧身羊绒衫，配一条中式黑色长裙，曲线尽显，亭亭玉立。两个女人各有风韵，一个高贵典雅，一个素雅清新。

从波还是头一次见林忆欣在自己面前展现得如此庄重，忽然对以前她与自己在一起的时候始终表现出的随意感到了有些醋意，因为她的这种情态，让从波一下子想到了曾经被他忽略了的许多重要细节——过去凡是有齐连义在场的场合，林忆欣好像总是这样精心地打扮自己。那时从波没有在意，如今他恍然大悟，而且深有感触。看来这个女人心里面有数，并非像人们认为的那样大大咧咧毫无心计，此时，从波对“女为悦己者容”这句话感慨颇深。

从波的思绪游离了场所，他的失神被两个女人误以为他是被她们俩的装束所倾倒，于是柳季红嫣然一笑，朝从波戏谑道：“别那么深情地看着啦，怎么了？不认识？嗨，嗨，”她用手在从波眼前来回晃了晃，“瞧你那色迷迷样儿，先生，请注意点儿形象!”

从波猛地从愣怔中警醒，回过神儿来忙不迭地自嘲道：“对不起，对不起，鄙人没见过美女，失态了，见笑，见笑。”

“学坏了你，”林忆欣在一旁跟着起哄，“说，心里面打什么坏主意呢你?”

“我怕我说出来又有人装疯卖傻，”从波完全恢复了常态，反唇相讥，“哼，小样儿，你还跟着起腻?”

“就装疯卖傻，我乐意。”林忆欣说罢赶紧捂住了嘴，她突然在从波面前显得有些不好意思，娇羞中含了一丝局促与惊慌。

“好了，不掐了，从先生，您请入座。”柳季红赶紧解围。

三人落座，柳季红以主人身份自居，她提及自己刚回国来那天她与从波的初次见面，说：“从哥，您给人的第一眼非常深刻，您身上好像有股特别的力量，给人一种安全感，因此也就容易让人忽略了您的感受，不好意思，那天晚上我俩确实喝高了，多有冒犯，还望从哥多多包涵，嘻嘻……”

“呵呵，那天我也喝多了，到底发生了什么早就记不起来了。”从波说。

这就是从波为人的特点，他不想一上来就让这两个女人难为情，终究时过境迁，他得给她们留住面子，没必要在这种事情上再做纠缠，再者，他已经重新审视了自己与林忆欣之间的关系，从今往后，这个女人的任何事情对自己来说都已经没有了实际意义，他要做好的，就是尽量和这个女人保持住应有的距离。

“我发现从哥不但重情义，而且宽容。”柳季红舒心地说，接下来她话锋一转：“生活本应该是享受而不是承受，倾诉是每个人的权利，有些话老是憋在心里对自己身心无益，您多理解啊。其实一个人最难欺骗的是自己，酒后之语并非都是言不由衷，您认为我说的对吗从哥。”

“有道理。”从波说，“不过今晚咱不谈这种话题，太酸，柳姑娘，说点儿别的好吗?”

“对，今天过节，大家应该高兴才是。”柳季红看一眼林忆欣，转移了话题，“丛大哥，你发现没发现，林妹妹倒是越来越好看了呢。”“哈哈……你也会的。”丛波诡秘一笑，“这不奇怪，女人和我在一起待得时间长了都会出现这种现象，告诉你吧，本人有改变女人容颜的传世秘籍。”

“算了吧你，”林忆欣落落寡欢，独自喝了一口酒，无精打采地说，“好看难看，跟你有什么关系。”

柳季红皱了下眉头，说：“林妹妹，别光闷头喝酒，你看你，老是这么愁眉苦脸的，像是有什么心事，要是有，你就说说，丛哥又不是外人。”

“唉，过完圣诞就是春节，一想到过年我就愁得慌。”林忆欣叹了口气，说。

“你真是快要赶上林黛玉了，成天多愁善感，累不累呀，瞧，圣诞老人冲你微笑呢，咯咯……”柳季红说着，伸手从墙上摘下店家为烘托节日气氛特意挂上的毛绒玩具，朝林忆欣挤了挤眼。

林忆欣说：“圣诞老人只晓得幸福者的快乐，哪里能够感受得到一条孤独的小船摇摇晃晃漂泊在苦海之上，更体会不到小船上的人儿寻不见避风港时的心境了。”

丛波说：“林忆欣，别这么伤感，对自己要有信心。”

“信心？”林忆欣没听出丛波这话是双关语，凄然一笑：“一个都市里的孤儿，在这寒冷的冬季，等着他的，只有迎接伤悲。”

“冬天到了，春天还远吗？”丛波引用了雪莱的一句诗，接着说：“来，干一杯。”

“好，干一杯。”林忆欣一口喝干了杯中酒，泄气地说：“没有亲人陪伴在身边的漫漫长夜，你要我如何接受？”

柳季红说：“阿欣，说好了不提伤心事，你怎么还这么磨叽？喝酒。”

林忆欣说：“不喝了，没意思。”

丛波说：“是不是这儿的酒喝着不带劲啊林忆欣？要不咱们去

放松放松，找个地方唱会儿歌吧。”

“好呀好呀，咱们去唱歌。”柳季红积极响应，她拉一把林忆欣，“走啊，别渗着了……”

林忆欣朝门外喊：“服务生，买单!”

结完账，从波一行三人，出门，上车，急匆匆离去。

这个寒冷的冬夜，几乎所有的练歌房、迪厅、酒吧统统爆棚。从波开着车，载着柳季红和林忆欣不停地穿梭于大街小巷，他们就像三只流浪的猫，凭着迹象，苦苦搜寻着目标。接近凌晨时分，好不容易，他们终于在“东方之珠”夜总会等到了一间刚刚腾出来的包房。

整个晚上，林忆欣显得很忧伤，无论柳季红怎么劝导也不管用，她不停地要酒、喝酒，像是成心和自己较劲，故意想要把自己搞醉似的。从波开始没打算理睬林忆欣，因而，就自己在一旁点歌、唱歌，对她的表现全当没有看见，后来，林忆欣喝的实在太多了，从波觉得不能再装聋作哑视而不见，于是，他走过去，轻轻搂住林忆欣的肩膀，将她手里的酒杯温柔地夺了下来。

林忆欣顺势靠在从波的怀里，把脸紧紧贴在了他的胸膛。

从波有些不知所措，他转脸望了一眼柳季红。只见柳季红正自顾自地举着麦克风在那里唱歌，一副十分投入的样子……

从波好不容易挨到柳季红唱罢了这一首歌，不料，她却把话筒一放，借口上卫生间，转身头也不回地出了包房。

林忆欣依偎在从波怀里，突然仰起头把嘴凑近从波的脸，柔声问：“哎，你爱我吗?”

从波没吭声，他感觉到了林忆欣嘴里呼出的热气飘溢在自己脸上，同时沁入到了他的心海，在那里弥漫。

林忆欣一连问了三遍……

三遍，丛波都没有回答。

丛波不知道自己该怎样对林忆欣说出他的感觉……也许他是爱她的，如果他不爱她，为什么这个女人对他的心会造成这样大的伤害？如果他不爱她，为什么她的行为又总是会让他如此难过？丛波知道，如果他告诉林忆欣说自己爱她，这个时候，林忆欣就会把自己的一切全都交给他了。

这个女人，曾经让他欢喜也曾经让他忧心……可现在，他已不可能再为了她甘心付出自己的所有了。

见丛波始终不说话，林忆欣慢慢从丛波的怀里站起身，目光里流露出了一丝失望的眼神。

丛波默默地看着林忆欣，还是什么也没说……

良久，丛波拿起话筒走到电脑选歌台前，选了一首张信哲的《爱如潮水》。

可谓是声情并茂。丛波的歌声深深地触动了林忆欣，不等丛波唱完这首歌，她的眼圈儿早已经红了……就在这个时候，门外传来一阵嘈杂的争吵声，林忆欣赶紧起身跑了出去，她听出这争吵声里有柳季红的声音。

果然，在卫生间门口，昏黄的灯影里，几个不三不四的男人正纠缠着柳季红，有个家伙还不时地跟她动手动脚。

“住手！”林忆欣尖叫一声，“臭流氓，不许欺负人。”

“呦，这谁呀，够冲，”一个戴眼镜的小子朝林忆欣看了一眼，嬉笑道，“嗨，哥们儿，又来一美人儿。”

“呸！放开她，不然我报警。”林忆欣威胁说。

“嘿——就你？还报警？”“眼镜”不屑一顾，“那好啊，你报吧，”说着，上来就搂林忆欣，“可人儿，过来吧你，哥们这儿先跟你好好玩儿玩儿再说。”

“去你妈的！”冷不防，丛波从林忆欣身后闪出，飞起一脚，把“眼镜”踢出老远。

这下可算是捅了马蜂窝，立马——炸了营。眼镜的另外几个同

伴儿丢下柳季红，“呼啦”一下子，一起窜了过来。

有道是，好虎难抵群狼。林忆欣和柳季红眼看着丛波就要吃亏，正着急，不想，这个时候一个大胖身子稳稳当当地挡在了丛波的身前……真跟说书的讲故事一样——说时迟，那时快，“咣”、“咣”、“咣”，这胖子拳脚相加，三下五除二，再瞅那哥儿几个，全都趴地上了。

“都趴地上别动，不然，别怪老子脚头狠，谁站起来我踹谁。”胖子喝道。

直到这时丛波才看清胖子的模样，敢情这位出手相救的好汉爷不是别人，正是他的老熟人林至宝——林大老板。

原来，林至宝这天晚上陪着韩国人老金还有李京淑也一道出来过平安夜，他们这是玩儿够了正准备走人，路过卫生间的时候看见了那几个男人围着一个女的在瞎戗呛，三个人并没怎么在意，走到楼梯口转角时，林至宝鬼使神差地又回头朝那女的看了一眼，跟李京淑说，那小娘们儿看着还挺丰满的，瞧那大波。李京淑抬手给他一巴掌，骂，快滚吧你，你他妈的那双色眼净踅摸这个。话音刚落，恰在这时他们听到了林忆欣的声音。李京淑说，这声音听着耳熟啊。林至宝定睛一看，说，那不是老丛的情儿吗？走，过去看看。

结果，这一看就看出了上面的故事。

夜总会保安赶了过来，他们把地上的那哥儿几个带走了。

丛波冲林至宝一抱拳，笑着说：“呵呵，多谢林老板拔刀相助，没想到你这大胖身子竟如此身手不凡，丛某人开眼了。”

林至宝笑道：“区区小事，不足挂齿，几个小匹夫不长眼，竟敢惹俺当家子，没事儿吧？你们。”他问林忆欣。

“没事儿，”林忆欣还心有余悸，说，“幸亏遇上你……”

林至宝大胖手一摆，说：“别这么说，这帮小流氓芽子，遇上我算他们倒霉，本来咱是为减肥才去练的散打，谁知一身肥膘没怎

么见效，这套活儿倒用上了，总算没白练，哈哈……”

林忆欣猛然想起从波生日那天，林至宝就曾经当大伙面玩儿过一个高难度的转身跳，不由说：“怪不得？你那么利索。”

“好了，那边——”林至宝用手一指，“老金和 lisa 还在等着我呢。”

“走吧，”从波说，“兄弟，改日我请你。”

“从大哥不必客气，再见。”说完，林至宝走了。

从波目送林至宝下了楼，回过头来问柳季红：“到底怎么回事？”

“嗨，几个小子喝醉了。”柳季红说。

“吃亏了吗？”林忆欣关心地问。

“倒没怎么着，就是屁股不知让哪个王八蛋拧了两把。”

“算你走运。”从波说，“往后得注意，离他们远点儿。”

“呵呵，知道了。”柳季红说。

由于这个意外事件的发生，也由于时间太晚了，接下来，从波他们三人就没再继续待下去。

从波送林忆欣和柳季红到家后，自己开车往回走，路上，他接到林忆欣给他发来的一条短信，提醒他开车小心点儿，注意安全。下面还有一首诗，说是一个谜语，一句话打一个字，让他猜一首歌的名字——

接受又离又做友，情人无心土月勾，
竹已孤竹单思苦，从也不从独自愁，
如须闭口一了伴，谁人无语又同游。

从波最不善于玩儿这种文字游戏，所以，想了半天也没琢磨出这是哪首歌的歌名，于是，他只好发短信给林忆欣：不好意思，猜

不出。林忆欣回复：别着急，慢慢想。

丛波回复：慢慢想也猜不出，算了，我困了……

林忆欣就又发来短信，说：那我告诉你吧，它的谜底是——爱一个人好难。

丛波看到这个谜底后，就把车停在了路边的便道上，他呆呆地看着手机上的屏幕，陷入了沉思……不知过了多久，他才抬起头看了看车窗外，发现，这时天已放亮……

18

年底，丛波去市场置办年货，在家乐福超市正巧碰上他的老同学郑雅芬，他和她闲聊了几句话转身刚要走，不料，郑雅芬又叫住了他。

郑雅芬说她忽然想起一件事情："就是那个叫林忆欣的你那个女同事，前两天又到我们医院来了，这回是来做人流。"她告诉丛波："据这次为林忆欣做手术的赵大夫跟我讲，林忆欣身体很虚弱，她曾建议她回去先好好恢复一下身体过半个月再来做，被她拒绝了。"郑雅芬说："看来她是特意赶在我歇班的日子来的，这说明她知道我和你之间的关系，不想让我知道。"郑雅芬接着说："上次你带她来，我在给她做检查时就发现这个女人做人流不止一两次了，子宫壁已经受到了严重损伤，今后很有可能失去做母亲的能力了。"

最后，郑雅芬问丛波："这些事儿你都知道不知道。"

丛波听了，苦笑了一下，看来郑雅芬真的误会了，认定了他和林忆欣之间不清不白，心里很为自己替别人背黑锅委屈，可他又不知道应该怎么跟郑雅芬说，有心想和她解释解释又怕三言两语更说不清楚，想了想，只好摇摇头，说："是吗，不知道，她没有跟我说过。"

丛波本来已经快要走到收银口准备排队结账了，听了郑雅芬的话，他鬼使神差，转身又奔回了购物区。

从波走到冷藏柜前拿了两只草原绿鸟鸡，接着又来到副食区域挑了选红糖、大枣、银耳、枸杞还有莲子一并装进购物车里，临了，他顺便到厨房用具柜前又捎带挑选了一只挺高档的紫砂砂锅。看着购物车里的这一堆东西，他自己都觉得不可理喻。

从波回到车里马上给林忆欣打了电话，可电话要通后却一直没人接听，从波又打她的手机，林忆欣的手机里发出的提示音告诉他——您所拨打的电话已关机。从波突然明白了，这是林忆欣有意不接他的电话。从波突然理解了林忆欣此时的心情，明白这是林忆欣怕自己责备她。于是，他只好把电话打到了柳季红那里。

柳季红本来过了圣诞节就要回澳洲去了，林忆欣的意外怀孕让她推迟了原来计划，她要留下来照顾林忆欣，想等着她人工流产后身体恢复了再走，为此她改变了行程，索性陪林忆欣过完春节再回澳洲。她接到从波打来的电话很快下了楼等他。

从波开车过来，从车窗里看到了柳季红，他把车停稳后，下车打开后备箱，从里面拿出在超市买的那些东西，交给了走过来的柳季红，对她说，麻烦你把这些东西给林忆欣送去，然后又叮嘱了她一句，说，别告诉她这些东西是我送的，你就说是你买的，听明白了吗？

柳季红接过从波手里的东西，心照不宣，点点头说："放心吧从哥，我知道该怎么做。"

从波朝柳季红笑一笑，上车走了。

柳季红看着从波的后影，下意识地招了招手，她被这个成熟男人温情的一面深深地打动了。当天晚上，她约从波出来喝茶，从波没有推辞，当下定了地点，随后，两人在一家名为"絮语轩"的茶楼见了面。

柳季红要了一个小包间，点了一壶西湖龙井。

茶楼里的光线很暗，给人一种暧昧的感觉，一首老歌在走廊里轻轻缭绕，曲调舒缓而忧郁……从波看不清柳季红的脸，但他感觉到了这个女人心事重重，他知道柳季红有话想要跟他说，而且肯定和林忆欣有关，不然她是不会轻易把他约出来的。

“丛大哥，”柳季红将沏好的茶水往丛波的面前推了推，笑笑说，“请教一个问题，你说人类有没有这样一种情感，相对于我们已经习惯了的亲情、友情、爱情，它是另外存在着的一种不明确的含糊不清的东西，这种东西有着许多心照不宣的暗示和指向，就像人们常说的那种红颜知己或琴瑟知音，如果确有这种情感应该算是哪一类？如何界定？”

“呵呵……”丛波笑了，说，“这是一个很深奥的问题，具体我也说不清，这种情感好像目前还无法界定，心理学上暂时称其为第四类情感吧？”

“呵呵……我在请教你呢。”

“如果像你所说的这种情感真的是红颜知己或琴瑟知音，那可是男女之间情感的极致，它比友情多的不止一点，是深层的相知、信赖与默契，也许几年甚至几十年超越时间和距离也不会改变，它比爱情似乎又缺少了轰轰烈烈和忠贞不渝，至于说亲情嘛，那是血缘的关系，说来说去，这类情感在友情和爱情之间最大的区别就在于有着暧昧之美，这种美，也许离陷阱只差几步。”

“那——”柳季红犹豫了一下，看了看丛波，突然像是鼓起了勇气，问：“那你和林忆欣之间算是这一类吗？”

“你知道我和她之间究竟发生过什么吗？她有没有告诉过你什么？”

“难道还需要她告诉我吗？你们俩的这种关系到底怎样我能感觉得到。”

“那你说说，你是什么感觉？”

“暧昧，非常暧昧。”

“哈哈……”丛波大声笑起来，“现在就是一个暧昧的时代，有时大家都觉得很累，负担不起爱情也负担不起婚姻，人类的情感又需要抚慰，所以我们的生活就变得暧昧了。暧昧有时是因为爱

情，而婚姻有时又不仅仅只是因为爱情啊。”

“因为婚姻，所以无奈？”

“应该说因为爱情，所以暧昧。”

“这又有什么不同呢？”

“确切地说，因为爱，所以暧昧。爱和情是两个概念，一般来说爱是幸福，情是痛苦。爱上演的通常是一出喜剧，而情上演的多半则是一场悲剧，爱是所有人都能感受到的幸福，而情则是只有少数人才能感受到的痛苦。记得几米说过一句话，他说：‘幸福的步道总是那么短暂，我们可不可以赖着不走？然而，赖着不走又怎么样呢？’所以，这就要求我们多一份冷静、多一份宽容、多一份坦诚、多一份理解……”

“丛大哥，恕我直言，我感觉得到，你在承受着种种压力，也许你在内心曾经有过痛苦的割舍和无数次的挣扎，只是你不愿意说出来。”

“有的话留在心底比说出来更有深意。”

“问你一个问题行吗？”柳季红转移了话题。

“问吧。”

“你必须如实回答我。”

“呵呵，你说。”

“你干没干过‘坏事儿’？说白了，玩儿过小姐吗？”

“你认为呢？”

“我认为你干过。”

“何以见得？你这么认为有根据吗？”

“当然有。”柳季红十分自信地说，“因为安分的男人与不安分的男人一眼就能看出来，当然，这并不说明你有多么坏，男人一般都经受不了女人的诱惑，发生一些出格的事情实属在所难免，我想问的是，你虽不是一个安分守己的人，但有一点我想不明白，你对林忆欣怎么就没有过一点儿邪念呢？”

“这你就说错了，能没邪念吗？我有。”丛波从实招来。

“那你怎么不上手呢？我知道这样的机会对你来说有的是。”

“如果你手里捧着一块天然玉石而你还没有想好它的价值你会急于动手把它雕琢成一件普通的饰品吗？或者说你舍得吗？柳姑娘，你的眼力不错，我的确碰过小姐，不过那是很早以前的事，那时林忆欣在我的生活中还没有出现。有一次我出差四川成都，在那里一待就是半个多月，有天与客户一起吃饭，饭后，随他们去了一个叫什么单行道的酒吧，朋友在一张笺纸上随便写了我的手机号码，我当时也没在意，以为不会有什么故事发生，不料回宾馆的路上，手机上发来一条短信，说是看到了我填写的资料，觉得我这个人挺好的，想和我聊聊，具体内容我记不起来了，反正那意思是交个朋友什么的，偏巧那天我酒没少喝，不知怎么就稀里糊涂地答应了，我把自己住的宾馆和房间号告诉了她，后来就……嗨，不瞒你说，没什么感觉，太闹，不过是逢场作戏罢了，完事儿就后悔了，说是聊聊，其实跟情感不沾边儿，那女孩儿很直白，坦言这种服务就是一桩买卖，正因为如此，所以后来我再没有碰过任何女孩子。现在回想起来，那无非是一种交易，跟自己真正喜欢的人在一起的感觉根本不一样。”

“怎么不一样？有什么区别？”柳季红问。

“与自己喜欢的人在一起那是经过长期情感的积累，在心里早已形成了一种默契，这种默契心照不宣，却非常美妙，你能不渴望吗？为什么这样的事情总是会发生在自己身边的人身上，就是因为彼此不断地接触不断地了解不断地加深这种情感，这是一种自然过程中不知不觉的心灵感应。人们为什么不会对大街上的帅哥美女或者电视屏幕上的明星们感兴趣，因为那不着边际，离我们太远。”

“你是说这是你与林忆欣的感觉吗？”

“除了她难道还会有另外一个人？”

“其实你并不完全了解林忆欣。”柳季红说，“她从小生活在一个缺失爱的环境下，身上不可避免地潜藏着一种特质，那就是对家庭的反叛和对社会的冷漠，你只看到了她外表上独特的个性，其实

她的内心并不那么确定，我想告诉你的是，不论她是崇尚现代还是遵循传统，你都应该尊重她接纳她，也许你不知道，现在只有你能够改变她。”

“笑话，难道你叫我也去尊重和接纳她在床上一个又一个地变换男人?”从波突然来了气，“她想过我的感受吗?她每换一个男人，我的心都像针扎一样疼一下，你记住喽，我的原则是，女人可以很疯，但绝不可以很贱!”从波斩钉截铁地说，那语气像是林忆欣为自己头上戴上了一堆绿帽子。

柳季红被从波的话震撼住了，半晌，她才深有感触地说出一句话：“人们说，女人害怕的是男人情感的走私，而男人在乎的是女人身体的出轨，看来不无道理啊……”

那天，他们两人聊到很晚，只是话题再没有涉及任何与林忆欣有关的情感问题……

19

光阴荏苒，转眼又是一年。

初春的一个上午，林忆欣突然接到了从波打过来的一个电话：“你还记得那个叫黄灿灿的女孩儿吗?”从波在电话里告诉林忆欣，“她死了。”

“谁?谁死了?”林忆欣一时没有反应过来。

“黄灿灿。”从波说。

“黄灿灿是谁?”

“你忘了?开发区姓姚的那个……那个情儿。”

林忆欣猛然想了起来，问：“是上次你过生日的时候我们见过的那个女孩儿吗?”

“对，就是她，她死了，车祸。”从波说，“昨天下午从北京回天津的高速上，她那辆黄色 polo 车突然爆胎，车子撞在了隔离墙上，然后翻了好儿个个儿扎入路基下面，特惨，据说车子都报废了。”

“天呐，”林忆欣倒吸一口冷气，“太可怕了。”

“你现在有空吗？我想要你和我一起过去看看。”丛波说。

“我……”林忆欣犹豫了一下，“她人现在在哪儿呢？”

“在北京段高速公路急救中心，我也是刚刚接到李京淑的电话才知道的，她昨晚就赶去了，现在还在那儿。”

“她是怎么知道的？”

“警察打电话告诉她的，昨天下午出事以后交警接到目击者报案后赶到现场，从黄灿灿的车里找到了她的手机，他们按照她手机里留存的号码重拨，其中一个就是黄灿灿打给她的。李京淑说这孩子的家人到现在还没联系上，她说她不知道黄灿灿老家的地址和电话——对了，这女孩原本是外院的学生，家好像是江浙一带的，据说她已经退学半年了，具体情况只有那个老姚清楚。”

“那赶紧通知那姓姚的啊，出了这么大的事不得先告诉他一声吗？”

“李京淑说她一直在给那人打电话，联系不上，关机了，她说现在她一个人在那儿有点儿害怕。”

“这样啊……”林忆欣没再犹豫，说：“你过来接我吧。”

丛波和林忆欣赶到高速公路急救中心的时候李京淑已经在大门口等他们了，一见面她的眼泪就流下来了：“多水灵的女孩儿啊，昨天上午从我那里走的时候还活蹦乱跳的呢，一转眼就没了……”

“人呢？”丛波问。

“送停尸房了。”李京淑擦了擦眼泪，说。

“这样吧，让小林在这里等一下，走，你带我过去看看，她身上……”丛波想问女孩的肢体损伤厉害吗，在他的想象中，车都报废了，死者的样子一定很难看，他不想让林忆欣看到女孩那惨不忍睹的模样。

“她是头部碰撞，伤在颅内，身上基本上没有太大的创口，只是左胳臂和右大腿上有点擦伤，你说这都邪了，看那车你都不会想

象她能落了囫囵身子。”

“没实施抢救吗?”

“太晚了，她大概是下午四点多出的事，我接到电话是快五点的时候，给我打电话的警察只说她出了车祸，120已经把人拉走了，我没有想到会这么严重，首先想到的是给老姚打电话通知他，可怎么也打不通，到现在还是关机，于是我又给大宝打电话，这种事情我从来没有经历过，心里毕竟有些害怕，还好，大宝很快就到了我那里，我们俩赶紧往这儿赶，路上才用了一个多小时，六点多我到这里看见她的时候她还斜靠在急救室门口的椅子上呢，也没人管，我过去叫她，她已经没有任何反应了，但那时她还有呼吸……”

“那医院为什么不及时抢救呢?”

“现在的医院哪里还讲什么人道主义啊，人家才不管呢，得见到家属，一句话，没钱不行，仗着我有思想准备，带了两万块钱，交了押金，他们才开始准备手术，人上手术台都已经八点了，前后足足耽误了四个钟头，这不，抢救了一天一宿，实在是没救了……”

“大宝呢?”从波问。

“我叫他给丫头买衣裳去了，趁她身子还热乎得赶紧把衣裳给她穿上，从手术台上下来她身子到现在还光着呢，林小姐来得正好，待会儿帮我一起给她擦擦身，总不能让她的家人来了看见她身上连件衣裳都没穿呀，作孽啊，怎么说也是跟她朋友一场，你说这个忙咱们不帮谁来帮?”

林忆欣突然发现，这个平常看上去离经叛道的另类女人，关键时刻竟然有着这样一副侠骨柔情的菩萨心肠，她不由得打内心里敬重起这个女人，走上前去抱住了她的肩膀。

正在这个时候，林至宝回来了，他手里提着一个大塑料兜，对李京淑说：“东西买来了，春夏秋冬全套儿，一样不少，你看看吧。”

李京淑打开塑料兜，看了一眼，说：“怎么都是时装?”

“这你就不懂了，”林至宝说，“寿衣店里那些花里胡哨的装裹衣裳是给上了岁数的老人去世后用的，这女孩儿这么年轻，还是穿这种衣服好。”他看看丛波，问：“你们多会儿来的？”

“刚到。”丛波说，“辛苦你了大宝。”

林至宝笑笑，说：“应该的，都是朋友，哎——”他问李京淑：“老姚的电话打通了吗？”

“这个缺了德的，一直关机，我刚才给他们单位打了一个电话，接电话的人说他到北京培训去了，我问什么时候去的，那人说去了一个多星期了。”李京淑怒形于色，骂：“他妈的，我就纳闷了，你说这王八蛋好好的关机干嘛。”

“算了，先别提他了，赶快抓紧时间给这孩子穿衣裳吧，”林至宝懂这方面的事情，提醒李京淑，“一会儿身子僵了就更难穿了。”

“林老板说的是，”林忆欣对李京淑说，“走，我和你一起过去，叫他们俩回避一下吧。”

“都这个时候了，还说什么回避不回避。”李京淑说，“还是一起过去吧，能帮着搭把手就搭把手，帮不上忙就站在旁边给咱俩壮壮胆。”

几个人来到停尸房门口，李京淑和林忆欣一个人端了盆热水一个人拿了条毛巾一起进去了，她俩先要为黄灿灿擦洗一遍身子，然后才得给她穿衣裳。

丛波和林至宝等在门口外面，两人显得有些局促不安，林至宝递过一支烟给丛波，自己也点着一根儿，彼此都不说话，也不左顾右盼，只是闷头抽烟。

初春的阳光照在两个男人身上暖洋洋的，可丛波心里却不免有些寒意，他隐约有一个预感，觉得黄灿灿的死弄不好跟姚一尧有关。警察说他们是按照黄灿灿手机中存留的最后两个号码依次往外要的，其中头一个没有接通，第二个才接通了，而接通的这第二个电话正是李京淑，那头一个没有要通的电话是打给谁的呢？丛波从李京淑刚才所说的那些话里分析，警察第一个拨打的电话很有可能

就是姚一尧的手机，他之所以迟迟不肯露面并且还关了手机，丛波判断，这里面一定有文章。丛波有一个大胆的推理，他认为黄灿灿在出事的时候正在与姚一尧通着电话，突如其来的车祸结束了这次通话，黄灿灿的惊叫和车辆的碰撞声无疑都被这个男人听到了……这个推理不难求证，只要拿到黄灿灿的手机，按照那上面显示出的通话时间与黄灿灿出事时的时间一对照就清楚了。如果这个假设成立的话，那么，姓姚的这王八蛋肯定在第一时间就已经知道黄灿灿出事了……可他为什么这样绝情呢？

丛波正想着，林至宝用手轻轻碰了碰他，示意两个女人那里完事了。

李京淑和林忆欣没有用两个男人插手，她俩给黄灿灿擦洗好身子后虽然费了一番周折，到底还是把衣裳为这个不幸的女孩穿上了，这两个年轻女人真的很不简单，她们俩有生以来都是头一次经历这种事情，从一开始的紧张害怕居然做到了后来的镇定与坦然。

丛波他们四个人把黄灿灿的尸体存放到太平间里，办好了相关手续，然后又一起驱车去看了一下现场。

回来的路上，林忆欣告诉丛波，说她跟李京淑在为黄灿灿擦洗身子的时候发现这个女孩脸颊上还残留着一些泪痕，这说明她在死去之前曾经哭过，她还告诉丛波，说在这个女孩的左侧乳房上文有一朵玫瑰花，玫瑰花上面盘着一条小蛇，林忆欣说她曾经在文身社见过这种图案，它的含义是护花使者。

“真可怜。”林忆欣情不自禁地哭了。

丛波伸手从储物盒里抻出几张面巾纸递给她，林忆欣接过去，轻轻擦了擦眼角，抽搐着说：“你看见了吗？直到死，她都没有闭上眼睛……”

丛波听了没有吭声。他看见了，在存放黄灿灿尸体的时候，他们都注意到了黄灿灿的眼帘是被医生用透明胶带粘合上的。丛波不知道应该跟林忆欣说些什么，所以一直默默无语，但在心里他却在暗暗掐算着姚一尧的属相，结果，正如他所意料的那样，这个“大

尾巴鹰”刚好属小龙（蛇）。从波没有把这个秘密告诉林忆欣，也没有跟她说出自己先前的那些判断，一路上始终保持着沉默。

人的生命有时是十分脆弱的，林忆欣突然感到一种落败与空灵，恍惚间，仿佛自己看见了生命的尽头。她很难相信眼前发生的不幸，多么的可怕啊，生死由命吗？为什么好端端的一个人，不知什么时候说没就没了呢。人间地狱，地狱天堂，这一切离我们竟如此近在咫尺，近在身旁……

苍天啊，生命如此短暂，生命又如此让人无奈。

后来的事实证明，从波的判断很准确，黄灿灿的死不但与姚一尧有牵连，而且息息相关。

据说，出事的当天上午，黄灿灿从李京淑那里离开后就直接去了北京。其时，姚一尧正在北京密云参加一个干部培训班，在那里待了已经一个多星期了。一个多星期没有见面的姚一尧和黄灿灿都挺憋闷，虽然每天电话不断，但相思的念头儿却有增无减，那天早上，姚一尧突然心血来潮，给黄灿灿打电话说他夜里梦见她了，特想她，恨不能立刻就见到她、跟她在一起。结果，这个思春的女孩儿就不顾了一切，主动送“货”上门，开车直奔而去。

然而，“大尾巴鹰”和黄灿灿做梦都没有想到，他们两人的一举一动一直被姚一尧的老婆凌正虹暗中监视着，小妮子的这一行踪当然也没有逃过她布下的眼睛。

没有不透风的墙。“大尾巴鹰”自以为自己玩儿得诡秘、玩儿得高明，瞒着太太背地里采野花、养小蜜，风流韵事做得天衣无缝，岂不知有关他婚外情的传闻早已被他老婆听到了风声，这个城府很深的女人没有打草惊蛇，而是暗地里悄悄掌控着，同时她也在做着自己该做的事情。

姚一尧的老婆凌正虹是一家开发公司的老总，她得知了自己的

老公在外面偷嘴时差一点被气疯，怎奈，想到自己也曾“红杏出墙”，于是，立马便没了脾气。报应！她心里叫屈却又无计可施，只得自作自受，听天由命。

一报还一报。想当初，要不是自己半推半就把这丰腴的身子奉献给了那个老色狼，现如今吓死这个王八羔子也不敢有如此的胆量。怨谁呢？凌正虹想，可自己毕竟是为了他们这个家啊，不然能有他姚一尧的今天？要知道那老家伙位高权重，平日里眉来眼去暗送秋波的大美女们有的是，她当时还真就怎么也没想到，这个道貌岸然的老东西竟然会打起了她的主意。

凌正虹天生一副美人坯子，年轻时候就曾吸引过无数男孩子的眼球。她，一米七几的个头，不胖不瘦，挺拔秀丽，细皮嫩肉。生动的面庞光洁白皙，一双会说话的大眼睛含情脉脉。虽然结婚后身体发生了很大变化，体重增加了不少，但身高马大的她不但不显笨拙，反而更觉丰满。这大概就是当下男人们衡量美人儿的标准，当然也是许多男人最为欣赏的一个种风韵，这种风韵，只要打开电脑点开网页，满目皆是，美其名曰——熟女。

凌正虹的熟女风姿让男人们垂涎欲滴，而她自己却不解风情。近年来，姚一尧越来越不拿她的生理要求当回事了，这对一向自我感觉良好的她，心态备受打击，她哪里知道，就算他姚一尧天生偏爱荤腥，也扛不住你成天价顿顿老是红烧肉做给他吃，这个常识凌正虹始终不明其理，还总以为她能够得到大人物的青睐是自己的荣幸。有一回，她和老东西做完那事，老家伙色迷迷地看着她的身体，说，小的们总是喜欢骨瘦如柴的女孩子，说什么骨感，我就不喜欢，女人还是你这样的带劲，丰乳肥臀，瞧，尤其咱这两条大白腿，哈哈……

老东西一语道破天机，凌正虹茅塞顿开——敢情昨日黄花不是凋谢了就随风而去，其实丰硕的果实更加芳香诱人，像她，纵然不再风情万种，也还有人情有独钟。正应验了那句广告词：不是不知道，是这世间太奇妙。静下心来想想，千头万绪，还真是耐人寻

味。

男人的自尊心都是很强的，姚一尧当然也不例外。他不甘心自己戴绿帽子当王八一辈子忍气吞声，可又不能脑瓜儿一热断送了自己的前程。怎么办？以其人之道还治其人之身？对，就这么办，兴你不仁就莫怪我不义了。姚一尧开始寻找报复自己老婆的手段，心说，你作奸犯科就得要自食其果。

姚一尧出身卑微，父亲是一名小学教员，母亲没有工作，一大帮儿女，吃喝穿戴，各种费用，每项支出都是问题，很难。经常，母亲——这个普通的家庭妇女不得不走出家门，靠做些临时工挣点儿钱来补贴家用，自然，姚一尧从小就体会到了生活的拮据。他曾发誓，自己一定要混出个人样儿来，彻底改变这个家庭的局面。因此，他刻苦学习，处处争先。大学毕业参加了工作，他更加积极地表现自己。但事与愿违，走上社会后，通过一段时间的观察，他突然发现这个世界并不像他想象的那样美好，人情世故、尔虞我诈、勾心斗角，这让他那颗曾经热血沸腾的心一下子体会到了人间的冷暖，世道的炎凉。眼见自己身边的同事一个个被提拔、重用，只有他，毫无起色。机会总是从他身边悄悄溜走，得不到升迁的姚一尧不免有些怀才不遇，心灰意冷。

世上的事就是这样，有失就有得，老天自有公平。姚一尧仕途上不顺心，却走起了桃花运。俗话说，男大当婚，姚一尧做梦都没有梦见过，凌正虹——这位行政机关里公认的大美人竟然成为了自己的老婆。

姚一尧不被当头儿的重视并不代表他没有才能。姚一尧脑瓜儿聪明，风趣幽默，不但精通业务而且多才多艺，浑厚的男中音加上一把指法娴熟的吉他，自弹自唱，琴声悠扬，每次那忧伤的歌声从宿舍里传出，动听的音乐如行云流水，似峡谷震荡，常常惹得周围的女孩子们聚集到楼下，驻足聆听……

在这群女孩子里，其中就有凌正虹。

自打姚一尧把凌正虹搞到手，似乎他的运气也来了，不单他的精神面貌发生了质的转变，事业也开始蒸蒸日上，这个女人就像天上的太阳，让他的生活充满了阳光。姚一尧原以为，他能有今天，尤其是娶了凌正虹这个女人做老婆，无异于一步登天。天爷爷呀，老姚家的坟头儿上终于插了烟卷儿——冒清烟儿了。

没想到，这荣华富贵的背后竟隐藏着如此龌龊的交易，敢情这一切都是这个女人用身体换来的，姚一尧突然觉得天塌地陷，他的心一下子凉了。他不仅沮丧，而且沉痛，他郁闷了好多天，考虑要不要与这个女人恩了情断，分道扬镳，思来想去，最后连他自己都纳闷，他怎么就默认了呢？看来，潜意识里，他还离不了这个女人。

那就求得一个平衡吧。

姚一尧与黄灿灿是在一次自助餐上认识的。

那年暑假，黄灿灿参加了由她们学校组织的社会实践活动，前去开发区涉外机构与外国人进行交流，而出面协调这项活动的正是对外事务管理部的负责人姚一尧。开始，姚一尧并没有注意到人群里的这个小姑娘，只是在最后一天下午举行的联谊会上，他被这个女孩儿一口流利的英文歌曲吸引住了，她唱的那首《爱无止境》可以说十分经典，姚一尧不免一时冲动，主动上台，也用英文唱了一首美国乡村歌曲《回故乡之路》。他手捧吉他，自弹自唱，颇具专业演唱风格。立刻，在场所有人都被他那精彩的表演倾倒了——包括那些外国人。无疑，他成为了那天下午最耀眼的明星。

晚上，姚一尧在泰达会馆餐厅设晚宴，招待外院来的这帮师生，他特地安排了很随意的用餐形式——自助餐。席间，他端着托盘走到黄灿灿身旁，亲切地说：“同学，你的英文歌唱得很经典，我喜欢。”

黄灿灿抬头见是姚一尧，有些诧异，忽闪着一双亮晶晶的大眼，说：“哪里，跟您比起来，不在一个档次呢。”

姚一尧听了，很得意：“你还挺谦虚。”随后问：“叫什么名字？多大了？”

黄灿灿一笑，很甜，样子很好看：“你怎么可以随便问人家女孩子的年龄？不妥吧？多不礼貌。”她俏皮地朝姚一尧挤了挤眼。

“呵呵……”姚一尧没想到自己碰了个软钉子，一笑，说：“有这么严重吗？我的年龄足可以做你的父亲了，长辈问一下晚辈几岁也算不礼貌？”

“问那么清干吗？你又不给我压岁钱！”女孩儿说完，调皮地吐了一下舌头。

“你告诉我你多大，我就给你压岁钱。”

“给多少？”

“一百。”

“十九，”女孩儿马上回答，然后伸出一只小手，“说话算数，拿来吧。”

“什么呀？”

“钱啊，不是你说得吗？我告诉你我多大，你就给我钱？我告诉你了，十九。”女孩儿又说一遍。

“哈哈……”姚一尧被女孩儿的天真劲儿逗乐了，“我是说了你告诉我你的年龄多大就给你压岁钱，可还没到时候啊，现在又不是过年。”

“我就知道你会耍赖。”女孩儿说。

“不会的，”姚一尧说，“过年时你再来，我一定给，要不咱俩拉钩儿？”他伸出右手，翘起小拇指。

“咯咯……”女孩儿笑出声，“就为那一百块钱？都不够我来回路费呢。”

“那就是你的问题了，”姚一尧把手收回来，拍着自己的胸脯，说，“只要你来，我一定兑现，保证！”

“那好呀，我来，反正这次我还没玩儿够，到时你可不能……”女孩儿欲言又止。

"放心，我把名片给你，欢迎随时光临。"姚一尧放下托盘，从衣兜里掏出一个精致的名片夹，抽出一张递给女孩儿。

"谢谢姚处，"女孩儿接过名片，冲姚一尧一乐，"说好了，到时你可别嫌烦。"

"好了，快吃饭去吧，多吃点儿。"

女孩儿一扬脸儿，俏皮地说："当然，不吃白不吃。"

姚一尧看女孩儿一眼，紧跟道："吃了也白吃。"

女孩儿眼睛儿往上一翻，说："白吃谁不吃。"

姚一尧回头笑："这丫头……"

过了半个月，姚一尧接到一个女孩子的电话，电话里，那女孩儿叫他猜猜她是谁，姚一尧想了半天也没猜出来，于是，女孩儿笑了，说，姚处你真健忘，才几天啊，你就把我忘了，真不够意思，然后就自报家门，说我是黄灿灿，想起来了吗？你还欠我一百块钱呢你。姚一尧一听，很兴奋，忙问，你在哪儿打来的电话？女孩儿说，远在天边，近在眼前，我在你楼下呢。姚一尧喜出望外，说，等着，我这就下去。

一连几天，姚一尧陪着黄灿灿玩儿遍了滨海新区——塘沽的海河外滩公园，汉沽的"基辅"号航空母舰，大港的世纪广场，当然，接下来，俩人也玩儿到了床上……

从那以后，姚一尧和黄灿灿经常见面，有时在市内，有时在塘沽，没多久，俩人就相处得亲密无间，但有一点"大尾巴鹰"有言在先，他们俩只做情人，不谈婚姻。黄灿灿对此无所谓，那是以后的事情，再说，她本来也没想过要和他到底怎么样，她跟他在一起，只是觉着好玩儿。

再后来，黄灿灿玩儿疯了，已无心继续上学。她要姚一尧给她找一份工作，于是，姚一尧就帮她在开发区一所私立幼儿园联系到了一份教幼儿英语的工作，这份工作很轻松，每周只有几节课，她很开心，说，这活儿好，玩儿着就干了。

姚一尧在开发区三大街租了房，又掏钱给黄灿灿买了一辆黄色的大众 polo，两人大部分时间在一起，你情我爱，小日子过得快快乐乐……

凌正虹的车是宝马，快，她的专职司机技术一流而且道路熟悉，所以她赶在黄灿灿之前先抵达了姚一尧这里。姚一尧此时正在房间里掐着表苦等黄灿灿，听到有人敲门以为是小丫头来了，一边亲昵地召唤着心肝儿宝贝儿，一边赶紧上前开门，哪曾想，门开了，站在门口的不是黄灿灿而是凌正虹。他愣了，半天没转过磨儿来。“怎么是你？”他下意识地问。

“你以为是谁？”凌正虹看着姚一尧，轻轻一笑，反问。

“啊？哦，我当是服务员呢。”姚一尧尴尬地笑了笑，问，“你怎么来了？大老远的。”

“总不能站在门口说话吧？”凌正虹看着姚一尧窘迫的样子，不觉好笑，问，“里面有人？”

“瞧你说的，这里什么地方？干校，谁敢金屋藏娇，请进。”

凌正虹一边往房间里面走一边成心问：“你刚才叫谁呢，还心肝宝贝的，叫得挺亲呐。”

“没啊？没叫谁，哦，电视，电视里吧，”姚一尧一指电视机，“大概电视里面说的……你听差了……”幸亏电视开着，正在播放一部连续剧，让他得以为自己打了马虎眼。

“就你一人住？”凌正虹没有继续纠缠，问。

“都一人一个房间，条件还行，哎——你是怎么找来的？我记得我没跟你提过我住的地方啊？”

“鼻子底下不是有个嘴吗？问呗，这还不容易？”

“倒也是，”姚一尧点一下头，“喝水吗？”

“好几百里地赶来找你，你就只想用水对付我？”

“对付？什么意思？”姚一尧试探着问，“大老远地跑来，有事儿？”

“别紧张，能有什么事儿，人家想你了呗，”凌正虹说着，身子就往姚一尧面前靠，“我已经让司机回去了。”她给他发出一个信号，意思是，我要陪你住下来，不走了。

“你……你……”姚一尧浑身一颤，话都说不出来了，他知道黄灿灿这时候正往这里赶，说不定马上就到。“你这是干什么？老夫老妻的了，就为这？亏你干得出……”

“怎么着？不行啊。”凌正虹一阵得意，心说，害怕了，我急死你。

“行——”姚一尧索性放松下来，嬉笑着说：“我正憋得难受，等着，我先上卫生间洗个澡，”他瞪一眼凌正虹，发狠道：“待会儿看我怎么收拾你。”说完，转身进了卫生间。

姚一尧一进卫生间立刻驳上门，他把淋浴的水流开到最大，自己躲到墙角，赶忙掏出手机给黄灿灿打电话。回铃声响了好一会儿，黄灿灿才接了听电话。她还在路上，姚一尧压低嗓音小声告诉她，说你先不要来了，赶紧回去，这里有情况。黄灿灿的手机里受到“哗哗”的水声干扰，听不清他说的话，问他，你在哪呢？怎么那么乱呀，你大点儿声。姚一尧哪里敢大声说啊，依旧小声，说你先把车停路边，哎，听我说——你呀，先回去，不要过来了，我这里出了点儿麻烦事，现在不方便说，回头再详细跟你解释。黄灿灿说，我开了三个多小时，跑了二百多里地，都快到了，干吗又叫我回去，你什么意思？姚一尧说，实话跟你说，大凌子不知抽哪门子疯突然跑来了，现在就在我房间里，我是在卫生间里给你打电话呢。黄灿灿不以为然，说，这好呀，我正想会会她呢，看看她长什么样儿，你让她等着我，千万别走。姚一尧一听，差一点儿叫出声，说，都这个时候了，你就别添乱了，我的小姑奶奶。黄灿灿说，那我现在怎么办呀？姚一尧说，你先到北京城找个地方歇歇，吃点儿东西什么的，我想办法把她打发走，到时再给你打电话，求你了宝贝儿，行吗？黄灿灿说，好吧，不行又怎样？你又怕我见她，也只能这样了，哎，你们别没完没了的，我可等你的电话。

总算对付过去了，化险为夷。姚一尧松了一口气，脱光衣服站在莲蓬头下，让水流将浑身的冷汗痛痛快快地冲刷干净……

凌正虹心里跟明镜似的，她知道姚一尧准是借口洗澡在卫生间里给那小妖精通风报信，不由得喜形于色。她想要的就是这个效果，心说，麻爪儿了吧？这才哪儿到哪儿，好戏还在后头呢，今儿我看你怎么收场。

姚一尧洗完澡从卫生间里出来了，他身上披了块浴巾，头上还冒着热气儿，不等凌正虹起身，他一个箭步窜过去，恶狠狠地把她扑倒在床上……

下午三点二十分，黄灿灿终于等来了姚一尧的电话。

姚一尧在电话里只说了一句话，他叫黄灿灿回去，说过一会儿他再给她打电话。他的声音很小、很急，说完就挂了。黄灿灿听得出，姚一尧这个匆匆忙忙的电话还是他偷偷给她打的。

黄灿灿无奈，只好开车往回返。她心里很失落，本来满怀喜悦的心情一下子被眼前发生的事情搅和得一干二净，她不由黯然神伤。就在这时，手机响了。

这个时候大概是下午四点多，黄灿灿一边开车一边与姚一尧通电话。

……他们的通话已经持续了很长时间，黄灿灿的神智已然有些麻木，她觉得自己很委屈，很受伤害，对着手机不停地抱怨、哀诉、痛心疾首……她的车开得很快，自己却浑然不知，她用手去抹脸上淌下来的泪水，一遍、一遍，但眼睛依然模糊一片……一辆奔驰从她的车旁忽地一下超越过去，她吓了一跳，手一哆嗦，车轮一偏，随着一声尖叫，“轰”的一声……

姚一尧听到了……

姚一尧对着手机不停地喊，灿灿，灿灿，我的灿灿……

手机里，再没有传来任何的声音……

姚一尧悲痛欲绝，将手里的手机朝着对面的墙上猛地摔了过

去……

事后，据交管事故处理部门鉴定，黄灿灿的车是她自己撞到隔离墙上的，轮胎爆裂系撞击后所至，与车质无关，最为可惜的是，这个女孩儿本来还是能够逃过鬼门关的，遗憾的是，她没有按照有关规定扎好安全带。

20

清明节前的一天，从波陪隋云雁及其他家人一同去了郊外的陵园。在为去年秋天去世的岳母扫墓后，从波特意到黄灿灿的墓前看了看，出乎他意料的是，在这个女孩儿的墓碑前居然静静地摆放着一大束鲜花，在洁白的玫瑰花中间几朵黄灿灿的菊花是那么耀眼，仿佛银色的画面上镶嵌了几缕金色的丝环……

黄灿灿的骨灰没有被她的家人带走，据说在她家乡一带还一直沿袭着当地的一个老例儿，没结婚出阁的女子夭折或早亡，是不能埋进家族坟地里的，因而她的父母只好在津郊一处寝园为她买了块墓地，可怜这个不幸的女孩儿就此成为了一个客死他乡的孤魂野鬼。

眼前，是谁来祭奠过这个女孩儿了呢？

鲜花还很娇艳，从波断定，摆放的时间最迟不过天亮之前，因为自己等一行人是最早来到这个墓地的。

莫道人行早，更有早行人？从波立刻想到了姚一尧。

回到家里，从波还在寻思黄灿灿墓碑前的那束鲜花，他把这个发现打电话告诉了林忆欣。林忆欣感慨万千，说，看来姚一尧并非是一个无情无意的薄情郎啊，黄灿灿在天堂里也该瞑目了，毕竟还有人想着她，念着她。从波沉默了一会儿，说，这能说明什么呢？林忆欣酸溜溜地说，这说明“大尾巴鹰”够意思，一个女人，也许找一个合适的男人并不难，但要找一个够档次的情人却不易呢。从

波说，不要只想着做情人，那会让人感觉堕落。林忆欣说，人活着就脱离不了世俗，这可是你说过的，你还说，作为一个离了婚的女人必须学会善待自己，你忘了吗？丛波说，我还说了一个离婚女人首先应该学会的是独立，无论精神上的还是人格上的，好了，不谈这种无聊的话题，反正你是一个不相信婚姻的人。林忆欣笑了，呵呵，生活本来很简单，一是一，二是二，可惜，让人们搞得复杂了。丛波说，说是这么说，可做起来就不这么简单了。林忆欣问，比如？丛波说，比如你们女人的身体，明明知道每个月都有那么几天，我能随便问你具体是哪些日子吗？这是你的隐私，不能一是一，二是二。林忆欣笑了，说，下流。

夜里，丛波看电视看到很晚——中央十套的“探索与发现”，这档节目总是赶在深夜里播放。丛波看完后洗漱完毕，躺在了床上。忽地，他想起了先前林忆欣与他的那些对话，不由得开始思谋起这个女人的心态，他越琢磨越猜不透，想，林忆欣到底是什么心思，她为什么会突然羡慕起那个死去的黄灿灿？

黄灿灿的死对林忆欣触动很大，她仿佛由这个女孩子的下场看到了自己未来的命运，想想黄灿灿的结局，林忆欣不知以后该怎样对待自己身边的男人们，她的眼里时常又呈现出了过去的空灵与迷茫……

丛波始终在关注着林忆欣，把她的一举一动都看在了眼里，面对她诡异的神情，丛波想，也许林忆欣骨子里就是一个不安分的女人，她所思所想总是超乎常人的范围之外，内心忍受不了孤独可有时候又表现得很自恋……这个女人，真他妈的怪，自己喜欢她，这她知道，可为什么她总是躲避自己呢？丛波苦思冥想，这个一向感觉良好的男人现在却在这个离了婚的小女人面前失眠了……

丛波开始数数，在心里倒着往回数：100，99，98，97，96……还真管用，渐渐地，他抛开了那些烦恼的疑问，睡着了。

就在丛波好不容易刚刚睡熟，突然，一阵急促的电话铃声把他

惊醒了。

“喂，哪里?”从波强压住心中的不满，问。

“对不起打扰了，我是派出所民警，请问您是叫从波吗?”

从波的困劲儿一下子被赶跑了，他猛地坐起身，疑惑地问对方：“你说什么?派出所?”

“对，有件事情我们需要得到您的协助，您就是从主任吧?”

“哦对，我是从波，找我什么事?”

“是这么一回事，我们接群众举报在检查一家宾馆的时候查获几对涉嫌卖淫嫖娼的犯罪嫌疑人，这样吧，电话里一时也说不清楚，不然也不会这么晚了还打扰您，您看您现在能不能上我们这里来一趟。”

“到底出了什么事?能不能先和我透露一点，我好有点儿心理准备。”

“从主任，您还是受累跑一趟吧，我说了，这件事在电话里一句话两句话讲不清楚，来了就知道了。”

“好吧，我这就过去。”

从波挂了电话，满腹狐疑，他不知道警察抓卖淫嫖娼与自己有什么关联，难不成是自己早先在四川成都偶尔干过的那次“坏事儿”东窗事发被人检举了?不可能啊，那他妈的都是哪辈子的事了，连他自己都记不清了，难道还会有谁记性那么好挂念着?

从波看看同样被惊醒的隋云雁，镇定了一下，说：“你安心睡你的觉，我去一趟，看看到底怎么回事。”说着穿衣下床，忐忑不安地去了派出所。

从波来到派出所才知道是林忆欣出事了。

从波做梦都没想到，与林忆欣同时被抓的那个男的竟是曾经被这个女人赶跑过的那个博士生尹北光。

原来林忆欣与这个叫尹北光的小子不知什么时候在网上又勾搭上了，也不知怎么搞的，俩人居然不计前嫌又恢复了亲密的联系。

清明时节，回沈阳老家探亲扫墓的尹北光路过天津时特意下了火车。当晚，林忆欣没有让尹北光再次光顾曾经发生过不愉快的自己那个家，俩人吃完晚饭便就近找了一家宾馆开了房间，不料凌晨时分，当他们俩在宾馆的房间里折腾地正欢时，不幸被冲进来的警察当做一对“野鸳鸯”抓了现行。

也该着林忆欣和尹北光倒霉，事情怎么这么巧，据说当晚有人向警方举报，称这家宾馆里有人卖淫嫖娼。民不告，官不纠，派出所里的小民警们历来最爱干的就是这差事，既刺激又没什么风险，所以一声令下，突击检查，结果他们俩也被逮了个正着。事后，林忆欣才搞明白，原来是一个处长的老婆，深夜跟踪自己的老公和一个女人尾随到这家宾馆，当她小心翼翼地从另一部电梯出来后，才发现自己跟丢了目标，她眼睁睁地看着十几层的大楼，数不清的房间，而自己那位风流相公与相好的此时身在何处让她眉目不清，情急之下她拨打了110。

且说到了派出所里，林忆欣和尹北光就被隔离审查了。警察例行公事，询问林忆欣叫什么，多大年龄，哪儿的人，家住哪里，有没有工作，哪个单位的？开始，林忆欣扛着，死活不说。警察告诉她，说你有权保持沉默，但如果你不能够证明自己的行为没有触犯刑法，那你就得接受下面的处罚——刑拘或罚款。一听这话，林忆欣说话了，说那个男的是自己的恋人，声称年轻人搞对象不犯法吧。警察说，如果真是搞对象当然不犯法，可那个男的家在沈阳，又远在深圳工作，谁能证明你们的恋爱关系？再说了他大老远地跑天津来干吗？既然来了天津怎么不上你家却单单和你到宾馆开房间睡一晚上？你们俩到底是怎么认识的？这些你都得说清楚了。林忆欣就嘴硬，说这你管不着，你无权过问我的隐私，我们俩怎么认识的干吗非要告诉你们？警察听她这么说话就有些生气，说，好，你不是说我们管不着吗？我今天就要你瞧瞧我们到底管得着管不着？你不是不想说出自己的情况吗，那你只能接受调查，在我们弄清楚这事儿之前，一时半会恐怕你是离不开派出所了。

听警察这么一说，林忆欣心里就有了些慌乱，她倒不是害怕警察能够把她和尹北光怎样，主要是担心这样一来将会使事情闹大，尹北光充其量不过是自己在网上结识的一个网友，自己这么轻率地与他在外开房间，本来就不是什么正大光明的事，如果到头来弄得个满城风雨，自己丢人现眼不说，主要是耽误工夫——明天她还要上班，工作会为此受到牵连，且这事儿都没法跟领导解释。

思来想去，最后林忆欣还是跟警察妥协了，老老实实道出了自己和公司的名字，说你们调查吧，我们单位的领导可以证明我和这个男人的关系。至于单位领导的名字，她将丛波的手机号码告诉了派出所民警。

丛波来到后，可以说没费什么事儿，林忆欣的问题很快就解决了。原来这个派出所的指导员是丛波的战友，指导员一句话，都没用丛波多费口舌，结案、放人、赶紧回家老老实实去歇着。

一场虚惊。

尽管是一场虚惊，林忆欣还是觉得挺无奈，她当然不想这种事让丛波知晓，可事已至此，不惊动他又去惊动谁，她和尹北光这小子的事情只有丛波知道，没法子，这也是万不得已才出此下策。

“你为什么要警察通知我?”

从派出所出来，丛波阴沉着脸问林忆欣。他心里很不是滋味，很难受，恨不能给眼前这个既可怜又可恨的女人来上几个大耳光。

“我知道……关键时刻只有你……能管我。”林忆欣嗫嚅说。

“为什么你总是关键时刻想起我?”丛波耐着性子问。

“嘻嘻……因为你欠我的。”林忆欣本想开句玩笑，以此缓和一下尴尬的局面，不想，“啪!”一声，丛波挥手就是一巴掌——很响——在这寂静的夜里，只是，这一巴掌并没有落向林忆欣，而是重重地抽在了丛波自己的脸上，“我靠，我他妈真贱!”

林忆欣被眼前突然发生的情景惊呆了……

丛波把满肚子的苦水与怨恨都倾注在了这记响亮的耳光上，他

疯狂地冲林忆欣喊道：“你他妈的把我当什么了，你和别的男人快活，玩儿过了火竟让我来救场，你他妈的是不是觉得我很贱……”

林忆欣吓坏了，她猛地抱住丛波，把他的手死死攥住，哀求道：“别这样丛哥，我怕，我害怕……我知道，都是我不好，我下贱，我不要脸……有什么屈枉就朝我来，你千万别这样，别这样……”

片刻，丛波冷静下来，他抽出自己的手，把林忆欣从怀里推开，轻轻说：“没事了，你走吧……”

21

经过了这件事情以后，林忆欣觉得身心好累。她看到了自己给丛波带来的伤害，却不知接下来该怎样面对丛波，继而也对自己未来的生活茫然不知何往。她的心忐忑而矛盾，她开始希望丛波能够痛痛快快地大骂自己一顿，现在更想听到丛波原谅她的允诺。期待与选择，让她再一次徘徊在了人生的十字路口，怎么办？思来想去，林忆欣决定还是找丛波好好谈谈，她决定，自己要在现实面前跟丛波吐露内心最真实的感受，不管他愿意不愿意听，她都得要跟他谈，而且是越快越好，于是，她拨通了丛波的电话。

“丛哥，有空吗？我想约你出来走走。”

“有事儿？”丛波的声音很平和也很亲切，这让林忆欣没有想到。

“哦，没有……就是想和你聊聊。”

“呵呵……”丛波在电话里笑了，问：“聊什么？”

“聊什么啊……嘿嘿……我想告诉你我对你真实的感受。”

“我的神啊，”丛波开玩笑，学了电视剧中的一句台词，“你怎么突然在乎起我来了？有这必要吗？”

“也许你觉得唐突，但我真的想说……”

“那好，半小时后我在水上公园门口等你。”

与林忆欣想象的结果完全不同，很意外，丛波再释前嫌，他答

应了林忆欣的请求。

有时候，人与人之间的沟通是明智的选择，不论他们曾经有过什么样的情感纠葛或心存芥蒂，只要还能够坐在一起，就应该有机会弥补彼此心灵上的隔阂。但有时候却不是，有些东西你最好永远藏匿在心里，纵然是死到临头也要保持缄默，守口如瓶，因为这只是属于你自己的秘密，是你一生的守候。也因为，有些东西一旦暴露在光天化日之下，结果不但会将自己投入悔恨的藩篱，同时也会撕裂心手相连的情感，让知道的那个人更加心痛……

林忆欣显然在这一点上犯下了一个致命的错误，她还没有修炼成正果。

“你看，”从波站在一棵高大的白杨树下，眼睛紧盯着树干上许多因枝杈脱落而遗留下的疤痕说，“你发现没有，那树干上的痕迹像什么？”

“像眼睛。”林忆欣说。

“是呀，多像啊。”从波轻声哼唱：“那是你的眼神，明亮又美丽，啊……有情天地……”

“蔡琴的老歌，依然那么好听。”

“说吧，你不是有话想跟我说么？我现在洗耳恭听。”

“从哥，你太理性了。”林忆欣看着从波，表情很复杂，悻悻地说。

“哈哈……这得怪你啊，因为你没有让我失去理性。”从波笑了，问：“你约我出来就是想和我说这个吗？”

“当然不是。”林忆欣说。她看着从波，沉默了好一会儿，突然像是下了决心，摆出一副慷慨赴死的劲儿说：“过去我渴望的是，你我之间永远保持住这种关系，相亲相爱，相互关怀，相互牵挂，这该多好啊，看来我错了，我以为只要你我不发生肌肤之亲，这种美好的关系就会长远……”

“你的意思是……”

“我指的这种关系不是一般意义上的朋友，很亲密、近于爱人的那种——亲密爱人，明白吗……那是多么美好的情感啊！”林忆欣说。她的脸上微微发红，居然显现出些许羞涩，这是丛波认识这个女人以来第一次看到她这样的表情，这样的情形十分淑女，其中蕴涵了深深的眷恋。“今天我约你出来就是想跟你说，从现在起，你需要我为你做什么我都可以做，无论你有什么样的要求我都答应你，同时，我也想把我所有的秘密全部告诉你，告诉你一个真实的我……你不是想知道我的秘密吗？问吧，把你想要知道的都说出来，我会毫不保留地告诉你。”

丛波知道，一个女人想要把自己最隐秘的东西坦白给一个男人，这得需要多么大的勇气，这勇气不亚于当众扒光自己，丛波觉得自己没有资格这样肆意妄为，因而，他没有言声。

“想听吗？”林忆欣见丛波没反应，问。

“你以为我对你和你的隐私还感兴趣吗？”

“丛哥，到现在了，你怎么还这么酸文假醋？真实点儿好吗？”

“你认为我不够真实？”

“丛哥，难道你没时刻都在关注我吗？别自欺欺人了好不好？以往我们俩在一起交谈的时候，涉及的内容很多，但真诚的交流很少，恕我直言，我感觉我们俩心理上或多或少都存在着一些障碍，也许是因为我们都太在乎对方了，惟恐自己内心失落，所以才不约而同地不敢说出自己真实的感受，看似害怕伤害对方，实际上是害怕伤害自己，你对我是这样，我对你也是这样，所以，我们俩心里都很难受，你承认这一点吗？”

“看来你比我有勇气，”丛波的眼睛里流露出一股温情，“我的心思你是怎么知道的？”

“你的眼睛告诉了我这一切。”

“我的眼睛？”

“是，你不是常说眼睛是心灵的窗口吗？”

“不只是眼睛吧，其实，我们每次去歌厅唱歌，我所唱给你听的歌都是我想要对你说的话……我再也不想你深夜里买醉/不愿别的男人见识你的妩媚/这样的心情会让我心碎……”

“丛哥，你每次唱这首《爱如潮水》我都想流泪。”

“这么说你听懂了?”

“我又不傻……”林忆欣又一次和丛波说了这样的话，她的语气里又一次充满了柔情。

“好吧，”丛波深情地注视着林忆欣，“有些事确实埋藏在我心底压得我喘不过气来，我一直想证实人们过去关于你的那些传闻，你告诉我，到底是不是真的。”

“你指的是……”

“比如——你离婚后不久跟一个叫大龙的男人有过一段不正常的男女关系，据说那人有老婆。”

“有这事，大龙是柳季红男朋友的哥们儿，我们经常在一起吃饭泡吧什么的，那时候我状态很糟，他挺关心我，我们就……”

“柳季红没出国之前有一个男朋友，他们经常住你那里，她的男朋友也给你介绍了一个男的，我想就是人们提到的这个叫大龙的男人，传说你们四个人都住你那里，两男两女一起干那事儿，有这事吗?”

“呵呵……你这是听谁说的?”

“别问我听谁说的，回答我，有还是没有。”

“你信吗?”

“所以我才问你。”

“实事求是地说有这回事，但不像你所听说的那样乱伦，事实是我们两人——也就是说一对儿住一个房间，你去过我住的那里，两室一厅的房子，你知道的。”

“你不怕别人知道这些……很龌龊的事吗? 为什么不加以否认?”

“曾经做过的事不是想否认就否认得了的，我当然不想让别人

知道这些——尤其你，但是，若要人不知，除非己莫为。既然我已经答应毫不保留地告诉你，我必须遵守诺言，我都交代，而且任你发落。”

“其实，我宁愿你告诉我说，这一切都不是真的。”

“欺骗一个对自己信赖的人是有罪的，欺骗一个对自己好的人会遭报应，尤其欺骗一个对自己有恩的好人，所以，我不想再欺骗你。”

“这些事老齐知道吗？”

“有的可能知道一些，因为他曾经也问过我，但我没承认过。”

“跟他多长时间了？”

“你是指齐连义？跟他……”林忆欣想了想，“算起来应该快五年了，当然，断断续续，彻底了断就是去年我们一起去蓟县山里回来以后，到现在一直没再联系过，半年多了吧？其实……他现在的日子过得并不好，心情很压抑，那次见他，人都显老了，头上还长出了好多白发……”

爱情总是这样难舍难离，说是了断，谈何容易？

“你爱他吗？你们俩那么长时间，有没有想过和他结婚，一辈子在一起，老实说打算过吗？”

“呵呵……怎么说呢，”林忆欣看了看丛波，笑了笑，说，“老实说，我爱他，很爱。有段时间爱得不行，控制不住自己，一天不在一起我就受不了……我们有很多相像的地方，他是农村出来的孩子，从小很苦，能够有今天的生活不容易，我俩同病相怜，兴趣也差不多，很能说到一起。常言说，天地万物之间，相伴相生，相生相克，好像确实是这样，我本是一个放浪不羁的女人，没规没矩，一般男人管不了我，因而也受不了我，不知为什么他却能罩住我，我也奇怪，还就听他的，觉得他说的做的就是我想要说想要做的，我们曾经打算在一起永不分离，呵呵……还幻想过生一个孩子，他说他喜欢女孩儿，说女孩如果随了我一定会长得很顺溜、很好看，到时候他要好好培养她，让她成为一个电影明星什么的，呵呵，总

之，那时我已经把他当成了我生命中的另一半，你知道吗？我曾经为他三次堕胎，而每一次都是我自己一个人默默地承受，三次做人流他甚至没有陪我去过一回医院……”

哦，上帝呀，一个女人甘愿为一个男人三次堕胎，那会是一种什么样的情感呢？从波想。

“难道你就没有想过要他负一定的责任吗？”从波心里很难受，一股液体从胃里涌到口中，很酸。

“呵呵，这是两个人的事，你情我愿，为什么一定要让他负责呢？再者说，我也享受了……”

“呵呵……”从波笑了，笑得很沉痛，他自己都感觉到了，他的笑一定比哭还难看。

一个让自己三次经历了巨大痛苦的男人，从林忆欣嘴里说出来，居然没有半点怨言，而且表现得是如此平静，如此无怨无悔，从波不知道齐连义对这个女人到底实施了什么样的法术。

“那我呢？在你心目中……”从波情不自禁，脱口而出。

“我说不出……”

“其实你不说我也知道，在你心目中，我没法和他相比。”从波酸溜溜地说。

“不，现在变了……也许过去是这样。”

“那过去我在你心目中又是什么样的呢？我想知道。”

“你是我的贵人，和他不一样。”

“怎么不一样呢？”

“感觉，感觉不一样。”

“跟他什么感觉？跟我又是什么感觉？”

“先说跟你，我觉得你就是我的亲人，我的兄长，甚至我的父亲，跟你在一起心里面特别踏实，不必防备。”

“不对吧？我怎么感觉你一直总在处处提防我？”

“那是因为我怕你，怕你知道了我这些风花雪月的事儿骂我，实话说，那些事儿有时候我自己都觉得见不得阳光，所以，在你面前我故作矜持，呵呵，我知道你之所以一直没有发现我的本来面目并非我做得多么诡秘，那是因为你信任我，从不往那个方面去想……我开化得早，又是一个趟过男人河的女人，做这些事情很老到，你犯了一个不该犯的错儿，忽略了我是一个在江湖上惯于风月之邀的浪荡女人……”

丛波苦笑：“呵呵，你这家伙，原来一直在玩弄我……”

“嘿嘿……记得有一次晚上十点多，我在单位加班，老齐打电话让我下楼，他在车里等我想跟我亲热，黑灯影儿里，你和几个人从车旁走过，差一点儿被你捉拿了现行，吓得我和老齐够戗，猫在座位后面大气都不敢出，还好，你压根没有朝车里张望，就听你跟身边的人纳闷，说这不是老齐的车吗？怎么停树阴趟子里了呢？真不规矩……

“你是说我忽略了你的放荡，也忽略了齐连义的情商？”

“其实他是一个很不错的男人，智商自不必说，素质、人品、方方面面都很优秀，连做情人都很出色，只可惜，他并不属于我。”

“他没有对你兑现承诺，没有对你负起责任，你不恨他？”

“不恨，”林忆欣凄然一笑，“干吗非得要恨？或许恰恰是他的责任心让我原谅了他。当他知道了自己的妻子已经有孕在身，明白了他和我之间不可能会有什么结果后，他能够忍痛割舍自己的情感去回归自己的家庭，能做到这一点很不容易，也很明智，像他这样的人，终归还是要回归自己家庭的。”

“是这样……”丛波心里一哆嗦。

“还有要问的吗？”

“你是说……还有？”丛波望着林忆欣，犹疑地瞟了瞟林忆欣。

“当然，还有许多你没有听说的呢，因为……人们根本无从知道，”林忆欣说，“比如我曾经和一个素不相识的男人一起去过泰山……”或许她觉得自己在丛波面前无需再遮掩什么了，不如索性把所有的隐私全告诉他。

“你们是怎么搭咯上的？”丛波有些好奇。

“在网上。”林忆欣回忆说，“那是很多年以前的事了，我们偶尔进入了同一个聊天室，就聊天，那天我们两个人聊得很投机，不知不觉聊了一个晚上，转天，我们相约去了泰山，在山上我们住了一宿，然后就分手了，到现在我都不知道那人叫什么，只晓得他是一家报刊的自由撰稿人，呵呵，他长什么模样早就忘了……还有，我跟一个意大利男人也有过一夜情，也是在网上认识的。”

“你们怎么交流？你懂意大利语还是他懂汉语？”

“我不懂意大利语他也不大懂汉语，我们用英语交流，你知道我的英语水平有限，为此，我专门买了一个快译通，他是意大利一家跨国公司驻京办事处的一名高级职员，特意从北京赶过来和我约会，我们在食品街吃的饭，然后在利顺得开的房间。”

“你……你就不怕染上艾滋病？”丛波显然有些愤怒了。

“我有防备。”林忆欣轻描淡写地说。

“天啊……”丛波痛苦地闭上了眼睛，“过去，我一直以为你很孤单，敢情你身边从来没有断过男人……”

“还有呐……”

“好了，”丛波摆摆手，“别说了，我已经知道的够多了……”

“你是不是觉得我像一个‘鸡’呀？”

“若真是‘鸡’就好了。”

“为什么？”

“因为‘鸡’不讲感情……”

“你爱怎么想就怎么想，反正该享受的我都享受了，要打要骂，随你……”

“什么？你说什么？”丛波的喉咙一阵阵发紧，“这种最低级的快感、动物的本能，你……你把它说成是享受？”

“对我来说，也许是。”

“不可理喻……”

丛波突然觉得身心交瘁，有气无力……

22

接下来的日子，丛波不知自己是怎么熬过来的。他再次接到林忆欣的电话是在一个月以后。

看来这一个月的时间对于林忆欣来说更加难熬，她说她心里面很郁闷，郁闷得就要崩溃了。“我要闷死了，”电话里，林忆欣说，“求求你，能不能找一个清净的地方陪我小坐片刻？”

还能说什么呢？丛波答应了。

苍茫时分，雨还在下……

林忆欣说她喜欢下雨，尤其是这种淅淅沥沥下个不停的小雨，她说雨天的感觉真的很好，世界一下子变得这么清爽、干净，让人心里很舒服。

林忆欣说这话的时候面无表情，像是漫不经心又像是自言自语。

酒吧里的光线很暗，一首悠扬的小提琴曲在昏黄的烛光中袅袅徘徊，曲调时而婉转时而低回，时而激越时而忧伤，在灰暗的背景下烘托出一种忧郁的气氛。或许是因为下雨的缘故，宾客寥寥，偌大的厅堂显得很是空旷。

丛波坐在林忆欣的对面，望一眼窗外的小雨，心想，林忆欣说她喜欢下雨一定还有另外的原因，说不定这阴霾的天空中弥漫着的那丝淡淡伤感合乎了她的心境，就像五年前在海口机场外的雨地里头一回单独跟她在一起时的感受一样。于是他问林忆欣：“还记得海南岛那个多雨的夏天吗？”

“怎么会忘呢，”林忆欣凝视着丛波，柔声说，“那是我生命中珍藏着的最为怀念的一段记忆。”

“时间过得多快啊，”丛波感叹，“岁月无痕，转眼五年多过去了，每当下雨的时候，我就会想起你那无助的泪水止不住流下的无声的哭泣，那情形……总是历历在目……现在回想起来还叫人心疼。”

“别说了，丛哥……”林忆欣眼里含了深情，沉吟了片刻，轻轻说，“从那时起我便感受着你对我的关爱，这种关爱让我心里很温暖，一直以来我对你没有表达过任何的感激，真的，因为我觉得这种感激如果用语言说出来会显得很苍白……在这个世界上，也许一个女人找一个两情相悦的男人上床很容易，但要叫她和一个让自己感动一生钟爱一世的好男人上床却不是件轻松的事，那得需要勇气，丛哥，我这么说你能明白我的意思吗？”林忆欣很动情，眼里闪着泪花。

“是这样吗……”丛波若有所悟，心里忽然有一种说不出的滋味，眼里流露着无奈和迷茫，“这么说，我对你所做的一切你是知道的了？”

“我又不傻……”林忆欣小声说。

这是丛波第三次听到林忆欣跟他说这句话，然而，这一次他听来心里忽地一酸，眼泪差一点流出来，“那你为什么总是折磨我？”

“因为……我不能毁你……”林忆欣嗫嚅道，声音低得几乎听不清。

好了，什么话也不用再问，什么话也不用再说了，还有比从心底里发出的声音更能打动人的吗？

丛波注视着林忆欣，林忆欣凝望着丛波，谁也没有再说什么，就这样默默地对视着，许久……许久……

是否这次我将真的离开你，是否泪水已干不再流，是否应验了我曾说的那句话，情到深处人孤独……悠扬的小提琴曲还在耳边回响。

往日喧嚣的街道在这个下着小雨的黄昏显得十分宁静，市面上冷冷清清，偶尔，一个打着雨伞的人影从窗前经过，急匆匆消失在细雨纷纷的雾气里……

街灯还没有点亮，窗外雨雾蒙蒙。

“我们去二楼 KTV 包房唱歌好吗？”林忆欣突然提议。

“好吧，很长时间没在一起唱歌了呢……”从波欣然答应。

那晚，林忆欣唱了好多首老歌儿，她把自己心里想要表达的情感全都融进一首首老歌当中，她唱了邓丽君的《我和你》，方季维的《爱情故事》，还有苏永康的《爱一个人好难》……

整个晚上，从波一直在听林忆欣唱。

“不想和我说点儿什么吗？”唱完一首歌，林忆欣突然问。

“歌词里许多的话是最好的表达……”

“为什么到现在还不敢说出你真实的想法，到现在还不敢说出你真实的感受？”

“也许你不会懂，伤害一个人的同时，其实最受伤害的是自己……”

是啊，在爱和情的判断上，当事人最难把握自己的心态，多年以来，从波最想的是怎样得到林忆欣，怎样能够与她缠绵在一起，因此，他在看到所有美好的东西时都会想到她，渴望与她一同分享，但他惟独没有仔细考虑过和这个女人一辈子在一起，而这一点林忆欣想到了，并且知道，那将会是怎样的一个结局……

从波只是在最后唱了一首歌。

这首张学友的《吻别》从波唱得很动情很投入，唱完，他把林忆欣紧紧拥在怀里，深深吻了她，随后就出了房间，头也不回地走了，不是因为愧疚，也不是因为失望，因为他下了决心——从此他将与这个女人恩断义绝……

这次以后，从波断掉了与林忆欣的一切往来，而林忆欣也没有再主动与他联系，偶尔碰面，他们又像是回到了从前，只是点头微笑一下……

从波真的对林忆欣无动于衷了吗？这只有从他近来越来越多突然失神呆滞的目光中找到一些答案。

也许，丛波知道自己永远也搞不定林忆欣，知道世界上有些女人是不能碰的，一旦碰触必将追悔莫及。丛波看清楚了林忆欣的把戏，她精通利用女人的天赋来让男人们心悦诚服，她懂得从不同的男人身上获取不同的需要，同时巧妙地与每个男人周旋，让他们都以为自己是她的最爱，这种风流成性的女人丛波再不能够容忍。

也许，在今后，林忆欣只能是他生活中的调味品，这就好比红烧肉里的桂皮或大料，只能提味不能食用一样。

也许，在他们的情思当中，内涵都具有相同的渴望，然而，在表现形式上，因为各自心态的不同他们都过于了伪装自己，到头来彼此身心都感到了疲惫。

也许……

不管怎么说，丛波心里依然放不下林忆欣，恨她的理由有千条万条，放弃她，却叫他还是不能说服自己。

林忆欣说自己是一个趟过男人河的女人，实际上，是她自己被男人们过了好几水。丛波想不明白，林忆欣到底是怎么想的，她为什么会这样做？难道她的人格也跟她的眼神一样总是变幻出不同的内容，有时那么纯真有时又那么飘忽，难道她的精神与肉体两分离？她的内心世界与外部的表情有着双重性？这让丛波心里面很不舒服，也很无奈。丛波过去不知道这些令他发指的事情倒也罢了，问题是现在他知道了，而且是林忆欣亲口对他说的，这不能不叫他有一种哑巴被狗日了的感觉，心里难受嘴里却说不出。虽然这种事在当今社会上早已不再被视为作风问题或道德败坏加以痛斥，虽然人们对此表现得已是十分宽容，但丛波无论如何不能够接受。

丛波面对林忆欣平静的坦白没有痛骂她下贱，因为他知道自己没有资格指责她的行为，也不存在指责她的道理，更不具备评判她的理由，但有一点不能否认，丛波就此轻看了这个女人。

这件事情藏匿在丛波心中，让他隐隐作痛。

所以，丛波决定就此离开林忆欣，以免说不定哪天自己一不留

神趟了这浑水。尽管他咽不下这口气，因为他不愿意相信，这些与林忆欣发生过激情的男人个个都比自己优秀。但是，在这件事情上，丛波却越来越不相信自己，越来越对自己没有信心，这个事实让他很狼狈，可以说对他的尊严是一种致命的打击。

这些日子，丛波不止一次地想象过林忆欣是如何在男人面前施展她的万种风情，也不止一次地想象过她如何风骚地去勾引那些男人，尽管他对她的行为依旧感到不解，依旧不明白这个下贱的女人在自己面前为什么总是装得那么正经。

丛波越是对自己没有信心，心越是被林忆欣抓得更紧，他老是在想，这个女人将与他的关系只维系在精神的层面上，到底是何用心？丛波十分费解。

终于有一天，丛波明白了，原来，有时候精神上的东西远比肉体上的东西更深刻更可怕。

丛波知道自己虽说不是什么正人君子，但相信自己也绝不是小人。让他庆幸的是，他没有在林忆欣最需要关怀的时候乘人之危，虽然在近来许多时候他明显地感觉到林忆欣暗示愿意为他付出一切，而且也曾有过无数机会，但他没有就范。丛波对林忆欣的情意还有另外重要的一点，那就是这个女人让他知道了这个世界上曾经还有人需要过他，尽管他不能够对这个女人承诺什么。

由于隋云雁的存在，丛波知道自己不可能一下子给予林忆欣太多的幸福与快乐，但他希望她能有一个正常安定的生活，丛波心里清楚，林忆欣是一个摆脱了任何束缚的女人，任何人都不可能改变她的这种生活，但他还是衷心为她祈祷，祝愿她每天都能够自由自在地生活着。

丛波开始失眠了，注意力不集中，身心乏力，而且还老是做梦，梦里又总是会跟林忆欣在一起，在一起缠绵，在一起做爱，在一起争吵……时常，他从梦里惊醒，发现自己浑身上下大汗淋漓……

从波自己都不明白最近为什么总是做这样的怪梦，他为此感到心悸、惶惑和不安，他无法探明这背后的根源，究竟是源于林忆欣对自己坦白造成的刺激，还是自己心理上对于情和爱的失衡而出现的问题。

难道是日有所思，夜有所梦？

也许这种情形不难理解，假如丛波一直不知道林忆欣背着他与这么多的男人有染，他是不会有这种非分之想的，现在的问题是他不但知道了，而且知道得这么详尽，这种撕扯不清的结果超出了他的想象，所以在心理上他很难一下子厘清……后来，丛波以隋云雁夜里打鼾影响他休息为由睡到了另外一个房间，从此夫妻二人开始了事实上的分居，偶尔，隋云雁会在半夜里进入到他的房间过一次夫妻生活，丛波也不拒绝，只是因为没有了激情，所以每次的质量不是很高，因此，两人都很扫兴，一来二去，隋云雁渐渐地失去了“性趣”，再后来，双方也就有一搭无一搭了。

其实，隋云雁早就知道丛波的心已经不在她这里了。

隋云雁回想起他们刚结婚那会儿，丛波一天到晚老是缠着自己黏黏糊糊一个劲儿起腻，她记得她曾经讥笑过他，说，瞧你那没出息劲儿，还有没有旁的事儿，烦不烦啊你。丛波就嬉皮笑脸，说，这是我的合法权利，俺起照了。说着变戏法似的亮出结婚证，跟着不管不顾也不分场合就近将她扑倒在床上或者是沙发里。现如今这个狼心狗肺的东西玩儿够了，想必是要调换调换口味，成，隋云雁心说，我还就先不答理你，任你由着自个儿的性子作，看到时候我怎么收拾你。

然而，女人毕竟是女人，心慈。感觉上，虽然隋云雁自己的脚已经被鞋子磨得很难受了，但她还是不忍心把它脱下来扔掉，何况，这个男人还没有超越不忠的底线，尽管她知道他对自己快要不忠了……

23

从波决定出国。

从波有了这个想法，于是，他给在美国的高放打了电话，把自己的这个决定告诉了这个年少时候曾经叫他心仪过的梦中情人。

高放听了，很是高兴。她很爽快，答应将尽最大的努力帮助从波。高放为从波来美设计了一个方案，这个方案分两步走，第一步，她先是着手为从波在美国联系一份工作，然后由接收他的那家公司向国内发出邀请，她将以担保人的身份帮从波办理所有的相关手续。

接下来，计划实施了。

从波不露声色，高放紧锣密鼓，一切都在有条不紊地秘密进行着。

半年以后。

一天早上，从波找出行李箱，他一边收拾自己的一些衣物，一边波澜不惊地向爱人隋云雁通报，告诉她，说自己要出国。

隋云雁以为是公司委派从波的公差，没当回事，随口问了一句："去哪个国家？什么时候走？"

从波说："美国，今晚八点的航班。"

隋云雁一脸惊愕："怎么这么突然？"

从波笑笑，亲热地用手拍了拍隋云雁的胳膊，说："我这不是怕你拦着不让吗？"

"你什么时候学得这么仁义了，我拦你干吗，你们公司那么多精英，能轮到你头上，这是好事啊。"

"这跟公司没关系，"从波平静地说，"我已经辞职了，这是我个人行为。"

"什么？你辞职了？"隋云雁睁大了眼睛，她像是不认识眼前的这个男人，很是诧异。

“是，我辞职了。”丛波肯定地点了点头。

隋云雁紧盯着丛波，她还是头一回如此仔细地打量这个与自己共同生活了将近二十年的丈夫，突然，她大声质问：“你为什么不早说，这么大的事情你怎么可以擅自做主，事先都不和我商量商量？你……你是不是疯了？”

“我没疯，这不是正在和你商量吗？”丛波说。

“笑话，有你这样商量的吗？”隋云雁怒不可遏，“告诉你，我不同意，去，赶紧去把飞机票退掉。”

“不可能，签证都已经办好了，木已成舟，我去意已定。”丛波坚定地说。

隋云雁愤怒了，气急败坏地吼道：“那好，你去吧，去了你就再别回来了。”

尽管隋云雁表示反对并一再阻拦，可丛波到底还是去了美国。

几天以后，林忆欣接到了丛波从美国打来的越洋电话，她听到的第一句话就是 I love you。

林忆欣在电话里激动地哭了，她说：“me，too，亲爱的，我想去美国找你，现在就想，你能帮我吗？”

丛波说：“no，不能，我不能帮你，也不想让你过来。”

“为什么？是不是因为高放？”林忆欣说。

“不是。”

“那为什么？”

丛波认真地说：“因为我知道了你太多的秘密……”

“所以……你恨我？”

“如果还有恨的话，我就不会离开家乡远涉重洋来美国了。”

“你打算怎么办？”

“不知道。”

“你还会回来吗？”

“不知道。”

“可我需要你……”

“晚了，”丛波轻声说，“我知道你把我们之间的感情看得很重，这种君子之交固然纯洁与崇高，但我却觉得有太多的遗憾在里面……”“我知道你心里不好受……原谅我……”林忆欣恳求道。

“小林，我不是一个保守的人，但我把男女之间的性爱看得很重。你的新潮与开放也许能够让你跟别的男人一夜风流而不必当真，可我在感情上是一个彻头彻尾的弱智，弱智得有时只在乎你一个人……小林，也许喜欢一个人并不只是为了做那件事，但我还是认为男女之间是不能够轻易上床的，所谓情到深处，至爱独钟。这种行为应该是情感的升华，是一种境界，而我们却不具备，我说 I love you，是因为我在过去从来都没有对你说过，我知道你一直想听我这么对你说，多少次我也确实想对你这么说，但我始终没有勇气说出口，因为我一直承担不起对这三个字的责任与承诺……现在我解脱了，我想再说一遍，也是最后一遍——I love you。”

“丛哥，为什么会是这样？为什么？为什么啊？”林忆欣泪流满面，哽咽着说：“为什么你最后一遍都不肯用我们的母语说出那三个字……”

“因为，”电话里，丛波沉吟了片刻，然后平静地说，“因为汉语中的这三个字在国人嘴里说出来太沉重，不如洋人用英文来得这么随便，更因为你我之间已经爱尽无缘……”说完，挂了电话。

“爱尽无缘……”

林忆欣对着电话，嘴里重复着这四个字。

“问世间，情为何物？”林忆欣自言自语，“丛波，我恨你，你放弃了男人的责任，男人可以为情而恨，但不可以为情而逃，如果你是一个洒脱的人，你会对自己有个交代，要么跟我彻底了断，要么跟我在一起厮守缠绵，为什么会……会爱尽无缘？”

苍天啊，真会有传说中的那种无怨无悔的追随和生生死死的相伴吗？如果有，那又会是什么样的人？林忆欣想，那必是天上的仙女或人间的牛郎，而对于自己一个俗人而言，这一切是那么的不真

实，又是那么的遥远……

“爱尽无缘……”

林忆欣突然明白了，自己偶然的出轨也许只是生命交叉路口上的一次迷失，而对于一个在情感上有过太多缺失的女人来说，显然，自己的交叉路口太多了，而自己又没有把握住一次正确的选择。

生活是一个睿智的老人，因果循环，得与失，总是那么和谐的存在于这个大千世界，无论你是有意或无意间伤害了哪一颗炽热的心，你都得要为此付出代价，这就是佛的境界，只有在品味了这种伤痛之后，人们才会真正懂得这两个字——报应。

“为什么？为什么？”林忆欣气若游丝，喃喃道：“为什么……爱尽无缘？”

后记：

许多年以后，丛波回来过一次，这次回国是专程与隋云雁办理离婚手续的。隋云雁终因接受不了丛波在情感上的走私，于丛波赴美一年后向他正式提出离婚并寄去了相关文书以及离婚协议，只是因为丛波心理上一时难以接受这个事实，从而愧疚的心十分矛盾，所以一直拖着没办。隋云雁说，既然情分已尽，还有什么可藕断丝连的呢？丛波说，受伤害的心只是不愿让另外一颗心再受伤害，虽然你已不再是我唯一的爱，但我会忏悔。隋云雁说，如果你总舍不得我，你的心里就难以容下另外一个女人，还是离了吧，还你自由，我也解脱。

丛波回美国之前去了一趟自己原来就职的公司，齐连义没在，传达室新来的小保安告诉他说齐总回东北老家了，具体什么时候回来他不知道。丛波就又向他询问林忆欣，小保安说他不认识什么林忆欣，也没听说过有这么一个人。丛波心生疑窦，正一头雾水，恰好这时一个中年女人推开了传达室的房门，丛波一眼认出这中年女人正是财会部的老会计崔大姐，遂与之打招呼。

崔大姐见是丛波，又惊又喜，拉住他的手就不松开了。俩人亲热地交谈了一个上午。从崔大姐嘴里丛波方知她已经到站了，正办理退休手续；方知齐连义也已离婚，这次回哈尔滨专门为儿子的抚养权事宜与施萧萌进行磋商；方知林忆欣早已于几年前就辞职离开了公司，据说去了南方，但具体在南方哪个城市，崔大姐说她就不清楚了……

临上飞机之前，丛波鼓起勇气拨打了林忆欣从前使用过的手机，让他没想到的是电话居然通了。这么多年林忆欣的手机号码依旧没有变，只是将原先普通铃声换成了彩铃。那彩铃是一首丛波曾经很熟的老歌，只是过去了这么多年，他一时想不起这首老歌的歌名了，但听了还是感到格外亲切。

彩铃一直在响，却始终无人接听。丛波重新确认了一遍号码，又拨打了一次，对方依然没有接听。丛波听着这首熟悉的老歌，突然记了起来，这首歌的名字叫《爱一个人好难》，林忆欣曾经往他的手机里发送过这首歌名的谜语，还让他猜过谜底。

蓦然间，丛波悟到了什么……

尽管没人接听，丛波还是执著地一遍接一遍拨打这个号码，一遍接一遍地倾听这首歌曲，直到飞机即将起飞，他才不得不关闭了手机……

图书在版编目（CIP）数据

爱尽无缘/郝伍宽著．—太原：山西人民出版社，2008.1（2008.5重印）

ISBN 978-7-203-05972-1

Ⅰ.爱… Ⅱ.郝… Ⅲ.长篇小说-中国-当代
Ⅳ.I247.5

中国版本图书馆CIP数据核字（2007）第191103号

爱尽无缘

著　　者： 郝伍宽
责任编辑： 梁晋华
装帧设计： 谢　成

出 版 者： 山西出版集团·山西人民出版社
地　　址： 太原市建设南路21号
邮　　编： 030012
电　　话： 0351-4922220（发行中心）
0351-4922208（综合办）
E-mail： Fxzx@sxskcb.com
Web@sxskcb.com
Renmshb@sxskcb.com
网　　址： www.sxskcb.com

经 销 者： 山西出版集团·山西人民出版社
承 印 者： 山西出版集团·山西新华印业有限公司新华印刷分公司

开　　本： 890mm×1240mm　1/32
印　　张： 7.125
字　　数： 200千字
印　　数： 3 001-6 000册
版　　次： 2008年1月第1版
印　　次： 2008年5月第2次印刷
书　　号： ISBN 978-7-203-05972-1
定　　价： 18.00元